LA VIDA PRIVADA DE CARMINA MASSOT

GEMMA LIENAS

LA VIDA PRIVADA DE CARMINA MASSOT

Editado por HarperCollins Ibérica, S.A.
Núñez de Balboa, 56
28001 Madrid

La vida privada de Carmina Massot
© Gemma Lienas, 2022
Derechos de edición negociados mediante Asterisc Agents
© 2022, para esta edición HarperCollins Ibérica, S.A.

Diseño de cubierta: Lookatcia
Imágenes de cubierta: Alamy

ISBN: 978-84-9139-729-8
Depósito legal: M-37044-2021

A Enric

1

¡Ay!, piensa cuando lleva un buen rato andando, no sé si he cerrado la puerta. El susto la detiene de golpe. Durante unos instantes, plantada en la acera, intenta recordar si se la ha dejado abierta o no. Trata de verse metiendo la llave en la cerradura y haciéndola girar. Pero es inútil; hay un espacio en blanco —o en negro, según lo mire— desde que se ha puesto el abrigo hasta que ha llegado a la calle. Una bicicleta despiadada le pasa muy cerca, casi volando, y le arranca otro ay. El bolso pequeño y rígido que sostiene por el asa se balancea por efectos del remolino de aire. Carmina trata de estabilizar el bolso para no perder ella el equilibrio y, cuando se ha recuperado del susto, le espeta una imprecación al ciclista, que este ya no puede oír porque está demasiado lejos. ¿Y qué? Si me hubiera oído, piensa, tampoco habría servido para inculcarle civismo, más bien me habría ganado un «calla, vieja tonta».

Estoy de acuerdo con que soy vieja, se dice, mientras se sienta en un banco de madera, y brazos y patas metálicas, gentileza del Ayuntamiento; pero no, nunca he tenido ni un pelo de tonta. El banco, demasiado duro para su gusto, es un bonito detalle para quien ya no puede andar mucho rato sin que le duelan las piernas. Es de fumar. Ya lo sabe. Se llama claudicación intermitente. Sin embargo, tener las arterias atascadas como una chimenea llena de hollín no le impide sentirse la mujer más afortunada del mundo

9

cuando sale a dar una vuelta. Se mueve con lentitud, sí. Se para a descansar de vez en cuando, sí. A veces, incluso resopla un poco. Pero ¿y qué? El caso es que puede hacerlo. Puede pasearse por su ciudad amable, a pesar de que lo sea bastante menos desde que tantos patinetes y bicicletas expulsan a la gente mayor que, amedrantada, se guarece caminando muy cerca de los edificios. De este modo, solo te pueden pasar a toda mecha por un lado y te sientes más protegida. Sea como sea, Barcelona continúa teniendo los cielos más azules y bonitos de todo el universo… Bueno, quizás exagera un poco, pero ¿dónde más en el mundo podrías pasear bajo un cielo del color de los zafiros? En ninguna parte. En Londres, donde pasó algunas temporadas cuando era joven, seguro que no. Allí los cielos son malhumorados y rencorosos. Quién no viviría resentida lejos del Mediterráneo…

Abre el cierre del bolso, que se queja con un breve chasquido. Saca un paquete de cigarrillos. Tira de uno, lo descabeza —nunca ha podido acostumbrarse al filtro— y lo enciende. Cierra los ojos y da la primera calada. No importa que haya fumado miles de cigarrillos —cientos de miles seguramente— a lo largo de su vida, la nicotina y el resto de las porquerías que llevan incorporadas le continúan provocando placer, piensa mientras saca el humo por la nariz, como si fuera un toro a punto para el combate. Sonríe. Sentarse en la calle, tener sobre ella ese cielo zafírico, sentir la caricia del sol en las piernas y en las mejillas…, solo por eso ya merece la pena vivir. Y es que, además, tiene muchas, muchísimas más razones. Siempre las ha tenido.

Espera que las noticias del especialista no sean muy malas. Un poco intuye que lo serán. Hace demasiado tiempo que se encuentra mal. Primero fue el dolor de espalda. Un achaque que era nuevo para ella. El doctor Rovira, su médico de toda la vida, el médico del puerto, le dijo que aquello era de los huesos. Porque eres muy jovencita, se rio. Y también el traumatólogo le había dicho que era un problema óseo. Así que tocaba aguantarse.

Después, más tarde, se había sumado un dolor sordo y constante en la boca del estómago. En el epigastrio, le señaló el doctor Rovira, y le dijo que tenía que ir a hacerse pruebas y la mandó a un internista. El doctor… como se llame. Ni se acuerda del nombre, pero sabe que hoy tiene una cita con él para que le dé los resultados. El internista le pareció tan ácido en comparación con el doctor Rovira… Hablar con él fue como lamer una barandilla de hierro. Pero eso no quita que hoy tenga que volver a verlo. Quizás le recetará algún medicamento para el dolor en… el epigastrio. ¡Ah! Y también le tiene que pedir algo para el insomnio, porque hace tiempo que no consigue dormir ni una noche de un tirón. Y vitaminas para el cansancio. Y, con eso, estará todo arreglado.

Con la punta del zapato apaga la colilla del cigarrillo y la recoge. Quizás puede parecer quisquillosa, pero en su casa no las va tirando por el pasillo ni debajo de los muebles; así que en la calle tampoco lo hace. Ah, ahora se acuerda del nombre del internista: Martínez. Se levanta con lentitud para desentumecerse sin que nadie lo note. La dignidad lo primero. Ella se considera una vieja digna, que anda algo más erguida que otras. Y esa cualidad, su andar bastante ágil para sus ochenta y siete años, es otra de las razones —de las muchas razones— para sentirse feliz.

Tira la colilla a una papelera y continúa hacia el hospital Clínico, mientras vuelve a pensar en la puerta de casa. ¿La ha cerrado o no? No, seguro que no. La ha dejado tan solo entornada. ¡Qué desastre! Solo le falta eso. Ya tiene suficientes problemas: desde hace un tiempo, alguien le entra en casa. Lo sabe porque, de vez en cuando, desaparece algún billete de los sobres que esconde en el armario de la ropa blanca. Y hoy, vete a saber si se encontrará a alguien dentro del piso… Como si le cosieran a máquina una costura, un escalofrío le recorre la espalda. Ahora mismo, se daría la vuelta y volvería sobre sus pasos, pero no lo hace porque tiene hora en el Clínico y conseguir otra cita no será fácil. Además, el dolor epigástrico es un hierro al rojo vivo en el pecho.

Ahora todo es tan moderno. Pasa la tarjeta sanitaria por una máquina que, según parece, la identifica y le escupe un papel con el número que le corresponde: el treinta y siete. Como en el mercado o en Correos. Y se va a la sala de espera a esperar, claro. Busca una silla que quede cerca de la puerta de su médico. Sabe que no podrá entrar hasta que su número aparezca en la pantalla y oiga que el doctor pronuncia su nombre. Pero ella prefiere estar localizable. Que cuando el internista abra la puerta para reclamar al siguiente paciente vea que ella ya está allí.

Al cabo de un rato, el médico sale a llamar al treinta y cuatro, pero la ve y le dedica un gesto. Carmina piensa que no solo la ha reconocido, sino que debe de haberla asociado a un diagnóstico. A uno que no parece bueno.

El doctor lleva gafas para leer de montura metálica de color verde, subidas a la frente. Desde la puerta, se le ve una frente que se prologa porque tiene unas entradas muy pronunciadas. El hombre se arregla el mostacho, generoso, mientras busca al paciente treinta y cuatro. La ha mirado con unos ojos que, de tan claros, parecen transparentes. Y ha hecho un gesto con los labios, que el bigote frondoso ha acompañado como en un paso de *ballet,* y le ha parecido que decía: lo siento; no tengo buenas noticias para usted.

Bueno. Estoy preparada, piensa mientras se tensa en la silla. Que le diga lo que le tenga que decir: que tienen que operarla a vida o muerte, que se morirá dentro de un año, que… Inspira con fuerza, como si necesitara que la bocanada de aire le llegara hasta la planta de los pies. La mujer sentada a su lado le echa una ojeada rápida.

Quizás no, se dice, expulsando el aire muy despacio por la nariz. Quizás no está preparada para una noticia tan mala. Pero, a ver, ¿quién ha dicho que tenga que ser de las malas? ¡Son ganas de pasar un mal rato porque sí! Quizás ha malinterpretado el gesto del doctor Martínez. Quizás solo tenía dolor de muelas o quizás ni eso: simplemente, ella se ha imaginado la mueca.

En cualquier caso, es evidente que no puede dejar pasar más tiempo sin hacer lo que el doctor Rovira le insiste que haga desde hace uno o dos años. Tiene que redactar el testamento vital. No hace falta que sea ese documento notarial que le enseñaron una vez las niñas… ¡Las niñas! Ya tienen más de sesenta años. La mayor, sesenta y ocho; la pequeña, sesenta y tres. Pero no puede imaginarlas de otro modo: son sus niñas. Quiere a sus sobrinas como a las hijas que nunca quiso tener. Ha tenido más que suficiente con las hijas de su hermana.

Y se acuerda del día en que le trajeron el documento del testamento vital, porque ella les había dicho que quería dejar atado cómo quería morir. O, para ser más clara, de qué manera no quería morir. Pero no hizo nada. Le pareció muy antipático, impersonal. Si lo hubiera rellenado habría tenido la sensación de que estaba haciendo la declaración de la renta. Suerte que el doctor Rovira le dijo que no hacía falta que usara ese modelo, que podía hacerlo de otro modo: redactando una carta en los términos que quisiera. Que, incluso, podía escribir notas tan personales como un testimonio de su amor hacia la familia o las amistades o una confidencia de algún hecho esencial para ayudar a entender su vida o alguna sugerencia para hacer más llevadero el duelo…

Lamenta no haberlo hecho todavía. Sobre todo, porque tiene claro que no quiere morirse en un hospital. Quiere hacerlo en su cama, mirando por la ventana el perfil de las casas que hay delante, las que cierran el patio de la manzana del Ensanche a la que da su dormitorio, lo que ve desde hace tantos años cuando se despierta. La tranquiliza mirar esos bloques de pisos de alturas desiguales, como grandes muelas, coronados por tejados o azoteas, con algunas chimeneas. Es más que un paisaje; es un amigo de toda la vida, es reconfortante.

También tiene claro que no quiere que la mantengan con vida o que la resuciten con artefactos impensables cincuenta años atrás o con medicamentos insólitos, si ya saben que no hay remedio, que el final está a la vuelta de la esquina. Y no querría quimioterapia si no tiene que servir para nada. De ninguna de las maneras quiere gastar recursos públicos y malgastar su esperanza cuando todo el mundo sabe que ya no la hay.

Y, si pierde la cabeza... Esa posibilidad la paraliza solo con pensarlo. Es una burla cruel de la vida que al final ella deje de ser ella sin estar muerta. Si empieza a parecer un vegetal, no hace falta que la alimenten con sondas, que la vayan hidratando hasta el final y ya está.

Y quiere tratamientos paliativos, sí, cuando ya no haya más remedio, pero no para vivir con la muerte sino para poder vivir con la vida en los últimos tiempos. No quiere que la idioticen con dosis altas de morfina. Querría no sentir dolor, pero poder mantener la conciencia para ir hablando con sus niñas o con Sebastián... Sebastián, el único amigo que le queda vivo.

Solo hay una situación que no es capaz de prever cómo puede resolverse —o al menos no de un modo satisfactorio—: si pierde la movilidad o la vista o no consigue prepararse ella misma la comida o es incapaz de hacer sus necesidades en el baño... En definitiva, por aquello por lo que no quiere pasar de ninguna de las maneras es por la pérdida de su independencia.

—El treinta y siete —dice el doctor, que ha abierto la puerta sin que Carmina se diera cuenta.

Se levanta de la silla de plástico con toda la ligereza de la que es capaz, mientras nota que la mujer de al lado la mira, ahora sin disimular, de manera sostenida.

2

—Carmina Massot… Siéntese, por favor.

Carmina se quita el abrigo y lo deja con el bolso en una silla. Y se sienta en la que está al lado.

—¿Cómo se encuentra?

—Bastante bien, si no fuera por el dolor en la boca del estómago y en la espalda, lo que ya le comenté. ¿Ya tiene los resultados?

—Sí. Ahora se los iba a dar.

—No son buenos, ¿verdad?

—No mucho, no.

—¿Qué me pasa?

El tiempo queda suspendido durante unos instantes.

—Doctor, soy una mujer fuerte. Me lo puede decir sin tapujos.

El hombre de mirada clara la observa con los ojos entrecerrados y sonríe. Es la primera vez que lo hace.

—Pues vamos a ello. Le hemos encontrado un tumor en el páncreas.

—O sea, un cáncer.

—Exactamente, un cáncer de páncreas.

La palabra «cáncer» es un puñetazo directo en el pecho. Durante unos instantes, le falta el aire. Y mueve la cabeza hacia delante y atrás como si fuera un autómata; como los gatos de los bazares chinos que suben y bajan la patita. Y entonces, se ve desde fuera de su cuerpo y oye que la mujer sentada en la silla continúa la conversación como si nada.

—Hábleme de mi cáncer, doctor —pregunta—. ¿Está muy avanzado? ¿Hay algo que se pueda hacer?

Carmina mira desde el techo a esa mujer que no pierde el aplomo.

—Es un tumor muy avanzado, sí. Suele ocurrir con los tumores de páncreas, cuando avisan, ya se han extendido.

Desde el techo, Carmina piensa que es una suerte que no sea ella quien tenga ese tipo de cáncer, porque no lo llevaría con el mismo estoicismo. La oye decir:

—¿Qué tasas de supervivencia hay?

El hombre se peina el mostacho con tres dedos y se aclara la garganta.

—¿De verdad lo quiere saber? —Y mira a la mujer, que asiente con contundencia—. Pues no muy altas. Los que son como el suyo tienen un tres por ciento de supervivencia a los cinco años.

—Eso es poquísimo, ¿verdad? —La mujer imperturbable no espera, sino que habla sobre la respuesta afirmativa del médico—: ¿Es posible operarlo?

—No. Desgraciadamente su cáncer no se puede operar, porque, cuando ya se ha extendido a otros lugares u órganos, la intervención o la cirugía no solucionan el problema, y en estos casos sería hacerla pasar por una operación para no lograr nada o casi, no sé si me explico… ¿Entiende lo que le quiero decir?

La mujer dice que sí.

—Siento mucho no poderle dar buenas noticias. Por cierto, ese dolor de espalda del que se ha quejado tanto tiempo ya era un síntoma.

—¿Qué me dice? Pero quienes me visitaron dijeron que no tenía importancia.

—Pues la tenía. Era el primer aviso del cáncer de páncreas —el hombre se interrumpe unos instantes. Luego añade—: Y ahora la cirugía ya no es una opción.

La mujer baja la cabeza y, cuando la vuelve a levantar, tiene la mirada limpia y determinada.

—Entonces, ¿qué? —pregunta. Ve una duda en el fondo de los ojos tan claros del médico—. Adelante, doctor, nunca me ha dado miedo afrontar los problemas de cara.

—Bueno —dice el hombre—. Cuando hay metástasis, el tratamiento solo puede ser paliativo.

—¿A qué tipo de tratamiento se refiere?

—A la quimioterapia. La quimioterapia es…

La mujer levanta la mano para pararlo.

—Sí, sí. Más o menos sé de qué se trata. Pero, dígame, doctor, ¿la esperanza de vida mejora mucho con este tratamiento?

—Con la quimioterapia puede vivir unos meses más y atenuar algún síntoma, pero también puede tener efectos secundarios.

Se miran sin decir nada durante unos instantes que concentran una cantidad ingente de ideas. Carmina observa la escena con curiosidad, quiere saber qué dirá ahora la mujer de la silla.

—Verá, doctor, yo no quiero pasar los últimos tiempos rodeada de tubos, con una vía en el brazo, en una cama extraña, en un estado de semiinconsciencia… No sé si me explico…

El médico esboza otra sonrisa breve y se acaricia el abultado bigote.

—Además, la quimioterapia hará que se me caiga el pelo y no me quiero quedar calva.

Presumida hasta el final, piensa Carmina desde el techo.

—La comprendo —responde él.

—¿Y qué otros efectos tiene la quimioterapia?

—Náuseas, diarreas…

—¡Uy! No, de ninguna manera. No quiero pasar por eso.

—Entonces, podemos darle medicamentos y pautas para

controlar los síntomas del cáncer todo lo bien que podamos y para que tenga la mejor calidad de vida el tiempo que le quede.

—¿Y cuánto tiempo es eso?

—Es imposible de decir. Seis meses sin tratamiento; con quimio seguramente más.

Carmina, arriba, en el techo, siente un escalofrío. Pobre mujer, piensa.

—Esto no es como las matemáticas. No es dos y dos suman cuatro. Depende de cada organismo. Ya iremos viendo, según cómo evolucione, qué necesita. Como primera medida, podemos controlar el dolor —el médico escribe con el teclado del ordenador—. Ahora le hago la receta.

—¿Y el insomnio? ¿Me puede dar algo para dormir? No duermo muy bien, últimamente.

Y lo que vendrá, piensa Carmina. No le parece que, después de este diagnóstico, la situación vaya a mejorar.

—También se lo apunto.

El médico imprime la receta y se la da mientras le va explicando cómo y cuándo tiene que tomar cada medicamento.

—De todos modos, esto solo es hasta que la visite el equipo de cuidados paliativos del hospital. La llamarán para darle hora…

La mujer lo interrumpe:

—Y a partir de ahora, ¿no me podría poner en manos del doctor Rovira?

El otro pone cara de no saber de quién le habla.

—Mi médico de cabecera de toda la vida. El que me mandó al hospital. Quiero decir que, de momento, ¿no podría ocuparse de mí mi médico en vez de este equipo que usted dice?

Le confirma que sí, que lo pueden solucionar y le hace otro escrito, que la impresora vomita y él mete en un sobre.

—Déselo al doctor Rovira.

Carmina no deja que la mujer salga sola y vuelve con ella.

Todavía no sabe cómo, se encuentra en la calle Conde Borrell delante de casa. ¿Cómo he llegado hasta aquí?, se pregunta. Tiene la cabeza embotada, llena de una niebla espesa que se le enreda con los pensamientos. De vez en cuando, le salta algún chispazo: cáncer, paliativos, muerte… Tan confuso… De repente se acuerda: la puerta. Se ha dejado la puerta abierta. Pasa por delante de la portería y saluda a Candela, pero no se entretiene en hablar de naderías como hace siempre. Se mete en el ascensor con el corazón latiéndole al ritmo de una batucada.

Llega al piso… Y la puerta no está abierta. La ha cerrado bajo siete llaves. Al instante, se nota empapada de arriba abajo de un bienestar que le deja las piernas de algodón. La niebla de la cabeza se disipa y puede pensar con claridad. Ha sufrido en vano. Qué manera tan tonta de perder la serenidad.

Tengo que sentarme, se dice; si no, caeré redonda en el recibidor. Y entra en la sala, deja el abrigo tirado de cualquier manera en el sofá, se sirve una copita de Pedro Ximénez y se arrellana en su butaca, junto al acuario.

—Moby… —dice, acercándose al cristal para observar más de cerca a su pez gurami: el pez que lanza besos.

Moby saca los labios afuera y ella se considera besada.

—¡Salud! —dice—, porque la voy a necesitar: hoy me han dicho que no me queda mucho tiempo de vida. Y, ¿sabes qué?, no acabo de creérmelo.

Morir, se dice Carmina, en los últimos años en Occidente parecía más una posibilidad que una realidad. Ahora tendrá que admitir que no es una opción. Que aquello que parecía que solo les pasaba a los demás también le ha tocado a ella. La copita de vino de postre, dulce y espeso, ha acabado de aclarar la bruma que todavía enturbiaba su mente.

Decide mirar a la muerte de cara, pero tiene que apartar los ojos. Duele demasiado.

Durante un rato, elimina cualquier idea, cualquier palabra, cualquier imagen de su mente. La deja sin contenido; al menos sin contenido consciente. Se concentra solo en las piruetas naturales y fluidas de Moby. Es un pez elegante, además de besucón.

Pero no tarda mucho en sentirse traspasada por un rayo: su vida se acaba, lo quiera o no.

—Moby, me muero. Me muero y hay algo que tenía que hacer y no he hecho.

Piensa en el testamento vital y no tanto en dejar claras las órdenes —¡órdenes, sí!— de cómo quiere acabar, sino también para que sus niñas, sus sobrinas, sepan que la suya ha sido una vida plena. Es consciente de que ellas saben que se lo ha pasado bien con la familia, con el trabajo, con las amistades, con los viajes a Londres y a tantos otros lugares, con los *hobbies*, pero no saben nada de su vida amorosa. Y a pesar de que no piensa enumerar punto por punto todos sus amores, que han sido al menos cinco, sí que les quiere contar el primero. El que vivió en 1956, cuando acababa de cumplir veinticuatro años. No quiere que se queden con la idea que se han hecho de su vida amorosa o sexual, o las dos. Y lo sabe porque alguna vez las ha sorprendido con un gesto, una mueca, un comentario, más transparentes de lo que creen. Pobre tía, que tuvo que ir al ginecólogo porque tenía pérdidas y resultó que no era ningún trastorno menstrual, sino que se había olvidado un tampón en la vagina. Aquel fue el día en que más cerca estuvo de que la desvirgaran. Pobre tía, se morirá sin saber nada de las maravillas del sexo.

3

Fue fulgurante. Como si acabara de nacer en el momento en que vio por primera vez a Moby Dick. En ese instante, salió de la ceguera en la que vivía para entrar en una zona luminosa. Y un deseo imparable, como una ola que lo arrasa todo a su paso, se instaló en su cuerpo: no solo en el sexo, sino también en cada milímetro de piel, y en los labios, y en los pezones, y en los dedos, y, sobre todo, en la mente. Sin embargo, tardó al menos cuatro días en relacionar aquel estado de excitación frenética con el deseo sexual. Durante aquel periodo estuvo desconcertada, quizás porque nunca había experimentado nada semejante y le costaba identificarlo y ponerle un nombre.

No obstante, la noche en la que, al salir del baño, se encontró sin preverlo con su brazo alrededor de la cintura, ya no tuvo ninguna duda: necesitaba un contacto físico muy estrecho con Moby Dick. Quería tocarle la piel, quería quedarse a vivir en su cuerpo.

Moby Dick le atravesó las pupilas con las suyas, como si quisiera leerle los pensamientos que le hervían en la cabeza. Pero allí no había pensamientos; todo el espacio lo ocupaban sus emociones. Notó unos dedos que le retiraban el cabello de la frente y que, después, corrían hacia el cuello para acariciarle la nuca.

«*Allons-y*», dijo Moby Dick, con aquella voz ronca y segura. Y anduvieron como si fueran una sola persona hasta la habitación de

Carmina. Se quedaron delante de la cama mirándose y tocándose despacio para aprenderse de memoria la forma de las caras y de los cuerpos.

Moby Dick le desabrochó la camisa botón a botón, mientras ella tenía una urgencia tan imperiosa que habría querido decirle que no importaban los botones. Que los hiciera saltar y acabaran de una vez. Pero Moby Dick tenía todo el tiempo del mundo y se concentraba en cada movimiento con una liturgia precisa. Le desnudó los hombros y se los besó con besos cortos y excitantes. Le bajó la falda y la hizo caer hasta los pies para lamerle el vientre y la cintura, mientras con dedos diestros le quitaba el sujetador. Pronto las manos de Moby Dick cubrieron sus pechos, como queriendo apreciar su medida y forma. Carmina notó que las manos se abrían y resbalaban por el lateral de sus pechos hasta que las puntas de los dedos se detuvieron en sus pezones y los frotaron con delicadeza. Entonces, se dio cuenta de que sus pezones tenían una conexión directa con su sexo. Y, sin poder ni quererlo evitar, liberó un gemido vibrante.

«Ven», le dijo sin dejar de acariciarle uno de los pechos. Y la ayudó a tenderse en la cama. Se quedó boca arriba, con los ojos cerrados mientras notaba que Moby Dick le quitaba las braguitas. Después, adivinó que se desnudaba y se echaba. Los dos cuerpos se colocaron de lado, las piernas y los brazos entrelazados, los olores de sus pieles hechos uno. Carmina aspiró con fuerza ese olor nuevo que, creía, recordaría siempre como el del deseo. Y entonces, la punta de la lengua de Moby Dick le humedeció los labios y le entró en la boca. La sorprendió aquella especie de pez, potente y a la vez delicado, moviéndose para buscarle la lengua. Nunca la habían besado y se enamoró de esa caricia.

Cuando hacía mucho rato que mezclaban las salivas, los dedos de Moby Dick se pasearon, primero con cautela y después con audacia, por el musgo de su sexo, hasta llegar a encontrar el botón del placer.

Carmina se dejaba hacer; se había abandonado con confianza al juego, del que ignoraba las reglas, pero que imitaba como en el contrapunto de un canon. Todo lo que Moby Dick hacía, ella lo repetía en un intervalo de pocos segundos, hasta que sus movimientos dejaron de alternarse para producirse a la vez.

Claro que Carmina sabía lo que era un orgasmo. Pero la fusión que sintió esa noche, y todos los días que siguieron, no tuvo nada que ver con lo que había sido hasta entonces la explosión del placer. Acababa de asomarse a un mundo ignorado que ahora reconocía como propio. Y se alegró muchísimo de que su madre no estuviera, de que no hubiera podido oír el ruido que habían hecho y, sobre todo, de que todavía tuviera que quedarse unos días más en casa de su hermana.

Después, cuando hubieron satisfecho el deseo —al menos durante un rato—, Carmina le dijo que no pensaba dejar que saliera del dormitorio hasta que le contara por qué escondía su nombre real tras aquel apodo tan literario y cuál era la misión tan secreta que le habían encargado. Moby Dick se rio: si el castigo por no hablar era quedarse en la cama con ella durante unos cuantos días, no tenía ningún motivo para desvelarle el secreto.

—Venga ya, te lo digo en serio —dijo Carmina—. Necesito saberlo.

—De acuerdo. Te contaré algo, aunque no sé si es prudente hacerlo.

Ahora fue Carmina quien se echó a reír:

—La prudencia no nos ha caracterizado hasta ahora.

Moby Dick le dijo, mientras con el índice le dibujaba el perfil de la cintura y la cadera, que no le diría ni su nombre auténtico, ni a qué se dedicaba en la vida real, ni dónde vivía...

—No quiero que sepas nada de mí, no quiero ponerte en peligro; solo te contaré qué es lo que me ha traído hasta aquí.

Y le contó que un marchante de arte parisino le había pagado el billete y una suma más que generosa para que viajara a Barcelona y buscara un cuadro desaparecido. Continuó diciéndole que iba detrás de la obra *Mutilados de guerra*, que Otto Dix había pintado en 1920. Durante el nazismo, Dix fue uno de los primeros catedráticos de arte destituidos por el régimen y, más tarde, tildándolo de «pintor depravado», los nazis habían quemado muchas de sus pinturas, especialmente toda la serie que hacía referencia a la Primera Guerra Mundial, porque las consideraba deshonrosas. No obstante, el marchante de arte parisino sabía que ese cuadro se había salvado y creía que había sido robado por los nazis, como tantas otras obras de arte. Es más, sospechaban que Léon Degrelle... Carmina le preguntó quién era Léon Degrelle y tomó su mano para dejarla descansar sobre su sexo. Moby Dick le contó que Degrelle era un político belga, que en la actualidad tenía unos cincuenta años. En Bélgica había fundado el movimiento Rex, un partido nacionalista y católico, que, durante la Segunda Guerra Mundial, se había acercado enseguida al nacionalsocialismo para acabar colaborando con el ejército nazi durante la ocupación de Bélgica y que, justo cuando la guerra se acababa, había huido para instalarse en España. «Y el marchante parisino, que conoce bien a Léon Degrelle, piensa que tiene la pintura de Dix para poder mantenerse a flote económicamente. Y teme que la venda en el mercado negro y que ya no se pueda recuperar».

Moby Dick terminó la historia haciendo una contorsión y besándole el sexo. Después, volvió a tenderse a su lado.

Carmina, pensativa, le acarició el vientre. Después, con el índice, le dio la vuelta a la fina pulsera de plata que Moby Dick llevaba en la muñeca. Le preguntó si tenía algún plan concreto. Pero, antes de que Moby Dick pudiera contestar, ella le expuso uno que se le acababa de ocurrir.

—Tengo un amigo, vecino de la escalera, Sebastián, que tiene mucha relación con un policía. Estoy segura de que, si se lo pidiéramos, nos ayudaría.

Moby Dick levantó las cejas.

—No seas ingenua, querida. Las autoridades españolas son franquistas, es decir, fascistas. Y si van a ponerse de parte de alguien se pondrán de parte del nazi huido, puedes estar segura.

—Tienes razón, claro. Solo tenía en la cabeza mi gran amistad con Sebastián.

—Si acaso, lo que tendré que hacer es ir con mucho cuidado con ese Sebastián.

—¡Anda ya! Cómo exageras. No hay nada que temer de él.

Carmina vuelve al presente de golpe. Y lo primero que le pasa por la cabeza es el maldito tumor de páncreas. Parece que no pueda ser, se dice.

—Ya lo ves, Moby —le dice al pez, que da vueltas por la pecera de cristal y, de vez en cuando, desaparece por entre las plantas que decoran el fondo. Es un pez tímido, al que le gusta vivir solo. Como ella, piensa. La soledad no le da grima. Siempre le ha gustado disponer de su tiempo y su espacio como mejor le parece. Por eso nunca habría podido vivir con nadie. Ni siquiera con Moby Dick. O, con Moby Dick, todavía menos que con cualquier otra persona.

Eso lo supo desde el día que se liaron: su historia sería fugaz. Intensa pero fugaz. Moby Dick tenía una personalidad desconcertante y un poco salvaje. Y la de ella, la de Carmina, era bastante indisciplinada e independiente. Moby Dick procedía de otro país y no tenía ninguna intención de quedarse a vivir en Barcelona. Y ella, Carmina, tenía clarísimo que quería continuar viviendo siempre en Barcelona. La colección de amores de Moby Dick era larga y muy diversa, según le contaba. En cambio, ella no había conocido el amor hasta que no se había topado con Moby Dick. Y, sobre todo, la gran diferencia de edad: veinticinco años era un abismo temporal, quién sabe si, a la larga, insalvable.

Ya ha pasado la hora de comer, pero Carmina no tiene hambre.

Se dice que bajará a la calle a comprar una grabadora. Porque, lo tiene claro: no puede escribir a mano su testamento vital. Si ni ella misma se entiende ya la letra, no pretende que las sobrinas puedan hacerlo. ¡Qué lástima! Tan bonita y clara como la había tenido de joven y, ahora, en cambio, no sabe por qué, le sale torcida e irregular. Y no es porque le tiemble la mano, no. Es como si hubiera perdido la capacidad —o quizás la paciencia— para trazar la línea de las letras de manera ordenada. Así que comprará la grabadora más sencilla del mercado y grabará la historia vivida en aquellos días de 1956 para que sus sobrinas puedan conocerla mejor una vez que haya muerto. ¡Muerto!, se estremece.

Apaga la colilla del cigarrillo entre todas las demás que pueblan el cenicero.

Se dirige hacia el armario de la ropa blanca, que está en el cuarto de al lado de la sala. Es una habitación que no tiene un nombre concreto porque en parte es su despacho, donde, en los últimos tiempos, no hace otra cosa que ordenar facturas y colocarlas en las carpetas que guarda en el *secrétaire*. También es la habitación de coser. Pero hará unos cinco años que no toca la máquina. ¡Tanto como la había usado! Después de morir Jerónima, se apuntó a un curso para aprender a utilizarla y también a uno de patronaje. No quería dejar de estrenar ropa, y no siempre podía permitirse ir a la modista… Y ahora solo saca la cesta de la costura cuando tiene que repasar un botón o un bajo. Y, al mismo tiempo, es la habitación en la que está el armario con las toallas, las sábanas, los trapos de cocina, la mantelería… y los cartones de tabaco, que siempre tiene de reserva. Y hace muchos años, en 1956, era su dormitorio.

Abre el armario antiguo, de madera de roble, con una pequeña moldura en lo alto, recubierta de diminutos azulejos pintados con unas rosas de pitiminí, muy delicadas. La nariz se le satura del olor de lavanda que siempre coloca en bolsitas de gasa entre la ropa doblada. De debajo de las toallas de baño extrae una carpeta marrón, cerrada con gomas elásticas. Dentro están los sobres con el dinero. Y, en cada sobre, ha escrito el concepto que representa: comida, droguería, farmacia, tabaco, varios… En este último sobre, cada mes mete una cantidad para que, si surge algún imprevisto, pueda hacerle frente sin tener que ir al banco.

El sobre está vacío. Ella habría jurado que había dos billetes de veinte euros. ¡Por supuesto que estaban ahí! Recuerda que es lo que le sobró del billete de cincuenta que usó para comprar un salero nuevo para la cocina. El viejo se le rompió el día que se tropezó con el taburete y se cayó al suelo. De eso, ni una palabra a las niñas, que, si no, volverán a decir que no puede vivir sola, que no se la pueden jugar a que se caiga y se haga daño… Como si el hecho de vivir con alguien te pudiera ahorrar el batacazo. En cambio, vivir con alguien le quitaría su independencia y eso no lo puede negociar. Quiere vivir sola, seguir los horarios que le apetezcan, comer cuando tenga hambre y lo que quiera —quizás solo una onza de chocolate negro—, escuchar, una tras otra, óperas de Puccini, ver películas con Sebastián y, sobre todo, leer, leer y leer, hasta que los ojos le lloren. Esto es, hacer lo que le pase por la cabeza, sin que nadie la moleste.

Sí, debería haber cuarenta euros y ya no están. Si se lo dice a las niñas, se pondrán nerviosas y dirán que chochea y volverán a la carga con que le pondrán una chica que viva con ella… Pues no se lo dirá. Pero es evidente que alguien le entra en casa.

Coge el dinero del sobre de la comida, menos importante que el del tabaco. Sale de la habitación y avanza por el pasillo para ir al baño antes de bajar a la calle, que, si no, luego todo son prisas para llegar a tiempo al váter. Y justo cuando está a la altura de la puerta del baño, ve un resplandor en el cristal de la puerta abierta del comedor. Se acerca sin entender qué puede ser esa lucecita azulada. La toca y desaparece. Es un reflejo.

Se da la vuelta para ver de dónde viene. La puerta está abierta contra la pared del pasillo. Por lo tanto, solo puede provenir de delante, de la cocina. Entra en la cocina y descubre que uno de los fogones está encendido.

¡Madre mía!, se dice. No era la puerta del piso, el despiste; era el fogón.

Quizás sí chochea, piensa. Eso tampoco se lo puede contar a las sobrinas, claro. Porque si ella misma se siente desconcertada e intranquila, figúrate cómo se lo tomarían ellas.

Y mientras baja a la calle se pregunta si también los cuarenta euros que han desaparecido son una muestra más de su envejecimiento y no de que alguien le entra en el piso.

4

Lleva un buen rato releyendo —desde hace algunos años prefiere la relectura a la lectura— algunas páginas de una novela de Michel Tournier: *Viernes o los limbos del Pacífico*. Es una novela que recrea el Robinson de Defoe y que habla de la soledad categórica. Busca un fragmento que siempre utiliza como imagen para relajarse. Ahora que el maldito tumor le pone más difícil encontrar la paz, quiere leerlo como si fuera la primera vez. En él se cuenta que Viernes ha transformado la piel de un rebeco, a base de insertarle unas varas y coserla, en un rebeco volador, que Carmina imagina como un globo. Y ve el rebeco-globo planeando sobre la corriente de aire o bamboleando en el cielo, aprovechando una corriente vertical.

Lee: «Robinsón se tendió a su lado y ambos contemplaron durante largo rato el rebeco que vivía en medio de las nubes, cediendo a bruscos e invisibles ataques, atormentado por corrientes contradictorias, debilitado por una repentina calma, pero conquistando de nuevo, en un impulso vertiginoso, toda la altura perdida».

Se imagina que ella es ese globo columpiado por el viento, recortándose sobre un cielo azul cobalto. No siente dolor, no tiene preocupaciones… Y nota que entra en una relajación profunda.

Ahora sí, ya considera que está a punto para ponerse a hablar ante un aparato menudo como una caja de cerillas de las grandes.

Coge la grabadora: una maravilla de la técnica que no necesita ni siquiera cintas porque lleva una tarjeta capaz de acumular horas y horas de mensajes, o eso le han dicho. Y, además, es muy fácil de utilizar. Está pensada para personas como ella, analfabetas tecnológicas. El móvil, por ejemplo, solo lo sabe usar como teléfono. ¡Y gracias! ¡Ah, sí! Y después de muchísimo entrenamiento con las niñas ha aprendido a usar el grupo de WhatsApp que le prepararon con el nombre de «Mosqueteras». Dicen que ellas tres, las dos sobrinas y la tía, son como los mosqueteros y tienen el mismo lema: «Todas para una y una para todas». Vamos, tiene que reconocer que hacer el esfuerzo de ejercitarse en el uso de ese artefacto ha resultado un acierto: ahora puede tener conversaciones con ambas a la vez e incluso verles la cara.

Empieza a grabar.

Viernes, 27 de abril de 1956

Cogí el abrigo de entretiempo y me lo puse. Ya era mi hora de salir. En ese momento, se encendió el piloto del teléfono interior. Chasqué la lengua. Muy a menudo a la hora de irme, a don Ramón le surgía un trabajo urgentísimo.

Descolgué el aparato.

—Carmina, venga un segundo. Tengo que dictarle una carta.

Le maldije, pero fui con un bloc de notas y un lápiz en la mano.

—Pase —dijo cuando llamé a la puerta. Y, al verme con el abrigo, dijo—: Ay, lo siento, ya se iba… No la entretendré mucho.

Yo hice un gesto que tanto podía interpretarse como «no pasa nada» o como «eres un malnacido», y me dispuse a escribir el texto con taquigrafía.

—Es para el señor Escalas —dijo, lo que significaba que ya completaría yo no solo la fecha sino también el nombre del destinatario y el cargo: presidente de la Junta de Obras del Puerto de

Barcelona—. Distinguido amigo, como usted recordará, puesto que es una costumbre con muchos años de antigüedad, a finales del ejercicio se suele hacer una propuesta de gratificación por trabajos extraordinarios a favor del secretario de la Junta, propuesta que va firmada por el Presidente y por el Ingeniero Director. Como tengo la seguridad de que la Superioridad tiene que aprobarla para este año a favor del señor Bruguera, por una cantidad de entre 8 000 y 9 000 pesetas, creo que podría formularse por este último importe y que podría justificarse en la próxima reunión de la Comisión Permanente.

Durante un momento, el hombre no dijo nada, como si dudara si añadir algo más. Por fin, lo dio por terminado:

—Eso es todo. Cuando la tenga, me la pasa para firmar y la lleva a registro.

Salí como un meteoro y, mientras introducía el papel en blanco y el de copia en el carro de la máquina de escribir, marqué el número de teléfono de la agencia de aduanas. Lo hice con el culo de un lápiz para no dejarme la uña del índice dentro del dial en forma de disco. Llevaba las uñas como la Bacall en una fotografía que había visto en el quiosco: largas, puntiagudas y lacadas de un color claro, y no tenía ninguna intención de prescindir de ellas.

—¿Puedo hablar con Jerónima Bueno, por favor? —pregunté mientras acababa de preparar los márgenes de un lado y del otro y soltaba la barrita para sujetar el papel con fuerza contra el cilindro—. ¿Mamá? Soy yo. No bajes todavía a la calle. Sí, un trabajo… Calcula unos treinta minutos.

Me puse a mecanografiar la carta con mucho cuidado para no tener que usar la goma de borrar. La goma no era perfecta y siempre dejaba sobre el papel blanco una ligerísima mancha que estropeaba el conjunto. Conseguí llegar hasta el final sin ningún error. Luego, en un sobre, mecanografié el nombre del destinatario.

Cuando tuve la carta y la copia firmadas por don Ramón, fui a dejar la copia en el archivo y lo hice volando, literalmente, porque bajé los peldaños de dos en dos y eso que llevaba tacones de aguja. Tenía una habilidad inesperada para correr y saltar sobre ese calzado que mi madre consideraba endemoniado. Entré en el registro.

—¿Qué? ¿Trabajando después de la hora de marcharte?

Me encogí de hombros con resignación y, a la vez, dibujé una sonrisa pilla.

—Tengo unas ganas de poner tierra de por medio…

Mientras el otro registraba la carta, abrí el bolso y saqué una polvera para mirarme en el espejito interior. Me alisé un poco el pelo. ¡Me era imposible dominar mis execrables rizos! Quizás para compensar mi «despeinado», me repasé la boca con el pintalabios. Me quedaron los labios de fuego.

—Aquí lo tienes.

Metí la carta en el sobre y, después de un instante de vacilación, me lancé:

—¿Me haces un favor? ¿Le puedes dar esta carta al ordenanza para que la deje en el despacho del señor Escalas? —Miré la esfera pequeñita de mi reloj de pulsera. Había tardado más de lo que me imaginaba. Tendría que correr si no quería que a mamá le salieran telarañas esperándome—: Llego tardísimo.

—¡Claro que sí!

Salí deprisa y corriendo por la puerta principal de la Junta de Obras del Puerto y crucé la puerta de la Pau. Me apresuré por las calles sin correr tanto como habría querido porque, si uno de los tacones se me metía entre dos adoquines, me habría fastidiado. Al llegar al paseo de Colón, ya la vi de pie delante del número veintitrés, bajo el gran letrero que anunciaba: *Sucesores de Gaillarde y Massot*. La agencia de aduanas había sido de mi padre, a quien no conocí porque murió cuando yo todavía estaba dentro del útero de mi madre. Precisamente, ella se incorporó al negocio como contable poco tiempo después de haberme parido.

Reduje el paso para que no me llamara alocada, como siempre. Ella, en cambio, era toda una señora. Tenía muy buena pinta, con su metro setenta y pico, su aire determinado… Sonreí. Parecía determinada, pero no lo era; cuando tenía que tomar una decisión le daba vueltas y más vueltas hasta que las ideas acababan desgastadas. Su pelo, de ondas suaves y ordenadas, le enmarcaba el rostro. Le envidiaba ese cabello disciplinado. Ahora ya empezaba a encanecer y eso le daba un aire todavía más respetable. Tenía una mirada viva, clara, y una nariz ganchuda, que también ayudaba al aura de autoridad que desprendía. Y, pese a todo, era una madraza. Eso sí, una madre que nunca interfería en mi vida. Nuestra vida en común era de tolerancia mutua.

Me vio y levantó la mano.

—Siento llegar tarde —le dije.

—No pasa nada. Acabo de bajar. —Me dio un beso volátil en la mejilla—. Ven. Vamos a sentarnos unos minutos en la plaza del Duque de Medinaceli. Tengo que contarte algo que te sorprenderá.

Me había dejado intrigada. ¿Qué podía ser esa noticia que requería tanta preparación para poder ser revelada?

Entramos en la plaza y, como siempre que lo hacíamos, pensé que tenía un aire muy inglés. Nos sentamos en uno de los bancos. La brisa nos traía el aliento enérgico del mar.

—Cuéntame —le pedí. Y luego encendí un cigarrillo. Una mujer que pasaba por delante me echó una ojeada rápida e impertinente. Una mirada que decía: las mujeres no deben fumar en la calle. Abrí la boca para que el humo saliera sin impulso; se deshilachó delante de mí y revoloteó.

—Tenemos que acoger en casa a una persona que viene de Francia con una misión difícil y secreta.

—¡¿Qué me dices?!

—Sí. De verdad. No me mires como si estuviera loca. Es cierto lo que te digo y no podemos contárselo a nadie.

—Pero, mamá, no puedo creer que te hayas metido en un lío… Un lío de espías. Tú, que eres tan prudente.

—Mujer, tanto como de espías… Tú siempre imaginando películas. El caso es que le debía un favor a la familia de Francia. Ya sabes que, durante la guerra, gracias a las provisiones que nos enviaban a través del consulado, no pasamos hambre.

—Lo sé porque me lo has contado muchas veces. No porque yo lo recuerde. Bueno, así que no les podías decir que no.

—Exactamente. Además —mamá se detuvo un momento—, además nos lo pagan muy generosamente.

—¿Nos lo pagan? —repetí sorprendida de que ella lo aceptara.

—Pues sí. Me han dicho que no quieren que suponga una carga económica. Y, francamente, la cantidad que me han ofrecido nos viene muy bien en estos momentos.

Confieso que esta frase tendría que haberme puesto sobre aviso, pero no presté suficiente atención. Continuó:

—Por otro lado, no corremos ningún riesgo. Lo único que me han dicho es que cuanto menos sepamos sobre la misión y sobre la persona que viene, mejor para nosotras.

—Una película de espías, ya te lo he dicho.

—Que no, nena, que nos limitaremos a alojar a Moby Dick.

—Moby Dick —repetí yo, entre divertida y excitada. Tenía la impresión de estarme metiendo en una película de Alfred Hitchcock. En *Encadenados*, por ejemplo, y yo era Ingrid Bergman.

—¿Me estás escuchando?

—Sí, sí, claro.

Mi madre levantó una ceja.

—Bueno, como te decía, solo conoceremos su apodo: Moby Dick. Nada más. O sea, que procura no hacerle preguntas, no sea que se incomode.

—No te preocupes. Me encerraré a leer en mi habitación y te dejaré a ti el honor de hacer de anfitriona.

—No, mujer, necesito que me ayudes.

—Sí, mamá, puedes contar conmigo. Solo lo decía para hacerte rabiar.

Empezó a soplar un aire más fuerte, desagradable.

Mamá se levantó.

—Qué abril tan poco plácido. Hay días que todavía parecen de invierno. —Y se levantó el cuello del abrigo. Se metió la mano en el bolsillo para sacar dos billetes de diez pesetas y uno de veinte—. Ten, para que compres algo para cenar esta noche: pan, tomates, huevos, fruta…

—¿No vienes a casa?

—No. Me voy a la estación de Francia.

—¿A recibir a Moby Dick?

—Exacto. Llega en el tren de las seis y media. Tú, mientras, prepara una cena ligera…

—¿Pan con tomate, tortilla, queso y un poco de ensalada?

—Perfecto. Y haz la cama y prepara la habitación de invitados para Moby Dick.

La vi alejarse sobre los zapatos negros, mucho más sensatos que los míos. El cabello le bailaba sobre el cuello levantado del abrigo. Un abrigo de hombreras cuadradas muy marcadas, como se llevaban esa temporada. Se había adaptado con mucha gracia un abrigo de tres o cuatro años atrás.

5

—Mira, Moby —le dice al pez besucón, mientras se sienta a su lado—. Todavía no se lo he contado… a las niñas, quiero decir. Pienso: ¿para qué hacerlas sufrir antes de tiempo? No les he dicho nada del maldito diagnóstico del doctor Martínez. Además, hay momentos en los que todavía me digo: ¿y si se ha equivocado ese médico? Que bien podría ser, ¿no?

Acerca los ojos al acuario y, a través de la pared transparente, ve el pez deforme. Como si estuviera preñado. La imagen es fruto de una sutil impureza del cristal. A simple vista, no se percibe. Solo si te acercas y usas la pecera como lente, entonces ves, del otro lado, la figura aplastada y con los bordes más anchos.

—¿Sabes qué pareces, Moby, cuando te miro desde aquí? Una mesa camilla. Como la que teníamos en esta misma sala en los años cincuenta, cuando todavía no habíamos puesto calefacción en el piso.

Entonces, se dice, la casa estaba helada. En el mes de noviembre, por estas fechas, era un suplicio alejarse del calor de las brasas.

Solo con pensar en los meses de noviembre, ya nota el escozor de los sabañones en los dedos y la dulzura y pastosidad de las castañas en la boca. En esa época, incluso en la sala, con el brasero, hacía frío. A pesar de que la sala tiene el gran mérito de estar orientada al sur y de que a menudo está soleada. Como ahora, por ejemplo, sonríe Carmina, besada por los últimos rayos. Y levanta la cara para sentir su reflejo en las mejillas. Aunque no su calor; para eso todavía faltan meses. Y se pregunta si todavía estará a tiempo de vivir otra primavera. Y tararea la canción de Jacques Brel, *Que c'est dur de mourir au printemps*.

Vuelve a recordar la conversación con sus sobrinas. Querían saber qué le había dicho el médico, y ella que nada, que era un mal pasajero, digestiones pesadas, que se resolvería con un poco de dieta y unas pastillas. Y se lo han tragado. Y ella un poco, también. Quizás no tiene nada. Malas digestiones y ya está.

El pez le lanza uno de sus besos automáticos. Y ella se endereza, de repente tiene el diagnóstico en la cabeza. Se está muriendo. Aunque prefiere fingir que el doctor Martínez se equivoca, la realidad es la que es: se muere. ¡Qué poca gracia le hace!

Suspira. Va a tener que preparar a las niñas para lo que se acerca. Porque quiere que lo pasen juntas, quiere morir junto a ellas. Cuando sea la hora, le gustaría tener una a cada lado y poder cogerles la mano. Irse consciente del último suspiro y consciente de que las quiere y de que ellas también la quieren. Y de que la echarán de menos. Por lo tanto, se lo dirá, sí, pero no ahora. Necesita tiempo para metabolizarlo y ser capaz de vivir el final con firmeza y dignidad. También necesita tiempo para terminar la grabación. Ahora mismo, la inquieta no haberlo hecho antes y teme no poderla acabar a tiempo. Teme dejar incompleto el testimonio de esa parte de su vida que las sobrinas ni siquiera sospechan. Tiene que poder contárselo todo. Y, cuando haya terminado, habrá llegado la hora de decirles: Niñas, ahora sí que mi camino llega a su final. Y será el momento de darles el folio donde ha apuntado las instrucciones de cómo quiere vivir su muerte. Casi le da un ataque de risa; ¡vivir la muerte! Qué expresión más curiosa y, pese a todo, revela exactamente lo que dice en ese folio. Lo ha escrito con letras mayúsculas para que no haya problemas de interpretación o de imposibilidad de lectura.

Saca un cigarrillo del paquete y lo enciende con la parte final del que se está fumando, antes de aplastarlo entre el bosque de colillas. Se mira los dedos índice y medio de la mano derecha, amarillos de tanta nicotina. No le gusta nada, pero ya ha renunciado a recuperar su color original.

Morirse. Todavía le cuesta hacerse a la idea. Le parece irreal, como si le estuviera pasando a otra, como si su cerebro no pudiera procesarlo. Y, cuando por fin lo acepta, le parece que delante tiene un abismo negro, sin fondo. Un mar de mercurio, eso le parece la muerte. Te hundes en él y todo ha terminado. Le da vértigo precisamente por eso: porque el final es el final de todo. Y también porque ignora cómo será. ¿Se desmoronará? ¿Sufrirá? ¿Sentirán agobio quienes la rodeen? Un sudor frío le empapa el cuello y la cara.

—Ay, Moby —le susurra al pez, que a través del cristal tiene forma de peonza—, con lo que me gusta vivir. Dicen que la vejez es terrible, pero a mí no me lo ha parecido lo más mínimo. Cuando eres joven no lo creerías posible, pero la verdadera felicidad llega a partir de los sesenta años. Créeme. La serenidad que has alcanzado te permite vivir mucho mejor.

La vejez es una etapa llena de luz, piensa. Llena de luz si eres capaz de captarla y también si tienes una salud y una economía lo bastante buenas.

Ella, por ejemplo, tiene una pensión que le permite ir tirando con suficiente decencia y una forma física excelente para su edad, si no cuenta los problemas de equilibrio y el dolor en las piernas y la espalda. Y, claro, ahora también hay que tener en cuenta el maldito tumor, que es una mancha en su expediente de salud. Una mancha execrable, porque será la definitiva.

La palabra «definitiva» actúa como un muelle y hace que se levante de la butaca. Lo que necesita, piensa, es una copita de Pedro Ximénez. Es una bebida que toma con regularidad y con prudencia: cada día una copita y ya está. Es un placer notar como el líquido espeso le llena la boca y le baja por la garganta hasta llegar al estómago. Le gusta el sabor, pero también la sensación de calor.

Va hacia el otro lado de la sala, despacio, evitando la punta de la alfombra que se levanta un poco. Las niñas siempre le dicen que ya es hora de que quite para siempre todas las alfombras del piso; que cualquier día tendrán un disgusto porque se tropezará con uno de los bordes retorcidos.

Llega a la vitrina baja que usa de mueble bar. Abre una de las puertas de cristal y saca una copita y la botella de Pedro Ximénez. Está a punto de servirse, pero lo piensa mejor y decide llevarse copa y botella a la mesita baja que tiene delante de la butaca. Por un día, si se toma dos no pasará nada.

La pastorcilla del cuadro que ocupa gran parte de la pared, entre el chifonier y la vitrina de las bebidas alcohólicas, la observa benévola desde su arcadia feliz. Carmina se lo toma como una invitación a transgredir.

Deshace el camino con más prudencia que antes. Ni quiere caerse con el extremo de alfombra que se retuerce —le da una patada malhumorada— ni quiere que se le rompan botella y copa.

Se sienta junto al acuario. Se sirve el vino dulce y brinda con la pecera.

—¡A tu salud, Moby! —dice.

Y da un sorbo con los ojos cerrados para concentrarse más en el sabor de la bebida. El líquido denso le inunda la boca y le moja la bóveda del paladar. Riquísimo, como siempre, le dice al pez, que nada indiferente a los placeres del ama. Entonces alarga el brazo hacia el mueble sobre el que descansa el acuario, donde tiene las óperas que le organizaron las niñas. Los títulos con mayúsculas, las piezas ordenadas alfabéticamente… Solo tiene que elegir una, meterla en el aparato y pulsar el botón. Mucho más sencillo que con los LP de pasta y el tocadiscos de brazo de hace tantos años. Selecciona *La Bohème* y la paladea con el mismo placer y la misma lentitud con los que paladea las dos copas de vino.

Cuando la última nota se apaga, Carmina tiene los ojos llenos de lágrimas por la belleza del canto.

—*Marcello, è spirata…* —dice repitiendo una frase de la obra.

Sí, Mimi ha expirado. Ha muerto. Entonces, recuerda la expresión que ella misma ha usado un rato antes: mi camino llega a su final. La inspecciona. No le gusta. Es un eufemismo. La gente usa mucho esos atajos para referirse a la muerte: se ha ido, ha emprendido el último viaje, nos ha dejado… ¡Tonterías! Morirse; ese es el verbo que mejor define lo que pasa al final de la vida. Eso también lo tiene que anotar en la hoja de instrucciones para sus sobrinas.

Se levanta de la butaca con más dificultades de las habituales. Efectos del alcohol. Rodea la mesa baja, pasa por encima del bucle de la alfombra sin tropezarse. Y sí, se tambalea hasta llegar al chifonier que hay al otro lado de la sala, no muy lejos de la vitrina bar. Saca el folio de uno de los cajones y escribe que no quiere que hablen de batallas contra la enfermedad, que esto no es una guerra; ni quiere que digan que se ha muerto de una larga enfermedad, que digan que se ha muerto de cáncer: las palabras no matan; y que no digan que ha perdido una batalla, porque no la ha perdido: ha tenido una vida plena y ha llegado al final, como cualquier organismo vivo.

Con mirada crítica observa lo que acaba de escribir y cree que, a pesar de estar en mayúsculas, no le ha quedado tan bien como las instrucciones anteriores. Debe de ser el Pedro Ximénez.

Guarda las instrucciones para las sobrinas en el cajón y lo cierra. Se da cuenta de que la cabeza le da vueltas. Quizás no, quizás no se tenía que haber tomado las dos copas. Bueno, copas… ¡Copitas!

Se queda unos minutos apoyada en el chifonier para tratar de recuperar el ánimo y el equilibrio. Desde la otra punta del cuadro de la Arcadia, la pastorcilla le guiña el ojo. O eso le parece. Después, muy despacio, cruza la sala.

Cuando le falta solo un metro para llegar a la mesa baja y después a la butaca, el pie se le traba un instante con el bucle de la alfombra. Y el cuerpo se le balancea y no tiene suficientes reflejos ni agilidad para enderezarse y cae hacia adelante.

Se golpea la cabeza contra la mesa para, después, rebotar con el resto del cuerpo contra el suelo. Por suerte la alfombra ha amortiguado el impacto, tiene tiempo de pensar antes de quedarse con una nube en el cerebro.

Todo es de color negro y no se está nada mal en esa oscuridad. Se siente como un mejillón bien cerrado.

Poco a poco, la nube se va deshilachando hasta que se desvanece del todo. Y vuelve la luz. Caray, qué golpe en la cabeza, se dice, poniéndose la mano en la frente. Se nota un buen chichón. Intenta levantarse pero, sin un lugar donde poder apoyarse, le es imposible. Repta con dificultad hasta la mesa culpable para agarrarse al lateral. Pero no consigue ponerse de pie, sino que inclina la mesa peligrosamente. La grabadora que hay encima resbala y le cae al lado sin desmontarse. Otra vez, ella se lo agradece a la alfombra, que evita males mayores.

Sola no se podrá levantar de modo que se resigna a llamar a las sobrinas. Saca el móvil del bolsillo —ellas la obligan a llevarlo siempre encima— y busca Mosqueteras.

—Niñas, me he caído. ¿Podéis venir a ayudarme?

6

Carmina quiere ponerse cómoda. Si al menos tuviera un cojín para la cabeza… Se da la vuelta y mira con lujuria el que hay en la butaca. Tiene que acercarse para poder cogerlo. Cuando dobla las piernas, toma conciencia de que, pese al amparo de la alfombra, se ha pegado un buen batacazo. Mañana tendré un moratón, piensa.

Arrastra el culo y los pies, con torpeza. Se cansa como si estuviera corriendo los cien metros vallas. Tiene que parar para coger aire. Entonces, alarga el brazo, consigue pillar una punta del cojín con la pinza de dos dedos y le da un tirón.

Ya lo tiene. Se echa en la alfombra, con la nuca sobre el cojín. Ha decidido que, mientras espera a las sobrinas, tiene tiempo de grabar un rato más de sus memorias.

Viernes, 27 de abril de 1956

Dejé a mamá yendo a buscar a Moby Dick mientras yo me alejaba en dirección contraria para coger el tranvía en el Paralelo. Di una carrera porque vi llegar el veintinueve a la parada. Venía lleno, como siempre a esa hora. Unos cuantos chicos iban colgados de los estribos. Yo también lo habría hecho si hubiera podido.

Pero ni la falda, ni los zapatos, ni mis veinticuatro años, ni sobre todo pertenecer al sexo femenino me autorizaban.

Di una rubia a cambio del billete de papel fino que me entregó el cobrador. Me devolvió la calderilla mientras yo estaba más pendiente de su chaqueta de pana marrón —se le había descosido de la sisa—, que de las monedas.

Me quedé encallada algo más allá del cobrador. El tranvía estaba atestado, no solo de gente, sino también de olor. Olía a gente. Me puse a pensar en todo lo que tenía que hacer antes de que mamá volviera a casa acompañada de ese personaje novelesco. Casi se me escapó una carcajada, de lo absurdo que me pareció la imagen. Pero enseguida se me pasaron las ganas de reír. Detrás tenía a un hombre que, cada vez, se me acercaba más. Le notaba el aliento en el cuello hasta que le noté la erección contra el culo. Lo que me habría gustado habría sido girarme, darle un bofetón y llamarle cerdo. Pero me escabullí hasta situarme junto al conductor.

Bajé en la ronda de San Antonio. De camino hacia casa, paré en el colmado donde lo comprábamos casi todo. Allí flotaba siempre un olor indefinible, mezcla del jabón a granel para lavar la ropa, la verdura y la fruta de las cajas de madera, las legumbres de los sacos de arpillera, de los chorizos colgados sobre el mostrador, del queso de bola cortado por la mitad… Salí incómodamente cargada con dos bolsas de papel de estraza. Me lo merecía, por poco previsora. Mi madre siempre llevaba encima una bolsa doblada para ocasiones como aquella; yo nunca pensaba en cogerla.

En la floristería compré un ramo de tulipanes de color fucsia. Y en la panadería pedí una barra de medio, que la panadera pesó y complementó con un currusco de pan. Haciendo equilibrios con las bolsas, me lo comí mientras iba hacia casa, como siempre hacía.

Una vez preparadas la cena y la mesa, en cuyo centro coloqué los tulipanes fucsia, me fui a peinar con mi cepillo especial para cabellos rebeldes, a pintar los labios de carmín y a calzar de nuevo los tacones de aguja.

Todavía me estaba poniendo el zapato izquierdo, cuando oí ruido de llaves en la puerta y un: ¡Ya estamos aquí!

En la entrada del recibidor, me paró mi propia sacudida al cruzar mi mirada con la de Moby Dick, que desprendía una luz perspicaz y acogedora. Mamá, que se había dado cuenta de la conmoción, levantó las cejas, desconcertada, e hizo las presentaciones.

Mientras yo murmuraba un «*Enchantée de faire votre connaissance*» le iba calculando la edad. Debía de tener cuarenta y muchos, quizás cincuenta. Su voz me provocó el mismo efecto que acariciar un trozo de terciopelo. Yo ya no sabía si estaba más cautivada por aquellos ojos tan penetrantes o por aquella voz tan grave.

Mamá pasó hacia el pasillo para enseñarle la habitación de invitados y yo fui detrás, desde donde apreció el traje de sastre de cheviot y los zapatos de cordones, un conjunto elegante y cómodo a la vez, y seguro que muy caro. Pensé que quizás no estuviéramos a la altura del personaje. Quizás tendría que haber preparado un suflé y no una tortilla de patatas.

Mamá se acercó a la cama plegable, que no lo parecía porque se escondía detrás de una cubierta de madera muy trabajada, desplegó las dos patitas, también de madera, que había en cada extremo superior, y la bajó para dejarla abierta. Pasó la mano por la sábana como si quisiera plancharla y se le escapó un suspiro, que interpreté de alivio porque comprobó que me había acordado de hacer la cama. Para mostrarle el espacio del que disponía para guardar la ropa, abrió el armario que, ahora me daba cuenta, desprendía olor a naftalina, y luego enrolló la persiana verde de la única ventana, que daba a un patio interior, y que se encontraba detrás de la butaca y la lámpara de pie.

Pensé que quizás todo eso tendría que haberlo hecho yo para «preparar la habitación de los invitados», tal como me había pedido. Aunque, al menos, le había dejado dos toallas sobre la butaca.

—Me vendrá bien para leer —observó Moby Dick acercándose a la lámpara de pie y pulsando el botón que encendía la bombilla.

Sus movimientos eran rápidos y sincopados. Imaginé que debía de ser una persona nerviosa.

Mamá le indicó que en la puerta de al lado tenía el baño.

—Solo tenemos uno —le dijo.

Le contó que no hacía mucho que habíamos hecho reformas y que habíamos instalado un polibán. A mí me pareció que todas esas explicaciones sobraban, pero estaba tan orgullosa de esa bañera pequeñita, que no podía evitar comentarlo. Y le dijo que, cuando acabara de instalarse, podía ir al comedor, que estaba saliendo al pasillo, a mano izquierda, al fondo.

Nos metimos en la cocina.

—¿Se puede saber qué te pasa? —dijo ella, poniendo los brazos en jarras.

Puse cara de no saber qué quería decir.

—Estabas allí plantada —me aclaró innecesariamente, mientras ponía el pan sobre la mesa de madera para rebanarlo—. Anda, despierta, que hoy no pareces tú.

Me defendí diciendo que había sido un día complicado en el trabajo.

—¡Ja! Con don Ramón, ¿cuándo no son complicados los días? —dijo mamá, y murmuró más para sí misma que para mí—: Ese hombre es un explotador.

Puso las rebanadas en la cesta del pan, mientras yo colocaba la fruta en el bol de cristal azul, que tanto me gustaba.

—Lo que no entiendo es por qué Moby Dick ha venido a nuestra casa —dije—. ¿Qué relación tiene con nosotras, aparte de que conozcamos a alguien de su familia?

—Con nosotras, ninguna. Pero sí que tiene algo que ver con nuestra agencia de aduanas.

Se echó hacia atrás una onda de cabello que le caía sobre el ojo y me miró con severidad fingida.

—Pero, de todo esto, en la cena, ni una palabra. Acuérdate: cuanto menos sepamos, mejor para nosotras. Además, si nos quiere dar alguna explicación, ya lo hará; no hace falta que tú le pinches para saber más —y levantó un índice de falsa acusación—. Que te conozco y me das un miedo…

Nos echamos a reír.

La mesa había quedado bastante bien, con la mancha fucsia de las flores en medio del mantel. Cuando vio la tortilla de patatas, Moby Dick dijo que se le hacía la boca agua, que le encantaba esa comida. Mamá le sirvió un trozo considerable, mientras se disculpaba por las dimensiones de su dormitorio. Quizás la habitación de invitados era un poco pequeña, dijo. Ese trozo de tortilla enorme parecía que quería compensar el dormitorio mínimo.

Moby Dick movió la cabeza con energía para negarlo.

—Durante mucho tiempo, mi pisito en París fueron unos bajos con una única habitación mal iluminada, situados sobre el cuarto de la basura del edificio. Este comedor —y se acompañó con un gesto de la mano— es más grande de lo que era mi apartamento.

A mí no me encajaba su ropa cara con aquel piso tan piojoso que describía, pero tampoco me sorprendí porque empezaba a darme cuenta de que estaba ante una persona muy excéntrica. Excéntrica y educada. Excéntrica y nerviosa. Excéntrica y muy muy cálida.

—No había probado nunca el pan con tomate y me parece un hallazgo de primera; de ahora en adelante, lo adoptaré —notificó.

Y cuando se acabaron las rebanadas, se ofreció para ir a la cocina a preparar más, a pesar de que no teníamos claro que fuera su responsabilidad. Pero no nos dejó levantarnos de la silla.

Todo le parecía bonito: los tulipanes, el trinchante con el galletero antiguo, la lámpara de lágrimas, las cortinas de terciopelo…

Esa noche, supe comportarme. Nada de preguntas indiscretas. Mantuvimos una conversación en la que evitamos los motivos de su visita, pero que me permitió saber que no solo le gustaban los libros sino también la música clásica. Como a mí.

Antes de encerrarse en la habitación, le apretó el hombro a mamá, en un gesto de proximidad, y le agradeció su acogida.

Cuando estuvimos solas recogiendo la cocina, mamá me dijo:

—Me siento como si hiciera años que nos conociéramos. Tiene mucha facilidad para crear vínculos.

Yo sentía lo mismo. O no exactamente. Yo tenía la sensación de estar entrando en un territorio desconocido, que me atraía y a la vez me daba un miedo mortal.

Apaga la grabadora. Por hoy ya es suficiente. Además, le duelen las piernas y la cabeza. Y está harta de estar tumbada en el suelo. No te muevas, han dicho las niñas, que siempre hablan a la vez, como si fueran un coro griego.

No te muevas, no te muevas, masculla Carmina. Que más querría ella que poder moverse. Eso, justamente eso, es lo que la desespera: depender algún día de las coreutas, que la quieren mucho —lo sabe—, pero que pueden llegar a ser muy pesadas en relación con su seguridad. Como si fuera una vieja chocha.

7

Tiene que admitir que el golpe en la cabeza la dejó un poco espesa. Y que el atontamiento y la lentitud tardaron en desaparecer. Aunque, eso sí, delante de las niñas, fingió que no pasaba nada.

Hoy vuelven a venir… a controlarla, sospecha Carmina.

Llaman a la puerta y ella, despacio y procurando que no se note que, por culpa de la maldita claudicación intermitente, arrastra los pies, va a abrir. Porque las niñas tienen llave, claro, pero nunca la usan. Les parece que sería una violación de su territorio. Y ella les agradece mucho que piensen así.

—Guapa, preciosa… ¿Cómo estás?

—Como una rosa. Ya lo veis.

—Vamos a la sala, que hay más luz, y te miraremos el chichón de la frente.

Las sobrinas se sientan en el sofá isabelino, cubierto con una funda beige para que no se ensucie, y Carmina, en la butaca de al lado del acuario. La otra butaca del tresillo ha quedado ocupada por los abrigos y los bolsos de ambas. No sabe cómo pueden trajinar todo el día bolsos tan enormes y llenos de cachivaches.

Les enseña el chichón, que ha disminuido hasta convertirse en un botoncito y que tiene un color morado que va virando hacia el amarillo.

—Está mejor —dictaminan.

Y entonces, como si alguien les hubiera dado cuerda, empiezan el discurso reiterativo sobre la inestabilidad de sus piernas, su carencia de equilibrio, la necesidad de vivir acompañada…

Carmina no las escucha. Solo las mira. Dos cabezas, con el pelo corto y moderno, recortadas contra la librería de detrás del sofá. Una librería de madera oscura, con puertas de cristal en la parte inferior, donde tiene los libros más preciados, y con estanterías abiertas en la parte superior, donde guarda otros libros menos queridos, no porque tengan menos calidad literaria sino porque le han causado un impacto menor. Pues sí, ¿qué pasa? Ella tiene los libros divididos entre los que le han dejado huella y los que le han impresionado poco emocionalmente. Tournier tiene un lugar en los estantes bajos. Y *La muerte de Iván Ilich*, de Tolstoi, también. Y ahora que lo piensa, ese es otro libro que querría releer dadas sus circunstancias, tan parecidas en un punto a las del burócrata pequeño y gris. La muerte no perdona a nadie.

—¿Nos estás escuchando?

—¡Claro que sí! —dice, picada porque la han pillado.

—¿Y qué te parece nuestra propuesta?

—Lo tengo que pensar —dice como si supiera de lo que le hablan.

—Pero ¿qué es lo que te tienes que pensar? ¡¿No ves que con las alfombras te volverás a romper la crisma?!

Sí, el grupo, cuando pierde los papeles, tiene tendencia a las palabrotas y al argot… Bueno, así que se trata de las alfombras. Por supuesto, las quieren hacer desaparecer.

—A mí, mi piso me gusta tal y como está. Con sus alfombras de puntas un poco retorcidas también.

—Pero te puedes caer.

Las mira como si fuera una esfinge. Imperturbable.

Ellas suspiran, derrotadas.

—Muy bien. Pues ¿sabes qué podemos hacer? Podemos

pegarlas al suelo con una cinta especial de dos caras que venden en las ferreterías.

Ella trata de imaginar lo que proponen. Bueno, la cinta no se verá. Las alfombras no se moverán. Ella no se caerá —¡toca madera!— y las sobrinas se quedarán tranquilas.

—De acuerdo.

Se levantan de forma inesperada.

—Bajamos a la ferretería.

—Voy con vosotras.

—Ni hablar. Quédate aquí.

Y cuando están en la puerta que da al pasillo, añaden:

—No tendrías que bajar a la calle: ni acompañada ni menos aún sola.

Y qué más, piensa Carmina, mientras observa el ramito de pensamientos que ha comprado esa misma mañana. Le durarán poco, lo sabe. Pero el tiempo que duren le alegrarán la vida con sus colores lilas, morados y granates, tan intensos.

Se sienta en su butaca y se vuelve hacia el acuario, donde encuentra los ojos redondos y saltones del pez.

—Moby, ¡este par se cree que conseguirán que no baje a la calle! Pues van apañadas. Con lo que me gusta a mí salir cada día a dar una vuelta, a estirar las piernas, a entrar en las tiendas de siempre… Bueno, eso de siempre, es una manera de hablar. Porque las de toda la vida han ido desapareciendo. Donde estaba la mercería ahora han puesto una cadena de ropa barata, en lugar del colmado hay un súper que lleva una china, el remendón se ha convertido en un puesto de comida para llevar, la panadería sigue siendo la panadería, pero ahora venden pan de ese prefabricado… O sea, nada de pan de leña… Un pan precocido, que solo tienen que meter en el horno y que treinta minutos después de comprarlo ya está gomoso, y por la noche, completamente seco.

Carmina suspira y esboza una mueca fugaz.

—Sabes, Moby, la extinción de mi paisaje habitual sí que es

una buena razón para tener menos miedo de la muerte. No me gusta nada que todo lo que me era familiar de la calle, del barrio, vaya cambiando… Y no estoy nada convencida de que sea para mejor.

Llaman al timbre e inmediatamente oye que se abre la puerta.

—Sebastián, pasa. Estoy en la sala.

Este sí que no tiene ningún problema en violar su territorio, se dice interiormente. Son como hermanos. Se conocen desde que eran jóvenes. Harían cualquier cosa el uno por el otro.

—¿Y las sobrinas? ¿Se han ido?

—¿Quién te ha dicho que estaban en casa?

—Candela, mujer. ¡Quién va a ser!

—¡Me molesta tanto cotilleo!

—No es cotilleo. La portera se preocupa por ti, porque te aprecia.

Ella sonríe y asiente.

—Tienes razón. Pero estoy un poco harta de que todos estéis tan pendientes de mí.

Él le pone la mano sobre la suya.

—¿Y cómo estás de la caída?

—Mejor. Ya lo sabes; me lo has preguntado cada mañana y cada tarde.

—Y no me dirás que también estás harta, ¿no?

—No, hombre, no.

Él la mira con la cabeza baja. Un poco como si fuera un perrito, piensa Carmina. Detrás de las gafas de pasta negra cuadradas, tiene la mirada líquida, de viejo.

—¡Mira que no llamarme cuando te caíste…! Todavía no me lo puedo creer. Habría venido corriendo a levantarte.

Carmina abre mucho los ojos y arquea las cejas con una sorpresa genuina.

—¿Pero tú te has visto?

Sebastián, que había sido bastante delgado, ahora tiene una

barriga descomunal. Y el cabello, tan negro, se le ha vuelto blanco. Y la cara arrugada como una pasa. Y se mueve con pasos vacilantes. ¡Mucho más que ella! Sus movimientos le recuerdan unas muñecas de hace años. «Las muñecas de Famosa se dirigen al portal…», empezaba la canción que acompañaba el anuncio de la tele en blanco y negro. Y las muñecas avanzaban con paso espasmódico e inestable, como si estuvieran a punto del colapso. Como Sebastián. Él no tiene claudicación intermitente pero sufre de artrosis.

—¿Qué insinúas? ¿Tan decrépito te parezco?

—Me refiero a que, si hubieras intentado levantarme, hubiéramos acabado los dos por el suelo.

—¡Anda ya! —protesta el otro.

—¿Lo probamos? —lo reta Carmina—. Va, intenta levantarme de la butaca.

El hombre se le acerca y la coge de cada mano.

—Vamos, pero tú haz también algún esfuerzo —le dice mientras tira de ella sin conseguir levantarla ni un poco—. Pareces un saco de patatas.

—¡Ah! Muy bonito lo que me dices…

—Va, manos a la obra: a la de tres, yo tiro y tú intentas levantar el culo del asiento. Una, dos y tres.

Los dos se esfuerzan pero Carmina no llega a ponerse de pie y, sin embargo, Sebastián está a punto de irse al suelo.

—Pero ¡¿qué hacéis?! —gritan alteradas las coreutas, que han regresado sin que ellos se dieran cuenta.

—Hacíamos una prueba —dice Carmina, con la risa escapándosele por debajo de la nariz.

—Ni pruebas, ni leches. Parecéis dos criaturas —dice el coro griego, furioso.

A Carmina se le pasa la risa de golpe.

—No somos criaturas. Y no soporto que nos habléis como si lo fuéramos. Somos un hombre y una mujer mayores… Ancianos.

Una mujer de ochenta y siete años y un hombre de… ¿Cuántos años tienes, Sebastián, que ya no me recuerdo?

—¡Ochenta y tres!

El coro griego pone cara de arrepentimiento.

—¿Qué os parece si preparamos un café? —dicen las sobrinas, para hacerse perdonar—. Hemos traído un poco de bizcocho.

La mujer sonríe. La han conquistado. El bizcocho le gusta casi tanto como el Pedro Ximénez… ¡No! Tanto no.

Carmina y Sebastián esperan a que llegue la merienda rememorando la película que vieron el sábado pasado en una de esas… Ahora no recuerda cómo se llaman. ¡Ah, sí! ¡Una plataforma para ver películas en casa en vez de ir al cine! Eso a Carmina le causa fascinación. A ella le continúa gustando más salir, pero últimamente, con el dolor en la boca del estómago y las digestiones pesadas y todo eso, le es más cómodo ver las películas en casa de él. De manera que, cada sábado y también un día entre semana, coge el ascensor, baja a la portería, y vuelve a coger el ascensor, ahora el de la escalera B, y sube al piso de Sebastián. Cuando eran jóvenes, cuando no tenían ascensor, pero sí unas buenas piernas, cambiaban de escalera a través de la azotea, que es común.

—Fue emocionante ver *El irlandés* de Scorsese. Creo que podríamos decir que es su testamento —dice él.

—Hombre, ¿lo quieres matar?

—No, pero ya tiene una edad y, si esta fuera su última película, mira, creo que sería una manera extraordinaria de hacer mutis por el foro.

—Quizás tengas razón. Y en parte la escena final en la residencia de ancianos, donde es evidente la decadencia física y mental de Robert de Niro, es tal vez su manera de decirnos adiós —dice Carmina, que hasta hoy no lo había visto de ese modo. Agita la cabeza para sacudirse la idea de morir porque no es el momento de dejar que su propia muerte le colonice el pensamiento—. A mí no me gustó. Demasiados muertos. Demasiados tiros.

—Mujer, es una película sobre el crimen organizado, ¿qué esperabas? Y la desaparición de ese sindicalista…, ¿cómo se llamaba?

—No me acuerdo. Pero, a mí, dame *Los intocables de Eliot Ness*. —Carmina mueve las pupilas hacia un lado, para ayudarse a recordar—. ¡¿Y la escena de la escalera?! Un homenaje impresionante a Eisenstein y su *Potemkin*. Las escaleras y el cochecito de bebé cayendo, peldaño a peldaño…

—Bueno, el bebé de Brian de Palma tiene más suerte que el de Eisenstein…

—Ay, sí, pobrecito. ¡Qué hartón de sufrir! Bueno, voto por *Los intocables*.

—A mí, déjame *El irlandés*.

—Vosotros siempre hablando de cine —dicen las sobrinas, que entran, cada una con una bandeja en las manos.

Ponen la merienda sobre la mesa baja y la acercan a las dos butacas para que Carmina y Sebastián no tengan que hacer equilibrios con la taza y el platillo del bizcocho. Después, van hacia los ventanales y los abren.

—¡Guapas! Voy a pillar un resfriado —protesta Carmina.

Le ponen la manta sobre los hombros mientras le aseguran que solo serán cinco minutos, necesarios para renovar un poco el aire y que desaparezca el tufo de tabaco.

Después de merendar, las sobrinas se dedican a pegar la cinta adhesiva alrededor de la alfombra de la sala.

—¡Una idea brillante! —dice él.

Carmina lo mira con escepticismo, pero no dice nada.

8

—¡Por fin solos, Moby! —dice Carmina—. Los quiero a los tres. Mucho. Pero, a veces, me empalagan con tanta solicitud. Y ahora, vamos a encendernos un cigarrillo para que el aire se llene otra vez de tufo de tabaco. El tufo que nos es propio. A mí y también a ti, Moby, porque, tengo que confesártelo, seguro que tu agua contiene algunas, si no todas, las sustancias químicas que se volatilizan cuando fumo. Eso significa que eres un pez adicto al tabaco. Un pez muy adecuado para mí.

Carmina coge la grabadora y empieza a hablar.

Sábado, 28 de abril de 1956

Por la mañana me levanté temprano para que Moby Dick encontrara el baño caliente. Cuando oí ruidos en su habitación, llené con alcohol de quemar la palangana esmaltada y acerqué una cerilla. Un mar de llamas del color de las mandarinas hizo cabriolas por su superficie y, en un instante, la habitación se caldeó.

Mamá sacó la cabeza por la puerta y me dijo una vez más que le parecía un método peligroso.

—Peligroso, pero eficaz —le dije.

—La estufa también lo es —replicó.

—¡Ni mucho menos!

Moby Dick nos agradeció el calorcillo del baño mientras se comía las tostadas y escuchaba los planes sin dejar de mirarme.

—Te gustará el puerto, y los astilleros, y la catedral…

—¡Mamá! —le dije escandalizada—. La catedral de Barcelona es una chapuza comparada con Notre-Dame.

—No importa. Pasearemos por el barrio gótico.

Mientras se iban a pasear, yo me esforcé en preparar una buena comida. De primero, como tenía caldo guardado, una sopa de *galets*. De segundo, una pierna de cordero al horno, que antes fui a comprar al mercado de San Antonio.

—¡Anda!, tiras la casa por la ventana, ¿eh? —me dijo mamá cuando volvieron y entró en la cocina. Olfateó el olor del cordero con los ojos cerrados y confirmó—: Vermut seco… Bueno, como veo que ya no necesitas ayuda, voy a cambiarme.

Llevé la sopera a la mesa. Analicé el comedor con aire crítico: el bufé, la mesa ovalada, las sillas de respaldo de rejilla y asiento tapizado de terciopelo verde, la lámpara de araña resplandeciente —trabajo nos costaba limpiarla…—. Todo provenía de un pasado más próspero y de un piso más amplio. Pero el conjunto causaba buena impresión, incluso en una habitación más pequeña que aquella para la que estaban pensados los muebles. Era una habitación simétrica a la sala: una en una punta del pasillo y la otra, en la otra. La sala daba a la calle y, en cambio, el comedor, a la galería que se abría en el patio interior de la manzana. Era la habitación que quedaba más cerca de la cocina y tenía una puerta de doble hoja que llevaba al dormitorio de mamá.

Había encendido la estufa y se notaba el ambiente muy caldeado. Descorrí las cortinas que separaban la galería para dejar pasar la luz de ese día de abril.

En el mismo momento en el que Moby Dick entraba en el comedor, mamá salía de la habitación, con ropa de estar por casa, y se fue directa a la estufa para bajar la intensidad.

—Demasiado calor, ¿verdad? —dijo. Y se pasó la mano por la frente. ¡Ya sudaba!

No respondí. Ella, desde la menopausia, tenía el termómetro trastocado.

Durante la comida, mis ojos y los de Moby Dick se encontraron constantemente. Yo miraba el plato de sopa o trinchaba el cordero con mucha dedicación, pero cuando levantaba los ojos me tropezaba con los suyos. Mamá no se daba cuenta de nada. Y continuó hablando de la visita de aquella mañana, hasta que Moby Dick se sacó un papel del bolsillo y lo dejó sobre la mesa.

—Tengo que confesarte algo, Jerónima.

Mamá salió abruptamente de los recuerdos plácidos de la mañana y arqueó las cejas.

—Si me interesaba conocerte —continuó Moby Dick— e instalarme en vuestra casa era por esto.

—Es un recibo de la agencia —dijo, después de echarle una ojeada al papel.

—Sí. Es un recibo de hace casi un año, firmado por Jerónima Bueno —y señaló a mamá con un movimiento de cabeza—. Corresponde a un envío hecho por Fritz Hellermann.

—¿Y por qué tiene tanto interés este recibo?

—Lo que es importante es lo que llegó con este envío y, sobre todo, quién se lo llevó. —Moby Dick puso su mano sobre la de ella en uno de sus gestos amigables y preguntó—: ¿Crees que podrías averiguar quién lo recogió?

—Puedo mirarlo en los archivos del despacho —dijo. Y cogió el recibo añadiendo—: ¿Me permites?

Moby Dick dejó que lo mirara unos instantes, pero enseguida lo recuperó.

—Prefiero guardarlo yo. Es todo lo que tengo para buscar lo que he venido a buscar.

—¿Y qué es exactamente eso que buscas? —pregunté evitando la mirada preventiva de mamá.

—No importa. De verdad. Es más seguro que no sepas nada —respondió Moby Dick. Y se volvió a guardar el recibo en el bolsillo.

—Bueno —dijo mamá—. Yo cumpliré mi parte: trataré de encontrar al destinatario.

En ese momento sonó el timbre del teléfono. Teníamos el aparato en el recibidor, en un punto equidistante entre la sala y el comedor; entre mi dormitorio y el de mamá. Me levanté para ir a responder y me cogió desprevenida que preguntaran por Moby Dick.

Volví para el comedor pero no entré, desde la puerta le hice un gesto.

—Es para ti —le dije. Y me metí en la cocina a buscar los platos con la crema catalana.

Cuando volvió de contestar la llamada, dijo que no podía hacer honor a los postres. Que tenía que irse volando, añadió, mientras me sonreía con los ojos.

Y, sí, desapareció como una exhalación.

—¡Cuánto misterio! —dije.

—No se puede decir que sea una persona relajada —añadió mamá mientras metía la cuchara en la crema.

Luego, fuimos a tomar el café a la sala.

—Un día tenemos que mandar arreglar ese marco —me dijo mirando la pintura de la Arcadia, que ocupaba un buen trozo de pared—. O poner un marco nuevo.

—Uy, no. Un marco nuevo sí que no. Este es precioso. A mí me gusta más que la propia pintura. Aunque esos pastores y pastoras que parecen tan felices me caen bien.

—Sea como sea, ese ángulo mal encolado desmerece la pintura.

—En eso te doy la razón. Un día tenemos que buscar a alguien que nos lo repare. Azúcar, ¿verdad?

Acababa de volcar un azucarillo en su café, cuando volvió a sonar el teléfono.

—¡Vaya! —dijo mamá.

Sí, era insólito recibir dos llamadas en un solo mediodía. Fui a contestar pensando que sería mi hermana para avisar de que pasaría a vernos por la tarde con las niñas. Pero no era ella; era un hombre que preguntaba por mamá.

—Un tal señor Casamitjana —anuncié.

Su cara se crispó.

—¿Pasa algo? —le pregunté mientras se levantaba para ir al recibidor.

—¡No, que va! —dijo con tanta energía en la voz y un gesto tan contundente de la mano, que me llevaron a creer que sí que ocurría algo.

Fui a servir dos copitas de Marie Brizard. Del recibidor me llegaban los monosílabos breves y secos con los que mamá ametrallaba al interlocutor, y me confirmaban la incomodidad que le causaba el señor Casamitjana. Reconozco que presté atención a lo que decía para saber de qué iba aquello, pero el monólogo era impenetrable.

Volvió a la sala con cara de haberse quedado en el recibidor. Dio un traguito al anís sin mirarme, con las cejas fruncidas y con aire de estar peleándose todavía con el señor Casamitjana.

Como no decía nada, yo tampoco abrí la boca y, en un instante, dejé de preguntarme qué le preocupaba y me instalé en el recuerdo de la mirada y la voz de Moby Dick.

Nos sacó del hipnotismo en paralelo el timbre de la puerta.

—Sebastián —dije.

Y fui a abrir.

Sebastián, con el cabello negro repeinado hacia atrás, fulgurante bajo una capa de brillantina, las gafas redondas, los labios gruesos y su aire de buena persona. Sebastián, que siempre llevaba un guardapolvo beis sobre la ropa cuando trabajaba, pero, para salir, se arreglaba con una americana y una corbata, pese a sus veintiún años recién estrenados.

—Aún llegamos a la primera sesión del Gloria —dijo a guisa de saludo.

—¿Qué echan?

—Una película con Alberto Closas y Carmen Sevilla: *La fierecilla domada*. ¿No te apetece?

—No sé nada de esa película —puse como excusa. En realidad, no tenía ganas de salir por si Moby Dick volvía temprano.

Después de cierto tira y afloja, me decidí a acompañarlo.

—Al acabar, pasad por la vaquería Obiols y comprad un litro de leche —nos pidió mamá alargándonos la botella vacía.

La película que mi amigo había elegido me puso de mal humor.

—Domar a una mujer… —le escupí con rabia y desprecio cuando salimos del cine.

—Tienes que reconocer que la mujer tenía un carácter imposible.

—¿Y qué? Si a él no le gustaba como era, pues que no se casara con ella. ¿Ves por qué no me quiero casar? Porque no quiero tener que doblegarme ante un hombre.

—Mujer, lo miras de una manera muy extrema. Es verdad que el hombre es el cabeza de familia y…

—Yo no necesito otra cabeza. Ya tengo bastante con la mía.

—Bueno, dejémoslo. Seguro que con el tiempo cambias de opinión. Y, además, la película era una comedia.

—Una comedia sin ninguna gracia, ya te digo.

Recogimos la leche y fuimos hacia casa. Moby Dick no estaba pero, en cambio, mi hermana y mis sobrinas sí.

—¡Mis niñas! —grité y abrí los brazos por coger a la mayor, de cinco años, que venía disparada a colgárseme del cuello. Después, me acerqué al cochecito para coger a la pequeñita. Y me las comí a besos.

9

—Moby, tendría que espabilar y ponerme guapa... ¡Guapa! Es un decir. Es difícil parecerlo cuando tienes ochenta y siete años y un cuerpo que no te responde como querrías. Mamá sí que tuvo un aspecto imponente casi hasta el final. Con su altura, con un cuerpo bien plantado, con la piel luminosa y sin arrugas... Bueno, los últimos seis meses, no, pero fue porque el cáncer la consumió. Maldita enfermedad que se la llevó justo cuando había cumplido los setenta y se preparaba para una jubilación muy merecida. Incluso había conseguido traspasar el negocio a otros agentes de aduanas y se sentía libre de llevar la vida que le apeteciera: sin horarios, sin dolores de cabeza, sin papeleo que rellenar, sin cargas por revisar.

Suspira con un poco de sobreactuación.

—Pues sí, Mobby, tendría que ir a ponerme guapa, pero necesito estar un rato más sentada aquí, a tu lado, para cargar pilas. ¡Ja, ja, ja! Así es como me siento: como si se me estuviera agotando la batería. Y, si descanso, recupero un poco de energía, pero no me dura mucho. A ver si hoy me llega para poder ir a la filmoteca y, luego, a tomar un suizo, que es la propuesta de Sebastián.

El pez, con una atención pétrea, la observa desde el otro lado del cristal como si fuera un confesor tras la rejilla.

¡Qué invento tan estúpido!, se dice Carmina cuando recuerda

los confesionarios de años atrás. Ella lleva más de sesenta y tres sin pisar ninguno. Desde su historia con Moby Dick, que tantos problemas de conciencia le causó al principio, hasta que entendió que el remedio no era romper la relación con Moby Dick, sino dar por acabado su vínculo con la Iglesia católica, vínculo que, por otro lado, le habían impuesto.

Y ahora, a las puertas de morirse, ¿le duele no poder recurrir a un cura para que la ayude?

—¡En absoluto, Moby! Te lo digo muy convencida. Prefiero tener cerca a las niñas o a Sebastián y que sean ellos quienes me acompañen en ese trance. ¡Un cura…! ¿Qué me diría? ¿Que me equivoqué? ¿Que pida perdón a Dios? No tengo nada que hacerme perdonar. O, en todo caso, si alguien me tiene que absolver son las personas a quienes haya podido hacer daño. Queriendo o sin querer. Por acción o por omisión.

Carmina se dice que tendrá que reservarse un rato para pensar en ello. Querría morir habiendo hecho las paces con todo el mundo.

Y querría morir habiendo puesto orden en el piso.

—Que, si no, después las niñas tendrán un trabajazo… Mañana, si tengo fuerzas, empezaré, Moby.

Ahora el pez hace piruetas entre las plantas del fondo.

Carmina piensa en qué cosas quiere dejarles a las sobrinas.

—Algunas quiero dárselas antes de morir. Para que sepan que es un regalo pensado para ellas desde el cariño. Después, ya cogerán lo que quieran del piso. Pero aquello que yo les dé, estoy segura, hará que me recuerden siempre que lo usen. Estar en el recuerdo de los que dejas es una manera de continuar viviendo, ¿no crees?

Durante unos minutos continúa sentada en el sofá, a pesar de que ya sabe que se levantará para ir a buscar el joyero… El joyero es una antigua caja de ya no recuerda qué. Una caja rectangular, tapizada de terciopelo y forrada de raso blanco.

Nota un calorcillo agradable en el estómago, que no le cuesta identificar como sensación de bienestar. Se sorprende. ¿Puedes estar contenta cuando tienes la muerte a dos pasos? Pues sí, a pesar de todo, se siente contenta: cree que ha tenido suficiente audacia como para mirar de cara a la muerte y tratar de tenerlo todo a punto.

—Manos a la obra —le dice al pez.

Apaga el cigarrillo y se pone de pie, con menos dignidad que cuando hay público.

Va hacia el armario de la ropa blanca. La caja de terciopelo amarillo y verde está debajo de la pila de las sábanas, escondida en un estante distinto de donde tiene la carpeta con los sobres de dinero.

La coge. La abre. Saca dos pares de pendientes. Los que son dos elipses de oro entrelazadas con un brillante en la punta, los escoge para la mayor. Los que son un lirio oriental de oro blanco y brillantitos minúsculos, se los dará a la pequeña. Entonces piensa que también le quiere dejar un recuerdo a Sebastián.

—El anillo de papá —dice. Y se pone a rebuscar en el joyero.

El anillo que busca es un sello de oro con una esmeralda de talla cuadrada. Simboliza la época de vacas gordas de la familia, cuando él todavía vivía y era el dueño de la agencia de aduanas; cuando ella, Carmina, no había nacido. No sabe si su padre llegó a llevar el anillo, pero, cuando murió, Jerónima se lo puso y no se lo quitó nunca.

En la caja de terciopelo hay un guirigay de bisutería y algunas joyas buenas: un reloj de oro que no funciona, unos broches, un anillo minúsculo que ya no debe de valerle a nadie, una pulsera que es una cadenita de oro, un broche con una perla falsa de hace muchos años, de cuando Carmina se ponía boina con la perla prendida en ella, la cajita de terciopelo granate donde está la legión de honor de su padre…

El sello no aparece. Carmina revuelve entre las piezas cada vez más deprisa. Y cada vez sabe menos lo que está haciendo y qué ve.

Resopla. Con la caja en las manos, se va hacia el *secrétaire*. Tira de las guías que hay a los lados y abre la puerta frontal para que descanse plana sobre esas guías. Vuelca el contenido del joyero en esa mesa. Y, entonces, con una calma forzada, coge uno a uno todos los cachivaches. Los va metiendo en la caja. Y, cuando termina, tiene que admitir lo que ya sabía: el sello ha desaparecido.

—Me lo han robado —dice, dejándose caer en la silla que tiene junto al *secrétaire*.

El mal bicho —o bicha— que le entra en casa y le coge dinero también se ha llevado una joya; quizás la más valiosa.

Entonces, nota que las piernas le tiemblan. A ver si también ha desaparecido la legión de honor.

Abre la cajita de terciopelo granate. Y, en el fondo, ve la medalla.

—¡Menos mal! —dice con lágrimas en los ojos. Y toma la decisión de regalársela a Sebastián. Él sabrá apreciarla.

¡Uy! La pasará a buscar en diez minutos y ella, todavía hecha unos zorros.

Va a la habitación, se pone un conjunto de falda de lana y blusón, también de lanilla, que no hace ni un año que le confeccionó la modista. Es elegante.

Se calza unos zapatos con un tacón de dos centímetros. Son muy cómodos.

En el baño, se peina con su sempiterno cepillo para domar cabellos imposibles y se pone unas gotas de Chanel Nº 5, su perfume de toda la vida. Y decide pintarse la raya en los ojos.

Carmina se mira en el espejo de aumento, ese que, a partir de los sesenta, cuando la vista le empezó a fallar, usaba para maquillarse y que ahora usa, sobre todo, para examinarse con detalle algún mal o alguna mancha. Cierra el párpado de un ojo, mientras mantiene el otro abierto para ver cómo se dibuja la raya, a ras de las pestañas. Luego, se pinta el otro ojo. Se aleja un poco, para ver el efecto, y concede que la raya negra tiene una continuidad imprevista. Tiene el pulso bastante bien. Y ella tampoco está mal, pese a ese anillo gris que le rodea el iris, como si fuera un anillo de Saturno.

—Y si no fuera por… —empieza a decir. Pero no termina la frase. Si no fuera por las bolsas oscuras en el párpado inferior. No las tenía hace unos meses. Es la enfermedad la que le hace tener mala cara.

Se observa las ojeras oscuras e hinchadas como si con la mirada pudiera hacerlas desaparecer.

El timbre de la puerta la saca de sus pensamientos. En el recibidor, mientras se pone el abrigo, Sebastián ya abre la puerta.

—¡Caray! ¡Qué guapa! Y qué bien hueles.

Van a buscar el autobús. El V13.

Carmina espera la observación crónica de su amigo. Y, efectivamente, la hace: Qué gran idea haber establecido que los autobuses recorran la ciudad en vertical, en horizontal y en diagonal. ¿Cómo no lo había pensado nadie hasta hace poco?

Ella se pregunta si es tan reiterativa y pelmaza como él. Quizás sí.

En la filmoteca, después de haber comprado una bolsa de caramelos blandos y mientras hacen cola, Carmina sabe que Sebastián volverá a soltar uno de sus veredictos rituales: No hay ningún caramelo como los Darlings de cuando éramos jóvenes, ¿eh? Y, como no lo dice, Carmina se inquieta: a ver si empieza a chochear…

La película que van a ver es *Enemigo de clase*. Es buena pero agria. No sabe si es eso lo que le provoca náuseas. O quizás son las sillas, que ahora le parecen muy poco cómodas. O quizás el olor de la sala. Olor a desinfectante o a algún perfume sutil que, en sus circunstancias de salud, se le hace vomitivo. Está interesada en lo que ve en la pantalla, a pesar de que, de vez en cuando, tiene que desconectar para respirar profundamente y concentrarse en estabilizar el estómago. En un momento dado, piensa que no tiene ninguna gracia salir de casa si tienes que encontrarte tan mal.

Salen del cine en silencio. Ella, muy concentrada en calmar el estómago. Y supone que él está concentrado en la historia que han visto.

En Can Viader, piden un suizo y una ensaimada. Carmina espera que tomarse el chocolate caliente con nata, que tanto le gusta, le apacigüe el mareo.

Sebastián la mira, inclinando la cabeza con circunspección.

—¿Estás bien?

—¡Sí, sí! Claro.

Tranquilizado, desenrolla la primera vuelta de la ensaimada, la rompe con meticulosidad y la moja en el chocolate, mientras le pregunta qué le ha parecido la película.

—Me ha gustado —dice ella, con concisión deliberada. Porque no quiere hacer un cinefórum. Acaba de decidir que quiere contarle a su amigo que se está muriendo.

—A mí también —dice él, con un hilo de chocolate en el labio. Se da cuenta y se lo lame con la lengua—. Es impresionante cómo, a través del fanatismo, puedes llegar a controlar a las personas, ¿verdad?

Carmina no dice nada. Sebastián la mira otra vez con preocupación en los ojos. E insiste:

—Todavía no has probado el suizo, tanto que te gustan. ¿Te encuentras bien?

—No mucho, no —admite ella.

No sabe cómo empezar. Mete la cuchara en la taza, atraviesa la montaña de nata y llega hasta el chocolate. Se lleva a la boca una cucharada que mezcla los dos sabores y las dos temperaturas. Quizás sí pueda comérselo. Está tan rico…

—¿A ti te da miedo morirte, Sebastián?

—¡Vamos! Vaya pregunta… No me gusta nada hablar de ese tema.

—Pero un día u otro bien nos tenemos que morir.

—Sí, claro. Y a pesar de todo, yo no quiero pensar en ello. Cuando llegue, ya veremos…

—¿Y si fuera yo quien se estuviera muriendo?

—¡Calla, calla! No quiero ni oírte hablar de la muerte. Además, tú vivirás al menos hasta los ciento veinte años. Eres una mujer muy fuerte. La más fuerte que he conocido.

Carmina lo mira, burlona.

—No he oído nunca hablar de nadie que haya podido zafarse de las parcas.

—Además —añade Sebastián, que no la escucha. O al menos finge que no la oye—, ahora la ciencia ha avanzado una barbaridad. ¿Sabes qué leí el otro día? Que están intentando cultivar tejidos humanos en los cerdos.

A ella le viene una arcada.

—No estás bien, ¿eh? Son esas digestiones tan pesadas que tienes últimamente.

—Eso es —dice Carmina, que ya ha perdido la esperanza de poder hablarle abiertamente de su muerte. Tendrá que ser en otro momento. Tendrá que decírselo sin tapujos. ¡Patapam!

—Me parece que, hasta que no se resuelva el problema de las digestiones, tendremos que ver las películas en casa.

Ella mueve la cabeza para asentir.

En el autobús —una línea que realiza el recorrido vertical, claro— de vuelta, él le dice que últimamente a menudo tiene cara de cansada.

—Nada importante —le responde ella, que ahora siente una gran necesidad de estar en silencio y de llegar a su casa.

Y, en casa, tiene el tiempo justo de alcanzar el váter y vomitar el medio suizo que ha conseguido tomarse. El sabor amargo y ácido del vómito le recuerda la conversación frustrada con Sebastián.

—Es tan transgresor hablar de la muerte —se dice mientras se sirve un vaso de agua con gas—. Solo pensarlo ya lo es.

Se sienta en su butaca. Da pequeños sorbos, y de vez en cuando suelta discretos eructos.

—No sabes lo bien que me ha sentado el agua con gas, Moby. Me encuentro mucho mejor… No. Mucho no, solo un poco.

Y continúa concentrada en la dificultad que representa hablar de la muerte. La gente pretende ignorarla. Como Sebastián, muchas personas creen que la tecnología y la ciencia nos la pueden ahorrar.

¡Bah! Creer que somos dioses inmortales, cuando solo somos personas mortales, reflexiona. Y entonces piensa en el doctor Rovira. Es un médico de la antigua escuela. Le mira los ojos, la lengua; le palpa el vientre, las piernas; le toma la presión; le mide las pulsaciones del corazón; la escucha cuando le cuenta sus males… Y solo entonces emite un diagnóstico. Y, si no sabe lo que le pasa, se lo dice así, abiertamente: lo siento, pero no sé qué puedes tener. Eso a ella le gusta, que acepte que la medicina no es todopoderosa, que hay muchas cosas que todavía se ignoran. Y que no pasa nada por admitirlo.

—¡Anda, Moby! Yo aquí, pensando en el doctor Rovira y todavía no he ido para darle la nota que me hizo el doctor Martínez y para decirle que me estoy muriendo. Tengo que hacerlo.

10

Domingo, 29 de abril de 1956

—Carmina, ¿me traes las medias que tengo tendidas en la galería?

Mamá, como una auténtica reina, me dije, necesita ayuda de cámara para hacer la maleta. Y no era la primera vez que lo pensaba.

Fui a buscarle las medias. Las doblé y se las dejé en la cama, con todo lo que tenía preparado para meter en la maleta.

—¿Me dejo algo? —dijo en voz alta. Y empezó a repasar—: Ropa interior, medias, camisón, zapatillas, una falda y otra de repuesto, el neceser con el cepillo, la pasta, el peine, la colonia…

La interrumpí mientras me tendía sobre la cama:

—Mamá, no te vas al desierto del Sáhara. Te vas unos días a casa de tu hija.

Me miró, perpleja.

—¿Qué quieres decir con eso? Y ten cuidado, no vayas a arrugarme la ropa.

Me retiré un poco y dije:

—Pues, que si te dejas algo puedes bajar a la calle a comprarlo. En San Gervasio también hay tiendas.

—¡Mira que eres petarda!

—Me refiero a que siempre quieres tenerlo todo controlado. Que no pasa nada si te dejas el peine, Martina seguramente debe de tener tres o cuatro… Ya sabes cómo es.

—No quiero usar el peine de mi hija mayor o de mis nietas…

—Era solo un ejemplo —la corté—. Quiero decir que te preocupas demasiado por todo.

No me respondió. Empezó a llenar la maleta con mucho cuidado. Pero, de repente, paró y me observó para admitir:

—Tienes razón. A veces me agota estar siempre alerta y preocupada.

—Pues, estos días, con tus nietas, aprovecha para distraerte. No tendrás que ocuparte de cocinar ni de ir a buscarlas al colegio, que por algo mi hermana es una señora fina de San Gervasio… —dije con voz burlona, y mamá me acalló con una mueca.

—No me gusta que hables así de Martina.

—Ya paro. Sabes que la quiero pero, desde que se casó y dejó de trabajar, ha cambiado. Se ha vuelto un poco… Mmm. ¿Pretenciosa? La mayor en un colegio carísimo. ¡Doncella y cocinera! Y, encima, bajando siempre la cabeza cuando su marido está delante. Desde luego, conmigo que no cuenten para obedecer de ese modo.

Suspiró.

—No todos los maridos son tan autoritarios. Y tú tendrías que empezar a pensar en casarte.

—Ya te lo he dicho muchas veces: no voy a casarme. Porque, tal y como están las cosas, cuando te casas, dependes de tu marido. Y yo no quiero depender de nadie.

—Hasta que llegue el hombre que te haga cambiar de opinión. Ya lo verás. Y no pongas los ojos en blanco como diciendo que parezco tonta. Sé lo que me digo.

Nos interrumpió el timbre del teléfono y me levanté.

—No —me detuvo ella—. Déjalo.

—Pero quizás sea Martina, que quiere que te des prisa.

Miró el reloj de pulsera mientras el sonido del teléfono insistía. Me estaba poniendo nerviosa. ¿Y si era Moby Dick?

—Son las cinco, y el avión de Martina y Pascual no sale hasta las nueve. Hay tiempo de sobra.

La posibilidad de que fuera Moby Dick me había hecho perder la tranquilidad, pero mamá había ido mucho más lejos: se había descompuesto. Como si le hubiera pasado una apisonadora por encima.

—¿Pasa algo?

—Nada, nena —dijo, cambiando la expresión. Se pasó las manos por el pelo para recolocarse las ondas que, con el susto, se habían movido de su lugar. Me sonrió—. Nada que no tenga solución. Estate tranquila.

Cogió la maleta y salió del dormitorio diciendo:

—Y, por cierto, estos días en los que no estaré, si llama alguien…

Se interrumpió un momento, que yo aproveché para colar:

—Si llama el señor Casamitjana.

Paró bruscamente y se volvió para mirarme.

—Pues, sí. A él me refiero. Si llama, le dices que he tenido que salir de viaje… Aquello de Casamitjana era muy raro, pero mamá no parecía querer contarme de qué se trataba.

Se puso el abrigo y los guantes de piel negra y me dio dos besos sonoros.

—Sé una buena anfitriona estos días.

—Puedes contar con ello.

Cuando me quedé sola, me senté en la sala a leer. Tenía empezada una novela de Moravia que acababan de publicar: *El desprecio*. Me gustaba porque retrataba de manera penetrante la decadencia de un matrimonio burgués. Me preguntaba cómo acabaría e intuía que trágicamente.

Pero no pude leer muchas páginas. Enseguida me di cuenta de que tenía que releer los párrafos dos o tres veces porque, si bien seguía las letras, no entendía qué decían las palabras. Y no lo entendía porque una zona de mi cerebro, la que debía descodificar el significado, estaba en otra cosa. Cerré el libro y me tendí en el sofá del tresillo.

Con un brazo sobre la cara, me abandoné completamente a las sensaciones de mi cuerpo. Me sentía agitada como pocas veces. Me costaba fijar la atención. En la cabeza tenía un castillo de fuegos artificiales. Un momento seguía la trayectoria de un chispazo, luego de otro. Quería concentrarme, saber qué me pasaba, pero mis ideas eran tan intempestivas e imprevisibles como los fuegos artificiales. Era un estado de ánimo tan desconocido... Yo, normalmente tan analítica, no era capaz de resolver la incógnita de lo que me estaba pasando.

Quizás era que ella me estaba poniendo nerviosa con su secretismo con el señor Casamitjana. ¿Y si era su amante? No. Me lo quité de la cabeza en un segundo. Mamá estaba poco interesada en las relaciones amorosas, al menos hasta donde yo sabía. Además, los sobresaltos que le provocaba Casamitjana no tenían nada que ver con emociones intensamente agradables. Al contrario, parecía que le generaran un cortocircuito. O quizás él la perseguía y ella no quería nada con él. Vete a saber de qué iba esa historia... Fuese como fuese, me ponía nerviosa y quizás por eso había sido un poco brusca con ella.

Sin embargo, decir que mi estado emocional tenía que ver con el de mamá era una manera estúpida de disfrazar la agitación que me tenía mentalmente de aquí para allá.

Lo que me pasaba es que me moría de ganas de que Moby Dick estuviera en casa otra vez. ¡Uf! Me sentí aliviada por reconocérmelo. Quién me iba a decir que la ausencia de alguien que llevaba tan poco con nosotras me provocaría una nostalgia tan enorme...

Tenía ganas de que Moby Dick volviera. De acuerdo, ¿y qué? ¿Qué pasaría cuando oyera la puerta? Me estremecí de miedo.

¿Qué le diría? ¿Sabría comportarme? ¿Qué podía esperar de unos días sin ella en casa, acompañándonos?

Las manos se me habían humedecido de inquietud. Las tenía pegajosas. Me las sequé con la falda y las dejé sobre el pecho. Entonces, noté los latidos rápidos del corazón.

Ahora quiero esto, ahora lo contrario… Un lío.

Me di cuenta de que tenía una batalla entre mis emociones y mi razón. Por un lado, esperaba mucho de unos días en casa sin Jerónima. Mi cuerpo lo esperaba todo. Del otro, la capacidad de juicio que todavía me quedaba me avisaba de que no podía ser, de que era una tontería. No. Estaba más allá de ser una tontería, estaba en el umbral de la locura o de la enfermedad o de vete a saber qué.

Pero, por encima de todo, quería que Moby Dick volviera. Que ya estuviera en casa. Y poderle mirar a los ojos brillantes y notar su olor.

Me concentré en convocar su olor. Y podía hacerlo: notaba en mi nariz un aroma cítrico con notas un poco amargas que me recordaba el olor que desprendía por la mañana, después de pasar por la ducha. Tenía que preguntarle qué colonia era y comprármela. Evoqué también su voz, con un timbre grave y ondulante. Su voz, sobre todo cuando pronunciaba mi nombre. Carmina, con esa erre convertida en un sonido gutural.

Recordar la erre vibrante me hizo vibrar. Y sin casi darme cuenta, me metí la mano en las braguitas. Durante unos instantes, no moví los dedos. Estaba perpleja. Era la primera vez en mi vida que mi deseo sexual crecía a partir del recuerdo de una persona. Hasta entonces, había estado al margen de todo el mundo. Un deseo que nacía en mí misma y terminaba en mí misma. No me entretuve en buscarle el significado. Me dejé llevar por un impulso irrefrenable. Y empecé a acariciarme con movimientos circulares muy lentamente. Pero pronto tuve que pasar a un ritmo mucho más acelerado.

* * *

Carmina pulsa el botón de *off*.

—No sé si hago lo correcto, Moby.

Se queda mirando al pez, que da vueltas abstraído, lejos de las dudas de su dueña.

—Quiero decir que no sé si borrar lo de la masturbación. Tampoco hace falta que las niñas lo oigan, ¿no?

Durante unos instantes reflexiona. Las niñas deben creer que, eso de tocarse, las mujeres de antes —ella es una de esas mujeres de antes— no lo hacían. ¡Ja! Eso habrían querido el nacionalcatolicismo de Franco y la Iglesia católica, que las mujeres fueran inmaculadas como la Virgen María, que ignoraran el sexo excepto para complacer al marido cuando él quisiera y para parir hijos, y que no tuvieran ningún tipo de necesidad sexual. Ese prurito que se te mete dentro del cerebro y no te deja pensar en nada más pretendían que fuera exclusivo de los hombres. Los hombres sí que se lo habían montado bien…

Pues sí, lo dejará grabado. Que las sobrinas sepan que las mujeres de antes también se tocaban, también tenían orgasmos… Como las de ahora.

Se pone a grabar de nuevo.

Acabé con un gemido contenido que amplificó el placer. Y justo en ese momento oí la puerta y el «*Salut, les amies*» con que se anunciaba Moby Dick.

Me tuve que recuperar en un tiempo récord. Y creo que lo conseguí.

Ya era la hora de cenar y nos sentamos en la cocina —a mamá le habría parecido de una anfitriona de pacotilla eso de instalarse en una mesa de madera marcada por los cuchillos, seguro— a comer pan con queso y también un salchichón excelente. Me sentía insegura. ¿De qué íbamos a hablar?, me pregunté. Y por no dejar espacios de silencio, le pregunté cómo le había ido el encuentro con su contacto y si había descubierto algo.

Dijo que no con la cabeza.

—Nada de nada. De momento, no tengo ni la más pequeña pista. A ver si tu madre puede averiguar algo del destinatario.

Durante un rato no dijimos nada. Yo desmenuzaba la miga del pan, concentrada, pensando en cómo podía conseguir que me contara su misión. Era exasperante tener delante de las narices un caso de espionaje y quedarme al margen. Ya sabía que no sería fácil sonsacarle ninguna pista. Entonces, fui consciente de que estaba más interesada en saber qué perseguía Moby Dick que en por qué el señor Casamitjana perseguía a mamá. No era justo, tenía que reconocerlo. Tendría que tratar de averiguar qué le pasaba.

Cuando me levanté para quitar la mesa, me topé con su mirada que, francamente, parecía hambrienta. Ay, me agobié, tuve que buscar el apoyo de la mesa porque notaba las piernas de algodón.

Con los platos sucios en la mano me giré hacia el fregadero, así no tenía que continuar peleándome conmigo misma para decidir si respondía con una mirada similar o me hacía la despistada.

—¿Te apetecen unas peras? —pregunté después, desde dentro de la nevera, donde me había zambullido porque todavía no sabía qué respuesta elegir.

Cuando volví a sentarme, Moby Dick ya no me miraba; observaba las peras con interés. ¿Quizás fingía? Me llamé tonta, y boba, y te mereces un sopapo por no haber aprovechado el momento.

Pero el momento había pasado.

Al terminar de cenar, como quería dejar la cocina arreglada esa misma noche, llené el barreño de plástico y vertí algo de jabón.

—Te ayudo —me dijo.

Y se colocó a mi lado delante de la larga encimera de mármol y, cada vez que yo consideraba limpia una pieza, la cogía para enjuagarla. Y cada vez, nuestras manos se encontraban y se acariciaban como si lo hicieran por un impulso propio. Antes de acabar de limpiarlo todo, me había provocado un incendio entre las piernas. ¡Como si no hiciera dos horas que había apagado el anterior!

Solo tenía en mente despedirme pronto para encerrarme en la habitación a resolver mi deseo.

Le dije «*Bonne nuit*» y entré en el baño. Pero cuando salí no se había ido al dormitorio. Me estaba esperando y, sin decir nada, me puso el brazo alrededor de la cintura para atraerme.

11

Busca una caja bonita en el chifonier. Guarda una cuantas: todas las que le han dado con un obsequio y le han parecido tan dignas como el obsequio mismo. Y las tiene en un cajón.

La primera que abre está llena de postales: postales que mandaba a Jerónima durante sus viajes. La primera que saca es del viaje a París con las niñas, firmada por las tres. La segunda es de una de sus estancias en Londres para perfeccionar el inglés. Hay muchas más. Incluso las hay de viajes que hizo con alguno de sus amores, aunque eso no se lo contaba a Jerónima; no hacía falta. Hay unas cuantas de los distintos países que visitó con su amor más largo, que duró siete años y que, una vez acabado, ha olvidado casi por completo… Y sale una de un viaje a Cerdeña, con un amor que estaba como un tren pero que le salió rana. Y dos más, con su amiga Esperanza…

Tiene un buen montón de cajas.

Otra de las cajas está llena de fotografías que ya ni siquiera recordaba. Son de hace años, de cuando todavía las reproducciones eran de papel. Después, cuando llegó la fotografía digital, se acabó todo: no solo las copias guardadas en cajas sino también el negocio de Sebastián. ¡Pobre! Siempre trabajando como un burro para su padre y, cuando por fin hereda el negocio, en pocos años lo tiene que cerrar. Las mira una a una. Las tirará casi todas, excepto algunas de las niñas, de Jerónima, de Martina y una de Sebastián. Sebastián y ella en unas hamacas de un balneario. Fueron a pasar quince días después de que él cerrara el taller. Estaba en baja forma y necesitaba unos días de descanso. Se la dará a Sebastián.

Anda que guardar tanto trasto inútil. Suerte que ha pensado en ello porque, si no, ¡qué trabajazo para las niñas cuando tengan que vaciar el piso!

Y se va a la cocina, coge una bolsa de basura y, otra vez en la sala, la llena con las postales, fotografías y cajas. Todas menos una. Se reserva una, de la medida de medio folio, forrada con una tela de algodón que tiene unas florecitas de colores blanco, malva y lila. Guarda el testamento, doblado. Tiene una única propiedad: el piso, que, después de vivir cincuenta años como arrendataria, pudo comprar. Y también deja los papeles de las cuentas del banco. Tiene dos, una que usa para los pagos, y otra en la que acumula los ahorros de toda la vida, que no están mal. Ella, fuera del cine, los libros, la música enlatada, la modista y algunos viajes, nunca ha tenido mucho interés en gastarlos. Tiene muy pocas necesidades y, ahora, está satisfecha: seguro que a las sobrinas les irán de perlas. Y a ella, saber que su muerte les arreglará un poco la vida, le hace feliz.

Mete en la caja también las fotografías que no quiere que se pierdan, aunque deja una fuera. Mete también el comprobante del seguro de defunción, incluso con el importe suficiente para poder publicar una esquela en *La Vanguardia*. También añade la última declaración de la renta, porque a las sobrinas todavía les tocará hacer una. La póstuma, piensa. Y otros pocos papeles que cree que les facilitarán el trabajo cuando tengan que vaciar el piso. Luego, busca una cinta para cerrar la caja.

Encuentra una de color verde esmeralda que hace juego con los colores del forro. Hace un lazo vistoso y, debajo, pone la fotografía que se ha guardado. Ella, una mujer joven, cogiendo de cada mano a las sobrinas, pequeñas. Verano. Todas vestidas de blanco. Todas sonrientes. En una esquina ha escrito, en mayúsculas: *os quiero*.

Cuando termina de hacer la lazada, se siente ligera. Como si de pronto fuera más similar a un buñuelo de viento que a una mujer con artrosis y un maldito cáncer. ¡Uf! Qué comparación tan bestia: un buñuelo de viento. En cualquier caso, se nota como si flotara. Ordenar papeles y echar lastre le produce una sensación de ligereza benéfica.

Va hacia el *secrétaire*. Deja la caja a la vista. Seguro que ese es su lugar, donde se supone que están las carpetas con papeles «importantes». Carpetas que ya no contienen nada que merezca la pena. Saca unos cuantos archivadores y carpetas, con facturas, recibos y contratos antiguos. Todo eso también puede ir a la basura. O, hablando con propiedad, al contenedor de papel y cartón.

Lo mete todo en el carro de la compra y baja.

—Señorita Carmina —le dice la portera, cuando pasa por delante de la garita tirando del carro—, tendría que haberme avisado y me habría encargado yo.

—No hace falta, Candela. Ya puedo yo.

Después de deshacerse del cartón, gira por la calle Consejo de Ciento hasta Casanova y sube la calle. En Aragón se para. Tiene el semáforo en verde pero no sabe cuánto hace que se ha puesto de ese color. Más vale esperarse un poco, que no encontrarse en mitad de la calzada cuando el semáforo cambie a rojo y los coches empiecen a roncar, impacientes, y algunas motos arranquen, y ella se agobie y se muera de miedo a que la atropellen. Y por suerte es Aragón y no la Diagonal. Esperanza, pobre, los últimos años tuvo que olvidarse de la que siempre había sido su peluquería. Vivía en Travesera de Gracia e iba a teñirse y cortarse el pelo a Muntaner con París. Hasta que un día le resultó imposible cruzar la Diagonal, porque el intervalo de tiempo de los tres semáforos era muy corto. Aquel día tuvo que decir adiós al peinado que hacía más de veinte años que la acompañaba.

La ciudad ya no es ni para criaturas ni para gente mayor, se dice Carmina. Quizás la quieren solo para la gente que trabaja.

Entra en la oficina de la entidad bancaria, que ya no es una oficina sino una *store*. Una *store*… Eso tampoco lo entiende. En primer lugar, el nombre en inglés… ¿Por qué no lo llaman directamente «tienda»? Y en segundo lugar, ya no asesoran sobre qué se puede hacer con el dinero, sino que venden teléfonos móviles, televisores, alarmas para el piso, coches… La entidad bancaria ahora es un bazar.

El director la está esperando. Ella, sin explicar los motivos, le dice que quiere añadir el nombre de sus sobrinas a la cuenta de ahorro.

—De acuerdo. Podemos hacerlo, pero tengo que advertirle de que el producto ya no será el mismo.

Carmina pone cara de no comprenderlo.

—Quiero decir —añade el hombre del banco— que usted tiene un vitalicio. Un producto antiguo, que ya no existe. Que le da una rentabilidad mucho más alta de lo que es habitual actualmente. Si quiere cambiar alguna condición, también cambiará el producto.

Ahora sí lo ha entendido bien: el producto es demasiado bueno y a la banca ya no le interesa ponerlo a disposición de los clientes.

Si ya se lo decía Sebastián que llegaría el día en que los bancos cobrarían solo por guardarte el dinero…

—Pues si es así, no hace falta. Gracias.

Cuando llega a casa, se tumba en la cama. Son las doce. Descansará un rato. Está agotada. Y eso que apenas he hecho nada, piensa antes de quedarse dormida. Se despierta a las dos con el cuerpo extraño y náuseas.

Va a lavarse la cara para espabilarse un poco. Se da cuenta de que ya no tiene tiempo de comer si quiere llegar a su hora a la visita que tiene a las tres con el doctor Rovira. No importa, tampoco tiene hambre.

Coge el autobús para ir al dispensario del puerto. Sentada en uno de los asientos reservados para las personas mayores, comprueba por tercera vez que lleva en el bolso el sobre con la carta o lo que fuera que escribió el doctor Martínez.

En cuanto Rovira la invita a pasar al despacho, Carmina ve en sus ojos que ya sabe que es el final. No haría falta ni siquiera darle la carta con el diagnóstico.

—Estamos mal, ¿verdad? —dice él con su amabilidad habitual.

—Mejor que hace un rato —responde ella. Pero, en realidad, lo que habría querido decirle es que, solo con estar en su consulta, ya se encuentra mejor.

Este hombre tiene algún atributo que hace que solo su presencia, su voz, su sonrisa, ya sean terapéuticas. Está contenta de haber pedido que sea él quien la lleve durante los últimos tiempos.

El médico lee, frunciendo las cejas, la nota del internista.

Ella le mira la cabeza muy lisa y el vello, muy blanco y muy suave —o eso le parece a ella, ya que no lo ha tocado nunca— que tiene alrededor del cráneo y la nuca, formando una especie de aureola. Como la de los santos, piensa Carmina, mientras se le escapa una sonrisa. Rovira tiene una cara que siempre le ha recordado el busto de Sócrates hecho en mármol que hay en el Louvre. Eso sí, sin barba ni bigote, pero con su inseparable fonendoscopio siempre colgado del cuello. Como un gusano de esos negros que salen en el campo cuando llueve.

Piensa en el montón de años que hace que se conocen. Piensa en todo lo que él sabe de su vida. Y en todo lo que no sabe, claro. Sea como sea, la ha ayudado muchas veces, como aquella que tuvo hepatitis. Para ella siempre ha sido y será su médico. Por eso, cuando ya hace años Carmina se jubiló, le pidió que continuara llevándola él.

Él también se ha hecho mayor, piensa ella mirándole las manchas oscuras de las manos. Pronto le tocará jubilarse y abandonar el dispensario del puerto. Y mucha gente lo sentirá. Pero ella no tendrá que pasar por el dolor de esa pérdida porque ya no estará.

—Cáncer de páncreas terminal —dictamina ella cuando el médico levanta la cabeza.

—Lo siento mucho, Carmina —le dice mientras le encierra la mano, delgada y poca cosa, dentro de la suya, peluda y grande.

—De algo me tenía que morir —dice ella, como quien se sacude una mota de la solapa—. Porque me estoy muriendo, ¿verdad?

Ese «verdad» no busca confirmación. Es una confirmación. ¡Qué descanso poder hablar de la muerte con alguien!

—¿Ya lo saben tus sobrinas?

—Todavía no. Quiero dejar listas algunas cuestiones antes de decírselo. Además, tampoco sé cómo abordarlo para que se lo tomen bien.

Rovira suelta una exclamación.

—Mira: bien, bien, no se lo toma nadie. Pero, ¡qué narices!, ya no son las niñas que eran. Tienen que hacerse cargo de la situación. Y deben ayudarte.

—Lo harán, seguro. Tengo claro que las quiero a mi lado cuando muera. Pero antes de contarles lo del tumor, tengo que resolver muchas cosas.

—¡Ay! Todavía recuerdo cómo te reías de tu madre, que siempre quería tenerlo todo bajo control. ¿Y ahora tú haces lo mismo?

—No es eso. Lo que quiero es tenerlo todo ordenado antes de morir. Dejarlo cerrado. ¿Sabes a qué me refiero?

—Sí —dice él apretándole algo más fuerte la mano—. Quererlo tener todo ordenado es tu manera de plantarle cara a la muerte.

Carmina entorna los ojos un segundo y se da cuenta de la firmeza y la casi felicidad que le ha dado esa mañana haber clasificado y dejado a punto los papeles legales y también haber tirado cajas y facturas.

—Es exactamente eso. Desde que me estoy organizando, la muerte me da menos miedo.

Él la acaricia con una mirada cálida.

—¿Sabes qué me comentó una vez una médica especializada en enfermos terminales? Que ante la muerte hay pocas cosas que temer y muchas que preparar.

—Es lo que hago —dice Carmina. Y después de unos segundos de vacilación, le pregunta—: ¿Tú sabes cómo será el final? Quiero decir que saber cómo me tengo que morir contribuiría a tranquilizarme.

Él la mira con ternura. Le acaricia la mano en silencio.

Carmina piensa que quizás es una respuesta que no conoce.

Entonces, él retoma la conversación:

—Te contaré lo que me contó a mí la médica de paliativos que atendió a mi mujer.

—No sabía que eras viudo —le dice, mirándole la alianza de oro.

—Lo soy desde hace cuatro años —responde él mientras hace voltear el anillo—. Pero nunca me lo he quitado.

Carmina piensa con tristeza que, aunque se siente muy cerca de Rovira, está muy lejos; tanto que ni siquiera sabía que su mujer estaba muerta.

—Fue un cáncer, también. Y la doctora de paliativos nos aclaró que la agonía era un proceso predecible, especialmente en enfermedades crónicas.

Carmina lo escucha con las orejas y los ojos.

—Cada día estarás más y más cansada y necesitarás dormir más. Harás siestas y también te adormilarás durante el día.

—Ya me pasa ahora.

—Te pasará mucho más. No tendrás fuerzas para salir a la calle. Llegado este punto, necesitarás o bien irte a un centro…

—No. Eso nunca.

—Pues tendrás que buscar a alguien que se ocupe de ti. Quizás tus sobrinas… Será necesario que se instalen en tu casa.

Ella hace un gesto con la mano como alejando esa posibilidad.

—Todavía no. Ya lo sé —dice él, conciliador—. Todavía tienes fuerzas para salir sola a la calle y prepararte la comida y hacer gestiones, como me has dicho hace un momento. Pero llegará un día en el que irás de la cama al baño y ya está. Y luego ni eso. Porque la enfermedad consumirá toda tu energía, y tendrás que quedarte sentada o acostada y dormirás la mayor parte del día y de la noche. Y, poco a poco, muchos de los ratos que te parecerá que has dormido, no lo habrás hecho, sino que habrás estado inconsciente. Y hacia el final, la respiración te irá cambiando. Tan pronto será lenta y profunda, como rápida y superficial. Poco a poco, la respiración se retrasará más y más hasta que una de las veces en las que expulses aire será la última.

—¿Y ya está? —pregunta Carmina, todavía con los ojos muy abiertos.

Él asiente.

—Sí. Si es necesario, con medicamentos para que no haya dolor, ni tampoco angustia. Sin miedo. Sin sensación de irse. La agonía de Lidia fue así.

—Pues es fácil morirse.

—En general, es fácil y nada traumático. Es un acontecimiento paralelo al nacimiento, pero al revés.

—Es reconfortante saberlo.

—De todas formas, creo que tendríamos que programar una visita con el servicio de cuidados paliativos, en consultas externas del hospital.

—¿Crees que es necesario?

—Ahora no, pero más adelante si tienen que irte a ver a casa tendrás que recurrir a ellos o a los equipos de paliativos domiciliarios. Y más vale que ya hayáis tenido tratos.

—Sí. Lo entiendo.

—Yo seguiré estando a tu lado para todo lo que necesites.

12

Sale de la consulta del doctor Rovira con mejor estado de ánimo del que tenía antes de entrar. Se siente liberada y cree que es porque le ha podido hablar de la muerte. Bueno, y también porque solo con entrar en su consulta ya siente que sus males se difuminan. Debe de ser que el doctor es, él mismo, un placebo, sonríe.

Se acerca al lado del muelle y, durante un largo rato, mira el agua. ¡Qué distinto el mar del puerto! Oscuro, irisado de petróleo, en una calma tensa.

Es consciente de que ha recuperado una sensación próxima a la alegría. Y cree que, en parte, es porque se siente soberana de su muerte, lo que no le parece que sea habitual en la actualidad. La muerte ya no es de quien tiene que morirse, sino de la familia, que decide escondérsela, y del equipo médico, que dirá cuál es el momento de acabar. Esperanza mismo, por voluntad expresa de su familia, murió ignorante de su estado terminal —o fingiendo que no sabía que lo era.

Eso es que te traten de idiota o de criatura, piensa. Qué estafa, que te escondan tu propia muerte.

Inspira profundamente. Siente un aplomo a juego con el cielo azul salpicado de alguna nube esponjosa nada amenazante. Se siente tan en forma que decide ir al parque de la Ciutadella. Irá en autobús; no tiene las piernas tan bien como el humor.

Pasa por delante del umbráculo, que siempre le ha encantado y donde años atrás, cuando dentro había una cafetería, solía tomar el té con Esperanza. Ahora, ya hace años que la estructura de hierro está abandonada: algunas partes se han oxidado y algunos cristales están rotos. ¡Qué pena, si es una pequeña joya de la ciudad! Suerte que, al menos, las plantas continúan muy frondosas.

Ya en la Ciutadella, mientras busca un banco solitario y soleado, piensa en que la muerte da más miedo cuando no quieres hablar de ella, cuando no quieres hacerle frente. Cogiéndola de cara y preparándote es mucho más soportable.

Encuentra un banco junto a la cascada. Se sienta y saca la grabadora de la bolsa.

Lunes, 30 de abril de 1956

Fui a trabajar en un estado totalmente volátil. Me sentía flotar. Como si me hubieran vaporizado y me hubiera convertido en una nube de gotitas ligeras que volasen embriagadas de alegría.

—¡Carmina!

Salí bruscamente de la nube, convertida en Carmina y con la alegría disminuida unos cuantos enteros.

Don Ramón no se había tomado la molestia de llamarme por el teléfono interior. Había berreado mi nombre de manera urgente. Ay, pensé. Esa mañana, ni él ni yo teníamos nuestro mejor día profesionalmente hablando. Me apresuré a entrar en su despacho.

Él estaba inclinado leyendo un documento. Esperé. Desde el ventanal, se veía el mar, con diamantes bailando bajo el sol.

—¡Car... mina! —empezó gritando y acabó con una voz más apagada cuando se dio cuenta de que ya estaba allí.

—Diga, don Ramón.

Si con el tono no hubiera sido suficiente, la mirada que me dirigió me dejó seca. Tenía muy mal día, efectivamente.

—¿Se puede saber dónde tiene la cabeza hoy? Segundo trabajo que hace esta mañana y segundo error.

—¿Dónde? —pregunté acercándome a la mesa.

—Aquí —dijo. Y me mostró el cuadro de los movimientos que había habido en el puerto el día anterior y que le había pasado a máquina hacía poco. Y repitió, mientras golpeaba el papel con el índice—: ¡Aquí! ¿Lo ve?

Leí para mí: «Buque holandés, de carga, entrado en el muelle de Barcelona sur». Intenté recordar qué decía el original escrito a mano que él mismo me había dado a primera hora.

—Pues, no —dijo—. En el muelle de Barcelona sur, entró un buque japonés con pasaje y carga, y no uno holandés de carga.

Me miró con severidad. Era una mirada que no soportaba, como de padre enfadado. Y él no era mi padre.

—No sé qué le pasa hoy. Repítalo, por favor, y tráigamelo enseguida.

El «por favor» había sonado como un disparo.

Asentí y me di la vuelta para salir. Pero, antes de pasar la puerta, me volvió a llamar:

—Carmina, por favor, tráigame unas sales de frutas Eno. Tengo el estómago mal.

Al menos esta vez el «por favor» no había sido un tiro y el tono con el que me lo había pedido era amable, pensé mientras iba hacia el baño. Llené el vaso con agua, añadí una cucharada de polvo blanco y lo removí. Observé las gotitas efervescentes saltar por encima de la espuma de las sales de frutas y me di cuenta de que eran como mi alegría de hacía un rato. Intenté recuperar ese estado vaporoso, pero no lo logré.

Le llevé el medicamento a don Ramón mientras me decía que mi ánimo decaído quizás solo era un efecto momentáneo de la bronca y que ya se me pasaría cuando cerrara la puerta y me sentara a mi mesa.

Pero no se me pasó. Al revés, me sentí abrumada por el

malestar. Mientras repetía la tabla de movimientos de los buques, tuve que admitir que tenía en el estómago una desazón que amenazaba con desbordarme. La causa no podía ser la amonestación del director. No tenía tanto peso en mi vida, y no lo dejaba entrar tan adentro. Entonces, ¿qué?

De pronto lo vi claro: me sentía sucia. No estaba bien lo que había hecho la noche anterior. No había actuado de acuerdo con lo que me habían enseñado. Digamos que me sentía una traidora hacia los valores que había aprendido. Mamá y Sebastián diciéndome que tenía que pensar en casarme, y yo, mira…

Sentí asco de mí misma. Me vi como un gusano repugnante.

Volví a teclear. Con rabia, como si me golpeara a mí misma. Y con prisa, para acabar de una vez el trabajo. Pensaba que, quizás, si me escapaba unos minutos del despacho y me fumaba un cigarrillo —¡don Ramón no toleraba que una mujer fumara ni en el trabajo ni en ninguna parte!—, me quitaría de encima ese malestar.

Sentía que las mejillas me ardían de vergüenza.

¿Qué haría cuando llegara a casa? ¿Qué le diría a Moby Dick? No sabría a dónde mirar ni dónde ponerme. Quizás lo mejor sería que no volviera a casa… ¿Y a dónde iba? ¿A casa de Martina? ¿Y qué haría mamá cuando me viera? Seguro que me reprocharía mi actitud alocada y mi nula capacidad para hacer de anfitriona. Y eso que estaría muy lejos de imaginar qué era lo que de verdad tenía que reprocharme. No. Por supuesto, huir no era una opción. Pero, entonces, ¿qué?

En ese momento, la cinta bicolor de la máquina dejó de marcar las letras. Tenía que cambiarla. Normalmente me molestaba mucho hacerlo, pero, en ese momento, casi me alegré porque concentrarme en algo me serviría de distracción.

Busqué una para sustituirla. Saqué la cinta gastada y traté de poner la nueva. Me hice un lío. La cinta se salió de su lugar y me entinté los dedos. Rezongué. Me había ensuciado de mala manera.

Mientras me lavaba las manos y el agua se llevaba nubes de tinta negra, procuré no mirarme al espejo. Me horrorizaba tenerme que enfrentar con mi cara. Pensé que quizás necesitaba también lavarme el alma… o lo que fuera, para quitarme de encima aquellos pensamientos tan fétidos. Porque lo eran: oscuros y malolientes.

Volví a mi puesto, todavía abrumada por la culpa, y vi que se me había manchado la tabla de las entradas de barcos en el puerto. Tuve que empezarlo de nuevo. Y entonces sonó el timbre del teléfono.

Me asusté imaginando que don Ramón me reclamaba. Pero no era el teléfono interior. Era una llamada del exterior.

—¿Te molesto? —me preguntó mamá.

—No —dije, aliviada al oírla—. Me viene muy bien desconectar un momento.

—¿Te parece bien que comamos algo en la plaza del duque de Medinaceli? Tengo que contarte algo.

—¿Qué? —salté imaginando que había encontrado la información que le había pedido Moby Dick. Y fue acordarme de aquellos ojos brillantes y vivos con los que me miraba y me desapareció el sentimiento de culpa y me encontré empapada de deseo. Un deseo penetrante que no me dejaba pensar en nada más.

—Hija… ¿Estás ahí?

—Sí, sí, perdona. Ya sabes quién recogió el paquete, ¿no?

—¿El paquete?

No sabía de qué le hablaba.

—Mamá…, el paquete que vinieron a buscar a la agencia con el recibo que te enseñó Moby Dick —le dije con un deje fatigado en la voz. ¿Cómo podía haberse olvidado?

—¡Ah! Eso… No. Todavía no he podido ocuparme de ello. No. Te tengo que hablar de algo que… —carraspeó—. Algo un poco serio.

Y volvió a toser, como si las palabras se le atascaran en la garganta.

Me obligué a estar atenta a la preocupación o al desconcierto que notaba en la voz de Jerónima. Y no era fácil porque volvía a tener la cabeza, el corazón y el sexo ocupados por Moby Dick. Su lengua en mi boca. Sus dedos en mi sexo. Ahora tenía prisa por volver a estar en casa, por dejarme caer en la cama o en la mesa de la cocina con Moby Dick. No entendía cómo unos minutos antes me había pasado por la cabeza escabullirme.

—¿Me oyes? —dijo.

—¡Claro! —Borré de mi cabeza las imágenes húmedas—. ¿Algo serio, has dicho?

—Sí, serio. Exacto. Te lo contaré cuando nos veamos. Supongo que ahora debes de tener trabajo, ¿no?

—Sí, claro.

Colgué el teléfono y acabé el encargo de don Ramón, que me recibió en su despacho con un «Ya era hora» displicente.

Me di cuenta de que no tenía tiempo de escaparme a fumarme un cigarrillo relajante: tenía que archivar un montón de papeles y tenía que organizarle un viaje a Palma. Además, fumar ya no me parecía tan urgente. No me sentía un gusano, sino más como la atractiva protagonista de una historia de amor. El deseo me corría por todo el cuerpo provocándome calambres de placer.

A la hora de la comida, me puse la chaqueta de punto negra con cenefas blancas y mangas raglán. Me subí la cremallera y me miré en el cristal de la puerta: un conjunto fantástico con la falda acampanada que llevaba.

Entré en el bar que quedaba más cerca de la Junta de Obras del Puerto donde, en cuanto me vio, el chico de la barra gritó: «Dos de tortilla a la francesa con tomate». «Marchando», respondieron desde la cocina. Unos minutos más tarde, salí con los dos bocadillos envueltos.

Cuando llegué a la plaza, ella ya estaba allí. Se había sentado en un banco, no muy lejos de un grupo de niños que jugaba a la pelota. Junto a ella había dejado un vaso de plástico plegable que siempre llevaba en el bolso y que debía de haber llenado en la fuente.

Mamá tenía la mirada perdida en la lejanía, más allá del puerto. Los hombros se le doblaban bajo una carga excesiva, incluso para ella, que siempre podía con todo.

Por primera vez desde nuestra conversación telefónica, empecé a preocuparme.

Le dije «hola» mientras le dejaba sobre el regazo los dos bocadillos. Me miró con ojos distraídos.

Puse mi bolso junto al suyo y metí la mano para coger la cajita redonda de plástico blanco. Saqué la tapa y tiré de la base hasta tener montado el vaso plegable, igual que el de mamá. Mientras lo llenaba en la fuente, de pronto un rayo me fulminó. ¡Las niñas! La preocupación seguro que era por una de las nietas. Algo que había averiguado al ir a su casa. ¿Una enfermedad? ¿Una discapacidad? ¿Qué?

Con las piernas temblorosas, fui a sentarme a su lado. Dejé mi vaso lleno junto al suyo.

Carmina asusta de una patada una paloma que se le acerca.

—Piojosa —dice, sin pulsar la tecla de parada de la grabadora. Entonces, aclara para las futuras oyentes—. Ay, lo de piojosa no tiene nada que ver con la escena de la plaza del Duque de Medinaceli. Se lo decía a una de las muchas palomas asquerosas que colonizan esta ciudad.

13

Lunes, 30 de abril de 1956

—¿Las niñas? —le dije poniendo una mano sobre la suya.
Mamá sonrió:

—Las niñas están fantásticas. Me lo estoy pasando requetebién con ellas. Me parece que tendré que decirles a tu hermana y a su marido que se vayan más a menudo de viaje para que yo pueda quedarme en su piso.

—¿Así que no les pasa nada malo?

Jerónima me miró como si viera visones.

—Ay, hija, pero qué tonterías dices…

Me encogí de hombros.

—Como me has dicho que tenías que contarme algo serio…

—Sí, pero no tiene relación con las niñas, sino conmigo.

—¿Estás enferma? —pregunté nerviosa.

—¡Que va! —dijo impaciente—. Lo que estoy es desbordada.

Si no era nada relacionado con las niñas ni una enfermedad, no podía ser tan grave, pensé. Y desenvolví mi bocadillo para hincarle el diente. La tortilla todavía no se había enfriado.

Algo más lejos, los niños de la pelota cantaban un gol. Por detrás se oía el mugido de una sirena. Era de uno de los buques que, después, tendría que consignar en una tabla para que quedara constancia del movimiento del puerto, y que todavía más tarde publicaría la revista *El Vigía* de la Junta de Obras del Puerto.

—Vamos, va, cuéntame —la animé.

—¿Te acuerdas de ese hombre que me ha llamado a casa…?

—¿Casamitjana?

—Ese, sí.

—¿Quiere casarse contigo?

—¡No digas tonterías! ¿Tú sabes quién es?

—Francamente, ni idea. Aunque el nombre me suena de algo.

—Bueno. Da igual —dijo después de tragarse un trozo de bocadillo—. No tiene importancia quién sea. Lo que es relevante es que le pedí dinero.

—¿Cómo? ¿Le pediste dinero? ¿Por qué?

Suspiró como si mis preguntas le resultaran pesadas de responder. Pero lo hizo.

—Se lo pedí porque tenía que hacer frente a un pago de la agencia.

—¿Y no tenías el dinero? Tú, que siempre eres tan previsora.

—Pues no lo tenía —respondió con un tono tenso—. Estos dos últimos años las cosas no han ido como esperaba.

Entonces me vino a la cabeza que había aceptado una cantidad por hospedar a Moby Dick en casa. Y lo entendí.

—¿De cuánto estamos hablando?

—De setenta y cinco mil pesetas.

La miré con horror.

—¡¿Setenta y cinco mil pesetas?! —repetí con la voz estrangulada.

—Sí. Exacto. Pero no debo setenta y cinco mil…

Aquel silencio enigmático me puso todavía más nerviosa.

—Ah, ¿no?

—Más —dijo—. Bastante más.

Y soltó una nueva cantidad que estaba muy por encima de la primera.

—Es por los intereses —se justificó—. El interés es del veintidós por ciento.

—¡Del veintidós por ciento! —casi grité. Y mamá me dio un golpecito en el brazo para que modulara la voz—. ¡¿Te das cuenta de que eso no es interés?! Eso es usura. ¡Usura!

—Baja la voz, nena. No hace falta que todo el barrio lo sepa. Además, tanto como usura tampoco es. Es lógico que cobre un interés más alto que el del banco… Por cierto, el banco no me habría dejado el dinero.

—¿Y no podías haber empeñado algo?

—El sello de tu padre ya sabes que no. No me lo pienso quitar nunca del dedo —dijo mirando el anillo de oro con la esmeralda cuadrada montada en medio.

—¿Quizás la pintura de la Arcadia?

—No vale nada. Es una simple imitación… de la que hizo el pintor Friedrich August von Kaulbach.

—Quizás yo te habría podido dar el dinero que tengo ahorrado para ir a Londres.

—Ni hablar. Es para tu formación, para que continúes perfeccionando tu inglés; no tienes bastante con las clases de la academia. No dejaré que te lo gastes en una bagatela —se interrumpió porque tuvo conciencia de que la palabra «bagatela» no acababa de encajar—. Además, no cubrirías más que una mínima parte.

Durante unos momentos no dijimos nada; cada una concentrada en sus pensamientos y en el bocadillo de tortilla.

—Muy bien —dije por fin—. Le pediste el dinero a ese hombre. ¿Y?

—Le firmé un pagaré.

La miré expectante.

—Y hoy se ha presentado en el despacho y me ha reclamado el pago, porque el plazo expiró hace unos días.

Farfullé:

—Ahora entiendo por qué te perseguía llamándote a casa. Y yo que creía que era un enamorado…

—Estás loca… A mi edad…

Me pareció que se ponía coqueta, pero no era el momento.

—¿Y cómo conociste a ese potentado?

—Me lo presentó Juan Antonio Samaranch, el concejal de Deportes del Ayuntamiento.

—¿Y tú te tratas con un concejal?

—¡Nena! ¿No te acuerdas de que el día de mi santo ha venido este año y el pasado Bibis Salisachs? Ella es la mujer de Samaranch.

—¿Cómo quieres que sepa quién es cada una de las mujeres que vienen de visita? Hay siempre tantas…

—Muchas. Y algunas son muy importantes: la mujer del alcalde, por ejemplo.

—Sí, las recuerdo a pesar de que no me sé los nombres: todas van muy vestidas, muy enjoyadas, muy maquilladas, y se comen los sándwiches de jamón cocido o paté que yo preparo en grandes cantidades, en la cocina.

—Hija —me miró con aire preocupado—, nunca me habías dicho que te molestaba tu función, digamos, de camarera.

—¡Mamá! No me incomoda en absoluto. Me divierte ir llenando bandejas mientras tú y Sebastián dais conversación a las señoras de buena cuna.

Me sonrió y me apretó la mano.

—Bueno, volvamos al tema que me tiene preocupada. Conozco a los maridos de estas señoras de buena cuna, como tú las llamas, porque han usado muchas veces la agencia de aduanas. Pues Samaranch un día me trajo un cliente nuevo. Casamitjana, promotor inmobiliario.

De repente, se me hizo la luz.

—¡Claro! ¡Ya sé quién es! El sinvergüenza de Casamitjana… Si lo he leído en los periódicos… ¿No es ese tipo que se ha enriquecido con promociones de casas baratas?

95

—¿Tú crees? Tiene un aspecto de lo más honrado.

—Sí, fíate tú del aspecto. Salió en las noticias.

—No he leído nada.

—Claro, porque no lees los periódicos. Deja que piense, que me acordaré… Sí, unos bloques que hizo en San Andreu.

—Nena, qué memoria.

—Las llamaban «las casas de papel». Cuando llovía, se llenaban de agua.

Mamá hizo un gesto con la cabeza, como si al agitar el cabello ondulado se sacudiera también ideas molestas.

—Vamos —dijo—, la gente tiene derecho a hacer negocios.

—Negocios, sí. Estafas, no. Y todavía menos con personas que están en una situación económicamente desfavorecida —dije marcando con un ademán mi indignación—. Usar materiales de mala calidad es una estafa, ¿no crees?

En ese momento, una pelota voló y rebotó contra el banco donde estábamos sentadas.

—Ha faltado un pelo para que me desfiguraran la cara —refunfuñó ella.

—No seas exagerada, que ni te ha rozado.

Golpeé la pelota, que cayó al suelo. Me levanté, cogí impulso y le di un buen puntapié. El chut la hizo volar hasta el grupo de chavales que la esperaba. Me saludaron con la mano.

—Hija mía, eres una insensata. Y lo más inexplicable es que puedas jugar al fútbol con unos zapatos de tacón de aguja.

Me agaché para limpiármelos con un pañuelo.

—¿Crees que, si Casamitjana te concediera más tiempo, podrías conseguir el dinero?

Mamá bebía un trago de agua de su vaso plegable. Tenía que concentrarse porque, a pesar de que era un enser muy práctico, no tenía un diseño muy perfeccionado y podía plegarse cuando menos lo esperabas. Tardó algo en responder:

—Estoy casi segura de que sí. Tengo que cobrar una remesa

muy importante dentro de dos o tres semanas. Pero no sé si querrá retrasarlo.

—Dame su teléfono y déjalo en mis manos. Ya me espabilaré para convencerlo.

Ese mismo mediodía, en cuanto estuve sola en el despacho, llamé a Casamitjana.

14

Carmina mira su reloj de pulsera: las cinco. El tiempo se le ha pasado volando sentada en el banco de la Ciutadella y, ahora, lejos de la conversación del 56 con su madre, nota que le rugen las tripas. Tiene hambre. Ha hecho mal no tomando nada a mediodía. Tiene que tratar de ser disciplinada con las comidas, si no, seguro que pronto la debilidad no la dejará salir de casa. Quizás cuando tenga visita con los de paliativos del hospital se lo consulte: qué tiene que comer para conservar la fuerza y, a la vez, no sufrir malas digestiones.

Una gaviota vuela en círculos sobre la cascada y chilla con aspereza. Quizás también tiene hambre, piensa Carmina. Ha leído que las gaviotas cada vez se adentran más en la ciudad porque no encuentran alimentos en el mar. Un día, vio una que se lanzaba sobre una paloma y se la llevaba para devorarla. No le gustan las palomas, pero le impactó que perdiera la vida de aquella manera tan salvaje. ¿Y qué preferirías, Carmina, que la hubiera aplastado un coche?, se dice. Pone los ojos en blanco. Habría sido una muerte más urbana, más acorde con la vida que llevan ahora estos pájaros, se responde.

También es consciente de que quizás ha pasado demasiado rato sentada a la intemperie bajo un sol que, a pesar de que ha sido amable, no la ha calentado suficiente. Saca un pañuelo de lana del bolso y se lo coloca alrededor del cuello. También se pone los guantes. Y sale de la Ciutadella al paso más vivo que le permiten sus doloridas piernas; un paso —tiene que admitirlo—, que es más bien torpón. Tiembla. Está helada. Se siente tan poquita cosa que tiene miedo de caerse.

Buscará un taxi. No se ve con fuerzas para coger el autobús. Nota que la cabeza le da vueltas. No sabe si del frío, del hambre o de la enfermedad. Sea como fuere, quiere llegar pronto a casa.

Para un taxi. Lo conduce un hombre joven, un inmigrante de piel muy oscura, de pelo negro y ojos también negros, chispeantes, que la miran desde el retrovisor. Él le pregunta a dónde quiere ir mientras ella se pregunta si será paquistaní. Le da la dirección, se acomoda en el asiento y cierra los ojos.

Él se interesa por si se encuentra bien, si necesita algo. Carmina responde que no, que solo necesita llegar a casa porque está muy cansada. Él le dice que la entiende, que él también acaba el día exhausto de rondar por las calles de Barcelona, que no hay mucho trabajo y cuesta mucho llegar a la cantidad que el dueño del taxi considera pertinente.

Claro, se dice Carmina, al precio que van las licencias de los taxis seguro que este hombre no puede permitirse una. Y trabaja para otro, que quizás lo explota. A veces parece difícil vivir, sobre todo para quienes han nacido en un ambiente desfavorecido. Carmina se dice que el ascensor social, a partir de la crisis de 2008, se debió de quedar parado en el sótano.

Abre los ojos y se miran a través del retrovisor. Él sonríe, y le cuenta que, a pesar de la fatiga, le gusta su trabajo y le gusta vivir en Barcelona. Todo narrado con sustantivos, adjetivos y verbos solo en presente; sin conjunciones ni preposiciones. Le dice que está casado y tiene una cría de dos años.

Ella responde «Qué suerte; casi comenzando la vida». Y él dice que sí con la cabeza. Ha entendido perfectamente el sentido de la frase.

Carmina piensa que la suya, en cambio, ya está agotada. Y muy agotada. Sí, tiene que reconocer que está satisfecha con su vida. Y con los recuerdos que le pueblan la mente. Son recuerdos que, ahora, la acompañan. Son recuerdos de aquello vivido, de aquello leído, de aquello pensado, de aquello creído… que configuran su yo. Se pregunta a dónde irá a parar todo eso cuando el cerebro se apaga. ¿Se pierde para siempre? Supone que sí. ¡Qué lástima! Suerte que, al menos, a través de lo que graba para sus sobrinas, una parte de su memoria quedará viva.

No. Si lo piensa bien, solo vivirán, ella y sus recuerdos, mientras sus sobrinas los puedan evocar. Luego, se habrá terminado Carmina para siempre.

Apoya la cabeza en el respaldo del taxi y cierra los ojos de nuevo mientras, cada vez que se paran en un semáforo rojo, siente la mirada estimulante del taxista fijada en ella. Pobre hombre, se dice, quizás sufre al imaginarse que la palmo en su coche.

Se le escapa la risa. Y piensa, mira que eres tonta, Carmina.

—Ya hemos llegado —dice él.

Carmina le paga con un billete de cincuenta euros.

Y él se queja, pero lo acepta y le devuelve el cambio. Ella no lo comprueba. Todavía le cuesta aclararse con los euros. Fue una mala jugada que desaparecieran las pesetas… Eso no se lo dice tampoco a las sobrinas; si se dan cuenta de que se hace líos con los euros, aún se creerán menos los robos que tienen lugar en su piso. ¡Y eso que haberlos, haylos!

Baja del taxi con esfuerzo. Cada día hacen los vehículos más altos.

En la acera, se para un momento y se apoya en una papelera. La cabeza le da vueltas. ¡A ver si se va a caer! Tómatelo con calma, Carmina, se dice; no tienes ninguna prisa. Eso sí, en cuanto llegue a casa, se preparará un café con leche y unas galletas.

Ahora le ha venido a la cabeza un recuerdo intensísimo de Jerónima: cuando se encontraba mal, siempre se hacía un café con leche y mojaba galletas María. Y, ahora, a ella le apetece lo mismo. Le parece que una taza muy caliente la ayudará. Pobre mamá. Ella sí que tuvo motivos para necesitar consuelo. Sobre todo cuando se quedó viuda con una niña de cuatro años y otra —¡ella!— en el útero. Hace muchos años, una tía le contó que la desesperación de Jerónima, al perder al marido, era tan grande que se daba cabezazos contra la pared. Nos tenía aterrorizadas, le dijo, que nacieras prematuramente o con alguna tara. ¡Tara! ¡Qué palabra! Quizás sí nació un poco tarada, piensa Carmina, y se sujeta con fuerza a la papelera porque el mundo le da vueltas. Fue bestia lo que le pasó a Jerónima. Se le murió el marido de un día para otro. Salió a cenar con su socio, pidió ostras y no duró ni dos días. Se intoxicó con marisco. Una muerte muy burguesa, porque papá era burgués, piensa. Un pisazo en el paseo de Gracia, un Hispano-Suiza de película, abrigos de pieles comprados en La Siberia, habanos importados... Después de su muerte, la familia bajó muchos enteros en la escala social. Del pisazo con dos baños en el paseo de Gracia al piso con letrina y con lavadero para asearse de la calle Conde Borrell; del coche de diva de Hollywood a ir en tranvía, con suerte; de comer ostras a comer sardinas... Pero Jerónima parece que se adaptó con una rapidez que dejó a todo el mundo asombrado. Después de haber parido, se puso a trabajar en la agencia de aduanas. No sabía nada del funcionamiento del negocio, pero, como era buena con los números, pasó a llevar la contabilidad. Y le fue bien. Tanto que pudo sacar a la familia adelante. Y, años más tarde, tuvo que hacerse cargo de la agencia ella sola, porque el socio le vendió las acciones y se fue. Todo un carácter, Jerónima.

Inspira profundamente y piensa que ya es hora de soltar la papelera. Esperará, se dice, a que pase la chica del monopatín. Después de la chica-exhalación, se atreve a cruzar la acera. A medio camino, tropieza y se tambalea, pero consigue mantener el equilibrio.

Desde el portal, solo cuatro pasos la separan de los dos peldaños que suben hasta la zona donde, al fondo, está la garita de Candela.

Menos mal que hicieron instalar un pasamanos, se dice, mientras se aferra a él con ansia. Sube un pie hasta el primer escalón y, después, con dificultades, el segundo. Se queda unos instantes recuperando el equilibrio y el aliento para poder hacer frente al segundo obstáculo. Vuelve a inspirar con fuerza. Anda, va, que ya lo tienes, se dice.

Y se vuelve a acordar de Jerónima. Nunca echó de menos a su padre, quizás porque Jerónima hacía de madre y de padre. Y eso que Jerónima siempre tenía muy presente al marido muerto. En la habitación, sobre el tocador, tenía un marco de plata con un dibujo de él, a color, muy realista. Era un primer plano que permitía observar su cabello liso —¿de dónde habrían salido sus rizos?— el mostacho con las puntas retorcidas, a la moda de la época y los ojos verdes e inteligentes. Junto al marco de plata, siempre había una lámpara que se alimentaba con aceite de parafina y que estaba encendida permanentemente. Jerónima decía que era para que el alma de él encontrara el camino. A Carmina, aquello del alma le provocaba un miedo irracional. No podía dejar de pensar en el cuento de Bécquer, *El monte de las ánimas*, con unos seres espirituales y vengativos dispuestos a hacerte morir de pánico. Debajo del marco de plata siempre había una estampa de santa Rita, la patrona de los imposibles, y un décimo de lotería, que Jerónima renovaba semanalmente. Que Carmina sepa, ni el alma del marido ni santa Rita habían conseguido nunca que ganara la lotería. Y no solo eso hacía Jerónima para mantener viva la memoria de su marido, sino que también iba a visitar su tumba cada dos de noviembre, el Día de los Difuntos. Y también en el aniversario de su muerte y el de bodas. Jerónima llevaba con ella a Martina y Carmina. Martina protestaba porque no le apetecía perder el tiempo en una actividad que le parecía un sinsentido; Carmina iba muerta de miedo, ya que no le gustaban los cementerios, porque le parecía que estaban llenos de almas. Jerónima no hacía ningún caso de los aspavientos de las hijas y les pedía que colocaran el ramo de crisantemos en el jarrón mientras ella limpiaba el nicho. Después, rezaban alguna oración.

Carmina se agarra fuerte a la barandilla. Vuelve a darle vueltas la cabeza. No sabe por qué hoy tiene a Jerónima tan presente. Bueno, siempre tuvieron un vínculo muy estrecho. Se pregunta si no puede ser precisamente porque, cuando nació, su padre ya había muerto, y ella se aferró a Jerónima como una lapa. Mucho más que su hermana, quizás porque era la mayor... Martina siempre fue muy desapegada con la familia. Ella, no. Ni con mamá, ni con las sobrinas. Siempre ha tenido debilidad por la una y por las otras. Habría hecho cualquier cosa que mamá le hubiera pedido; y para las sobrinas todavía está muy disponible. Quizás por aquel lazo tan estrecho con mamá, se dice, siempre se quedó a su lado, compartiendo piso y compartiendo vida. En parte, seguro que fue ese sentimiento tan poderoso. En parte porque ella ha sido siempre tan independiente que solo ha podido convivir con alguien que la dejara en paz y no se metiera en su manera de hacer las cosas, como siempre respetó Jerónima. Y no fue el caso de ninguno de sus amores.

Anda, va, se dice. No vas a estar todo el día plantada en este peldaño, ¿no?

Tanteando eleva el pie derecho y lo apuntala en el de arriba. Coge fuerzas de nuevo y, con un impulso que no sabía que era capaz de darse, consigue tener ambos pies paralelos al final de la escalera. Respira aligerada. Lo ha logrado. Le ha resultado un esfuerzo de campeonato, a pesar de que tiene conciencia de que no ha sido nada.

Quizás Candela la está mirando desde la garita. Tendrá que disimular mientras recupera el coraje para llegar al ascensor. Finge que se arregla el pañuelo del cuello. Y entonces se marea y pierde el equilibrio. Y no sabe cómo, los pies dejan de sujetarla sobre el peldaño y el cuerpo la vence hacia atrás y suelta un grito de miedo. Un grito muy agudo. Y abre la mano y su bolso rueda por la escalera antes que ella.

No sabe el rato que está despeñándose. Le parece que el instante dura una eternidad. Caer es tan laborioso como subir, tiene tiempo de pensar.

Entonces, se golpea la cabeza contra las baldosas grandes y blancas de la entrada. Y siente un dolor penetrante en el cráneo.

Todo se vuelve negro.

Negro y silencioso.

15

—Mina, mina, mina, oye.

Ay, ¿por qué no me dejan dormir? ¡Que se callen de una vez!

—Mina, mina, ¿bien?

Nota la boca pastosa. Un vaso de agua le cruza un instante el cerebro. Después, otra vez se hunde dulcemente en la oscuridad.

Un runruneo persistente la saca del agujero.

—¡Señorita Carmina, señorita Carmina! ¿Me oye? ¿Está bien?

Los gritos han terminado por espabilarla.

Abre los ojos y se encuentra la cara de Candela a un palmo de la suya. El cabello pelirrojo de la mujer se columpia y le roza la nariz. A Carmina le dan ganas de estornudar. Los iris azules de la portera la observan con preocupación. Si hiciera caso de la expresión que ve en sus ojos, Carmina se asustaría. Pero no le da tiempo de acobardarse porque ahora recuerda que tiene que ir a casa y tomarse un café con leche y unas galletas.

—¿Qué hago aquí, en el suelo? —le pregunta a Candela.

La mujer pone cara de no entenderla.

—¿Cómo?

—¿Quéquilo?

¡Ah! Parece que la lengua no se le mueve como siempre dentro de la boca. No puede hablar bien. La lengua se le queda pegada al velo del paladar. Trata de tragar saliva, pero tiene la boca tan seca que no la puede convocar. Tose un poco.

—¿Quiere un vaso de agua? —pregunta Candela.

—Sí —le parece que contesta.

Candela se quita la chaqueta y se la pone debajo de la cabeza, como si fuera una almohada. Sonríe mientras le pregunta si con el cojín improvisado está más cómoda.

Ella mueve la cabeza para decirle que sí.

—Ahora vuelvo —avisa la otra.

Carmina cierra los ojos y descansa. Le gustaría dejarse llevar de nuevo por aquella oscuridad acogedora, pero ya no puede. En fin, pues se quedará despierta.

Pero, si está despierta, ¿qué hace en el suelo, en el vestíbulo del edificio? Trata de mirarse los pies. Y se toca el abrigo. Y se peina un poco los rizos que le caen sobre la frente. No está bien que una mujer como ella esté echada sobre el mármol gastado por donde pasa tanta gente.

¿Qué hace allí?

Entonces, se acuerda del cementerio. ¿Ha estado allí? ¿Para qué ha ido?

¡Ah! No. Ahora se da cuenta de que pensaba en las visitas que hacían ella y Martina con Jerónima para honrar la memoria del padre y marido. Piensa en el nicho y las flores…

Y como un rayo, recuerda que ella se está muriendo. Le recorre la espalda un escalofrío que no es del mármol sino de la angustia que le da morirse. No sabe qué hace tirada en el suelo, pero sí sabe que tiene cáncer y que se va a morir… pronto.

Y todavía no se lo ha contado a las niñas. Ni les ha dicho si quiere que la entierren o la incineren. A ella, francamente, le gustaría más que la enterraran si los cementerios fueran como los nórdicos: un agujero en la tierra, hierba y flores alrededor. E irse deshaciendo e irse volviendo polvo. Pero en Barcelona, si te entierran te meten en un nicho, como si te metieran en la máquina de hacer resonancias magnéticas. Carmina imagina el cementerio con una fila de nichos: planta baja, primer piso, segundo piso, tercero… Quién sabe si le tocaría en el piso más alto, donde solo se llega con una escalera. Se estremece. Si la enterraran se sentiría como si la metieran en una colmena, donde, en cada celda, habría un muerto estirado. ¡No quiere! Prefiere el fuego al cemento. ¡Eso es! Quemada, y se acabó. Como quemar las naves. No porque piense que hay alguna posibilidad de que su alma, como decía Jerónima, vague sin encontrar el camino. No. Lo prefiere sobre todo de cara a los vivos: la incineración los libera de la idea de la muerte. Y, sobre todo, los libera de la obligación de ir al cementerio. A ella le daba mucho miedo tener que acompañar a su madre. Miedo y también mucha mucha pereza.

En fin, tendrá que apuntarlo en el folio de instrucciones escritas con letras mayúsculas.

Y de pronto le viene a la cabeza por qué está en el suelo. Recuerda nítidamente que subía la escalera cuando, no sabe cómo, ha caído hacia atrás.

¡Uf! Ser capaz de reconstruir la escena la reconforta. Está viva, puede pensar y recordar.

Está viva, pero vete a saber si se ha roto algún hueso. Mueve un poco piernas y brazos, pies y manos. Y le parece que no, que las extremidades funcionan como es habitual. Del resto, hará la revisión cuando vuelva Candela. Porque es la portera quien se está ocupando de ella. Eso también lo tiene claro.

—El vaso de agua, señorita Carmina —dice la mujer. Y le pasa un brazo por debajo de la espalda para ayudarla a incorporarse.

Da sorbitos y se los traga con mucho cuidado.

—¿Quiere que la deje echada en el suelo hasta que vengan a ayudarnos?

Dice que no. Entonces con el zarandeo nota un reguero de tacto viscoso que le baja por la espalda, por dentro del abrigo, de la blusa y de la camiseta.

—¿Le parece bien que la siente en el peldaño? —le pregunta Candela.

—Sí —admite ella, que después de los tragos de agua se encuentra mucho mejor.

—A ver —dice la otra—, no se habrá roto nada, ¿verdad?

—No, no. Estoy muy entera. —Trata de reírse de la situación.

La portera la ayuda a moverse muy despacio.

Comprueba que no le duele nada, aparte de la cabeza.

La maniobra para incorporarla y dejarla sentada en el suelo les toma mucho tiempo. Carmina tiene la sensación de estar trepando otra vez por un acantilado vertical. Casi le da un ataque de risa solo de pensarlo.

—¿Le estoy haciendo daño? —pregunta Candela, que interpreta en sentido contrario los ruidos que hace.

—No, no. Estoy bien.

—Pues ahora voy a tratar de levantarla —dice la mujer, que la coge por debajo de las axilas.

Carmina no tiene ninguna duda: si alguien puede levantarla del suelo es Candela, la poderosa Candela: unas piernas como columnas, un pecho maternal, una barriga y un culo prominentes. Es una mujer que quita el miedo. Es una mujer capaz de llevar el mundo sobre sus hombros sin desmoronarse. Una mujer en quien se puede confiar. Se siente tranquila en sus manos.

La incorpora. Cuando la tiene enderezada no la suelta. Le pregunta si todo va bien.

—¡Perfecto! No podría ir mejor.

Candela la ayuda a sentarse en el segundo peldaño, porque, sobre la marcha, están de acuerdo en que seguramente será más práctico que en el primero.

Carmina suspira profundamente. Mira que caerse… Se ha mareado; lo tiene claro. Debe de haber sido el hambre. O quizás el frío que ha cogido en la Ciutadella. Bueno, de todo esto, ni una palabra a las niñas. Y tendrá que comprar el silencio de la portera de alguna manera, piensa.

—Me encuentro muy bien, Candela. Gracias por su ayuda.

—¿Qué le ha pasado? ¿Se ha mareado?

—¡No! ¡Qué va! No. Me he tropezado con…

No sabe qué inventarse. Da igual. Lo deja a la imaginación de Candela.

—Y ahora que ya estoy bien, ¿podría ayudarme a llegar a casa?

Justo acaba de decirlo y nota que se le nubla otra vez la vista. Quizás no, quizás todavía no está bien.

—¿Quiere que la lleve a casa? ¡No puede ser! Tiene mucha sangre en la cabeza. Creo que se ha hecho una brecha, pero no me atrevo a mirar. Si le veo un buen corte, me pondré mala.

Carmina se pasa la mano por el pelo y, cuando la retira, ve que el guante se le ha manchado. Ah, sería sangre lo que notaba caerle por la espalda hace un momento. La portera tiene razón.

Candela le mira el guante enrojecido y, después, le hace un gesto que quiere decir: ¿ve como no puede irse a casa?

—Tiene que ir al Centro de Atención Primaria —dice— para que la curen. Ahora avisaré a mi marido para que la acompañe. No puede ir sola.

Se saca el móvil del bolsillo de la bata de cuadraditos vichy blancos y azules.

Pulsa una tecla y espera.

—¿Pepe? Necesito que vengas a ayudarme.

—…

—¿Pero se puede saber dónde estás?

—…

—¿Y qué haces dando vueltas por la escalera?

—…

—¡Es que no sé qué haces siempre paseándote por las escaleras! Maldito hombre… Me das más trabajo que un crío. Anda, baja, que tienes que acompañar a la señorita Carmina a curarse.

—…

—No. A su casa, no. Tienes que llevarla al Centro de Atención Primaria.

Ella, sentada en el peldaño, nota que todo se vuelve a poner negro. Pero no se deja caer en el agujero. Eso sí, con la cabeza todavía turbia, confunde la llamada de Candela a su marido con la que ella hizo a Casamitjana aquel lunes de abril de 1956.

16

El señor Casamitjana resultó que se llamaba Juan y que quería que ella, desde el primer momento en que le telefoneó, lo llamara por su nombre.

Por la voz, Carmina se imaginó que era un hombre de unos cincuenta años y, por el tono, supo que estaba muy contento de haberse conocido.

—¿Querría considerar la posibilidad de retrasar el cobro del pagaré de mi madre? —le preguntó ella por segunda vez. Procuraba ser tan amable como podía, pero la petulancia del hombre amenazaba con hacerle perder la paciencia.

—Guapa, no me hables de usted. Háblame de tú y llámame Juan —volvió a insistir. Y añadió—: Tienes una voz tan juvenil…

¡Qué caradura! Quizás pensaba que podían ser amigos, ese granuja. Notaba que las mejillas le hervían. Le habría dado una patada en el culo si lo hubiera tenido delante. Cerró la mano izquierda con fuerza y se clavó las uñas en la palma. Antes de que pudiera decirle lo que de verdad pensaba, la desazón de su madre le estalló en el cerebro. Para poder ayudarla, tendría que tragarse las palabras insultantes que tenía en la punta de la lengua.

—De acuerdo, Juan, como tú quieras, pero me gustaría que me respondieras a lo que te pregunto.

—¿Te refieres a que le dé más tiempo a tu madre para poder devolverme la cantidad que le dejé?

—Exacto.

—¿Y de cuánto tiempo estamos hablando?

—De tres semanas.

Hubo un silencio durante el cual ella no encendió un cigarrillo porque hacía la llamada desde su despacho, pero con gusto habría dado una calada.

El señor Casamitjana carraspeó y Carmina cogió con más fuerza el auricular de baquelita negra del teléfono. Vamos, di que sí, di que sí, pensaba.

—Bueno, pues le concederé este favor a cambio de una prenda.

Ella estranguló el auricular de baquelita.

—Lo escucho… Te escucho.

—A cambio de que aceptes salir a cenar conmigo.

Carmina habría querido tirar el auricular por la ventana, pero, otra vez, la angustia materna le recordó que más le valía aceptar la petición. Decidió hacerlo puntualizando las condiciones.

—Cenar quiere decir cenar. Solo eso, señor Casamitjana…, quiero decir, Juan.

—¡Por supuesto, Carmina! ¿Por quién me has tomado? Yo soy un caballero.

Sí, sí, un caballero… pensaba todavía cuando, más tarde, cogió el tranvía. Un caballero que estafa, que se dedica a la usura… ¡Imagínate tú!

Tenía mucha prisa por llegar a casa. Hizo corriendo el tramo desde la parada hasta la calle Conde Borrell y subió los peldaños de dos en dos. Metió la llave en la cerradura, que debió de actuar como un cebo porque, al abrir la puerta, se encontró detrás a Moby Dick, que la estrechó entre sus brazos.

—¿Te has pasado el día en el recibidor? —rio Carmina.

No obtuvo respuesta, solo se sintió arrastrada hacia su habitación.

—Debería ducharme —protestó sin mucha convicción.

—De ninguna manera. Me gusta el olor de tu cuerpo. Además, ya te limpiaré yo.

La hizo tenderse en la cama y la desnudó sin entretenerse. Cuando estuvo desnuda, la hizo posar con los brazos y las piernas abiertas, y le repasó todo el cuerpo con golpecitos suaves y calientes de su lengua. Carmina se dejaba hacer con los ojos cerrados.

Los abrió porque ya no se sentía lamida.

Moby Dick la miraba con la intensidad acostumbrada.

—Me gusta tu cuerpo. Tus piernas. —Y se las delineó con las manos—. Tus pechos…

No dijo nada más porque tenía los labios ocupados chupándole los pezones. Solo aquella caricia la hizo chillar de placer.

—Te gusta, ¿verdad? —dijo levantando una ceja con pillería. Y paró porque no tenía ninguna prisa. Continuó moviéndose como si fuera una película a cámara lenta.

Carmina decidió que había llegado la hora de cambiar los papeles e inmovilizó a Moby Dick para ir a su aire. Y, más tarde, ya fueron movimientos recíprocos cada vez más rápidos.

Carmina se iba acelerando, ya no controlaba los murmullos que, como si tuvieran vida propia, le salían de la garganta. Estaba a un milímetro de zambullirse en la fase de no retorno, cuando llamaron al timbre de la puerta.

Pararon repentinamente y se miraron. Moby Dick tenía un brillo divertido en las pupilas. Las de Carmina, en cambio, reflejaban terror.

¿Podría ser que mamá volviera y se hubiera dejado las llaves?, se preguntó. La idea la petrificó.

Moby Dick la despeinó.

—¿No piensas ir a abrir?

Le dijo que sí, a pesar de que no tenía ganas. Una sombra de culpabilidad le cruzó el cerebro. No está bien lo que haces, Carmina… Se sacudió la culpa recordando el placer que sentía unos segundos antes. Y pensó que quería volver a ese estado tan pronto como pudiera.

—Sí. Ya voy.

Se levantó y fue a buscar la bata que tenía colgada tras la puerta. Mientras, se preguntaba quién podía ser. Ya había descartado a Jerónima. No se la imaginaba dejando a las nietas solas. Pero todavía cabía la posibilidad de que fuera Antonia, la portera.

Salió de la habitación descalza.

Desde el pasillo, hizo un gesto a Moby Dick, poniéndose un dedo sobre los labios.

Moby Dick imitó el gesto: no diré nada.

Ella cerró la puerta y, al empezar a andar, oyó un sonido de tela desgarrada. Maldijo la manecilla de la puerta que había atrapado el bolsillo de la bata. Fue hacia la puerta de entrada.

En ese momento, volvió a sonar el timbre y ella protestó:

—Ya abro.

—Señorita Carmina, ¿qué le ha pasado?

Ella levanta la cabeza para mirar a Pepe. Con lo que le gusta su mujer y lo poco que le gusta él. Lleva encasquetada una gorra de punto negro para no pasar frío. Está delgado y, como ya no es joven, eso hace que las mejillas se le hayan descolgado y le marquen dos surcos. Y lo dice bien: surcos y no arrugas, porque tienen una profundidad de acequia. Le perfilan un paréntesis a ambos lados de la boca. Tiene una mirada apagada, de persona con pocas luces. Y realmente no es un tipo nada agudo. ¿Qué vería en él Candela para enamorarse? ¡Y, sobre todo, para continuar a su lado!

—Que me he caído. ¿No lo ve?

Ay, piensa Carmina, me ha salido un tono muy ácido. Tan amable que es el hombre, que me va a llevar a curarme... Porque es cierto que siempre está dispuesto a hacer favores. Quizás es eso lo que le gusta a Candela. Se dice que tiene que tratar de controlar el mal humor que le provoca no sabe por qué.

Hace un esfuerzo para modular la voz.

—Y muchas gracias por acompañarme.

—No se merecen, señorita Carmina. Lo hago con mucho gusto.

¿Lo ves, Carmina, como tienes prejuicios con este hombre? Tan atento. Quizás el recelo le viene de cómo habla de él la propia Candela. O quizás por saber que se está todo el día sin hacer nada.

—El taxi ya está aquí —avisa Candela.

Y entre los dos, la levantan y, despacio, la llevan hacia fuera.

17

—A la calle Manso, por favor —le dice Pepe al taxista, dándole la dirección exacta.

Se vuelve para mirarla y le dice:

—Ya verá: la dejarán como nueva. Que he visto que le ha salido mucha sangre del golpe en la cabeza. Y un golpe en la nuca puede ser fatal. Mi madre siempre lo decía: «Tened cuidado con no caer hacia atrás, una caída de nuca es muy peligrosa...». Bueno, no quiero decir que sea su caso, claro, que por lo que me ha dicho Candela conserva la cabeza clara de siempre. Y sabe cómo se llama y dónde vive, ¿verdad? Por cierto, ¿dónde vive?

Carmina le da la dirección de la calle Conde Borrell, pero tiene muchas ganas de decirle: «Usted sí que me da un dolor de cabeza espeluznante con esa cháchara que no se acaba nunca. ¿No puede callarse un rato?».

Pepe no deja de parlotear. Continúa explicándole cómo consideraba su madre las caídas y cuáles eran malas y cuáles peores.

Ahora ella no sabe qué hace en el taxi con ese hombre, que parlotea con insistencia. No nota que tenga una brecha en la cabeza. Quizás podrían volver a casa... Seguro que le dicen que todo está bien, de modo que no ve la razón para ir. Le plantea la posibilidad al marido de la portera.

—¿Qué está diciendo? —la mira con los ojos como platos—.

¿No ve que debe de tener un buen corte y quizás necesitará puntos? Fíjese, tiene la parte de atrás del abrigo —le toca la parte del cuello— pegajosa de sangre. ¡Uy! Tan limpia y pulcra como es usted, que siempre lo tiene todo tan ordenado… —Se para un momento para recuperar el aliento.

Ella piensa: ¿Y tú qué sabes si soy pulcra o voy hecha una guarra? Y si te crees que tienes idea de cómo tengo el piso, si limpio o sucio…

El hombre continúa:

—Cuando llegue a casa tendrá que ponerlo todo a lavar… Bueno, el abrigo, no, que se le echaría a perder. El abrigo tendrá que llevarlo a la tintorería. En la calle Viladomat hay una muy buena. Llévelo allá. O, mejor, haga que lo lleven las sobrinas. Eso, dígaselo y, de paso…

Carmina ya no lo escucha. El parloteo la pone enferma. Y también que le diga cómo tiene que hacer las cosas. Le parece una intromisión intolerable en su vida. Como la que se perpetró aquella noche cuando ella estaba haciendo el amor con Moby Dick y llamaron a la puerta.

—Ya voy —rezongó, malhumorada porque se le había rasgado la bata pero, sobre todo, sobre todo, porque le habían interrumpido el orgasmo.

De pie al otro lado de la puerta, estaba Sebastián, con mirada de perro.

Si algo no soportaba, era esa mirada miserable que la hacía sentir a ella también miserable.

Sacudió la cabeza: no era su niñera; era su amiga y nada más.

—Buenas noches —dijo él.

¿Buenas noches?, pensó. ¿Había pasado tanto rato desde que habían entrado en la habitación? El tiempo con Moby Dick iba más rápido que el tiempo con Sebastián o con mamá, suspiró.

—Buenas noches, Sebastián.

Él no decía nada. La miraba alternando la cara de perro con la cara de ofensa profunda.

—¿Pasa algo?

—Eso me lo tienes que decir tú —dijo él—. Hoy habíamos quedado para ir al cine. Te he venido a buscar como siempre pero no me has abierto la puerta.

Se había olvidado.

—Lo siento. No me encuentro bien. Seguramente cuando has venido me estaba duchando.

—Claro, como en casa tenéis baño… —dijo con un poco de rencor.

Carmina recordó la letrina del piso de los padres de Sebastián y el papel de periódico troceado y colgado de un gancho. Se alegró de tener váter, polibán y rollos de papel Elefante en casa.

—Anda, va, Sebastián, no te pongas de morros.

Él cambió la expresión del rostro, que se distendió.

—Tienes razón, Carmina. No me quiero poner a malas contigo. Pero, mira, me habría encantado que viéramos juntos la película. ¿Te acuerdas de cuál era?

—Lo siento. No. Me duele mucho la cabeza.

—Tómate un Optalidón.

Sí, sí, pensó ella, lo que quiero es que te tomes en serio mi enfermedad imaginaria y pongas tierra de por medio enseguida.

—La película era *Rififí*. Me lo he pasado estupendamente…, lástima que sin ti no es lo mismo.

—Lo siento, de verdad. Pero, mira, ahora quiero volver a la cama. Si has venido a contarme la película, lo tenemos que dejar para otro día. No me encuentro bien. —Y se puso la mano en la frente en un gesto que quería subrayar el malestar que sentía.

—Pobre, claro. En realidad, he venido a buscar cerillas. A mi madre se le ha apagado la cocina.

—Ven, te las doy.

Él la seguía por el pasillo y ella, mientras, se imaginó la cocina de casa de Sebastián tal como había sido la suya hasta hacía pocos años: una cocina económica, que había que encender por la mañana, con hojas de periódico arrugadas, con carbón y con astillas; había que avivar con un soplillo hasta que el fuego prendía y había que cuidar y vigilar todo el día... Suerte que ella y mamá la cambiaron por una de gas. No perdías tiempo, te ensuciabas menos y controlabas mejor la cantidad de fuego que no con los círculos concéntricos de la cocina económica.

Mientras ella abría el armario donde guardaba la caja de cerillas, él le lanzó una pregunta que la dejó helada.

—¿Estás sola?

—Pues claro. Mamá se ha ido unos días a casa de mi hermana.

—Ya me lo habías dicho. Pero me ha parecido que estabas con alguien.

Ella soltó una risotada no sabía si muy creíble.

—Imaginaciones tuyas. Seguramente era la radio.

—Debía de ser eso, claro.

Cogió la caja de cerillas y, cuando ya estaba en el recibidor, se giró para decirle:

—¿Me quedo a hacerte compañía?

—¡No! —se apresuró a responder. Notó que el «no» tenía una contundencia inapropiada—. Quiero decir que muchas gracias, eres muy amable, pero me voy a la cama.

—De acuerdo. No quiero hacerme pesado. Si me necesitas, avísame.

—Claro que sí.

Cerró la puerta y voló hacia el dormitorio.

Se puso un dedo sobre los labios para pedirle silencio a Moby Dick.

Con un gesto de las cejas y los hombros, Moby Dick preguntó qué pasaba.

Ella se acercó mucho para decirle al oído, mientras señalaba el rellano al otro lado de la ventana:

—Me parece que hay un espía.

Moby Dick abrió mucho los ojos.

—¿Un espía? —dijo con un susurro.

—Un espía más pendiente de mí que de ti —le murmuró—. Es un amigo, molesto porque me he olvidado de que tenía que ir al cine con él. Sebastián, ya te había hablado de él.

—Sí —y arqueó una ceja.

Entonces, Carmina, con movimientos pausados hizo que Moby Dick se tumbara en la cama y, después de quitarse la bata, se puso encima. Le besó los párpados, la nariz…

—Me encanta esta nariz tuya, tan grande. Es la proa de un barco —susurró—. Me la comería.

—Pues, cómetela, me harás un favor, porque yo la odio. En realidad, odio mi cara.

—Pero ¡¿qué dices?! —dijo Carmina subiendo un poco el tono de voz.

Y ella misma se quedó paralizada de pensar que Sebastián todavía estuviera en el rellano y la pudiera haber oído.

—¡Anda ya! Te ha parecido que lo decías alto, pero no puede haberte oído… esto suponiendo que todavía esté aquí.

—Voy a mirarlo.

Desnuda, fue hacia el recibidor y sin hacer ruido levantó la tapa de la mirilla. Y a través del cristal redondo pudo ver a Sebastián apoyado sobre la barandilla del rellano, con la cabeza hacia la ventana del dormitorio, como si quisiera captar cualquier ruido.

Carmina chasqueó los dedos para comprobar si el ruido llegaba hasta el exterior.

Del otro lado de la puerta, él no dio señal de haberlo percibido. Y ella estuvo segura de que no lo había oído tampoco antes.

Volvió hacia la habitación con una sonrisa pilla e hizo un gesto indicando que Sebastián todavía no se había ido.

—Nos amaremos en silencio —dijo Moby Dick sin articular ninguna palabra.

Ella entendió que así debía ser.

Los besos y las caricias de aquella noche, que se alargaron hasta el alba, fueron de una gran intensidad: tener que mantener el mutismo añadía excitación.

—Ya hemos llegado, señorita Carmina.

Pepe la ayuda a entrar en el centro y, después de pasar por recepción, la deja instalada en una silla.

—Ahora vendrán sus sobrinas. Candela ya las ha avisado.

—¿Todavía no puedo pasar a la consulta?

—Todavía no. Hay gente más grave. Se ve que ha habido una pelea y hay uno que lleva una cuchillada.

—¡Ah! —dice con resignación.

—Yo ahora la dejo. No se mueva, sobre todo, que pronto tendrá aquí a sus sobrinas.

Carmina le da las gracias y observa cómo se aleja hacia la entrada.

Él, en la puerta, todavía se da la vuelta una vez para comprobar que la deja bien. Ella le dice que sí con la cabeza, que se vaya tranquilo y, luego, cierra los ojos. Me he quedado sin mi café con leche; cuando llegue a casa ya no serán horas, piensa. Si al menos la silla fuera cómoda, dormiría un ratito, pero es de plástico duro, de respaldo bajo y, para acabarlo de arreglar, solidaria con las demás sillas a través de una barra a la que está vinculada. Cada vez que alguien se sienta, ella da un salto; y cada vez que alguien se levanta, vuelve a dar otro. Estarse sentada en una silla de ese centro no es una actividad sosegada.

—¡Tía!

Las sobrinas ya han llegado.

—Niñas, llevadme a casa. No tengo nada, no os preocupéis. Solo un golpecito en la cabeza.

—Un golpecito, un golpecito —refunfuñan, mientras dan la vuelta para mirarle la nuca.

Oye exclamaciones subidas de tono.

—¡De golpecito nada! Te has hecho una buena brecha.

Dos horas más tarde, pueden salir. Carmina lleva nueve puntos en el cráneo.

—Un golpecito… —le recriminan cuando ya están en el taxi de vuelta.

18

—Ya ves, Moby, el jaleo que montaron por un golpecito de nada, digan lo que digan —le dice, mientras brinda con la copa contra el acuario—. A nuestra salud, que nos lo merecemos.

Y da un sorbito de Pedro Ximénez. Uno muy breve para que le dure más la bebida.

—Las niñas son muy exageradas. De cualquier cosita, hacen una montaña. Bueno, cualquier cosita que tenga relación conmigo, porque los descalabros de su vida los minimizan. Ahora mismo, sé que a ninguna de las dos les va bien el trabajo. Y que no tienen una situación económica para tirar cohetes. Me duele verlo, las dos con estudios y con trabajo, pero sin ninguna estabilidad. Y, sin embargo, pueden darse con un canto en los dientes, ya que no son pobres de solemnidad. Porque, ¿sabes, Moby?, ahora hay gente que, a pesar de tener trabajo y tener un sueldo, es pobre. ¡Muy pobre! Los sueldos son una porquería. Y es que, cada vez más, quien tiene mucho dinero acumula todavía más. Y los demás, la gran mayoría, cada vez tienen menos. A veces, sueño con que la gente pobre de la tierra se levantará e irá a arrancarles el hígado a los más ricos y acaparadores. Todavía estoy convencida de que un día pasará. Y siento que ya no estaré aquí para verlo.

Da otro trago breve y elige una ópera.

—Hoy oiremos arias alegres porque estoy de muy buen humor, quizás porque la caída… de nuca, que decía Pepe, al final no ha sido nada. Aquí —dice golpeando con el dedo la funda de plástico—, tenemos unas cuántas.

Pone el cedé en el aparato, pulsa el botón y, cuando empieza el aria de la boda de Fígaro, añade su voz a la del bajo-barítono:

—*Non più andrai, farfallone amoroso. Notte e giorno d'intorno girando. Delle belle turbando il riposo Narcisetto, Adoncino d'amor.*

Y se ríe.

—No sirvo para el canto, ¿eh, Moby?

Entonces enciende la grabadora.

—Eso sí: soy una tecnóloga de primera, ¿a que sí, Moby? —Y ella sola se parte de risa.

Miércoles, 2 de mayo de 1956

Moby Dick y yo vivimos las tardes y las noches solas en casa haciendo fiesta gorda. En cambio, las mañanas y las primeras horas de la tarde de esos mismos días, yo los viví como una cruz. Primero, porque no podía evitar el sentimiento de culpa por esa relación que la Iglesia católica habría considerado pecaminosa, y que la gente de mi alrededor, de haberlo sabido, habría juzgado del mismo modo. Y segundo, porque me costaba centrarme en el trabajo. Los remordimientos me los sacudía cada vez que recordaba —y sentía— el placer que obtenía con Moby Dick. Así que, en lo tocante al trabajo, hice un gran esfuerzo para concentrarme y lo conseguí.

Pero en cuanto salía del despacho y corría a buscar el tranvía, no tenía otra cosa en la cabeza, en la piel, que mi amor y mi deseo y me desaparecía la mala conciencia. Subía al vagón, pagaba y me abstraía de la falta de espacio, de los hombres que se te pegaban como lapas, de la gente que olía mal y de la que se te dormía en el hombro.

Aquel miércoles por la tarde, me quedé hipnotizada con el letrero idéntico al de todos los transportes públicos y al de las calles: *Prohibido escupir. Prohibida la palabra soez.* Lo veía y lo leía de manera automática.

Al bajar, pasé por la bodega para pedir un litro de vino del Priorato, que a la mamá le gustaba mucho y nos lo habíamos terminado. A Moby Dick no le convencía. Decía que era un vino áspero, demasiado intenso y tan dulce...

Con la botella en la mano corrí hacia casa. Quería llegar antes que mamá, que ya había acabado su estancia con las nietas. Cuando ella estuviera en el piso, habríamos perdido la libertad. ¿Cómo nos las ingeniaríamos a partir de ahora? Por más vueltas que le daba, no hallaba la solución. Abrí la puerta y me sorprendió que mi amor no viniera a recibirme; los demás días lo había hecho.

—¿Hola?

—Estoy en la sala.

Entré y me sorprendió encontrar a Moby Dick, en el suelo, junto a una lámpara de pie.

—No pierdas el tiempo. No funciona. Tiene una clavija suelta.

—¿Y qué crees que hago? Mira.

Y la luz se encendió.

—¡Qué manitas! —celebré.

—Lo soy. Y todavía no lo has visto todo.

Y se levantó para darme la bata, que, sorprendentemente, estaba en el sofá.

—La he cogido para coserte el roto.

Lo miré con atención. Era un arreglo bastante bueno.

—¡Qué joya tengo! —dije.

—¡Ni te lo imaginas! Pero ya sabes que es temporal —dijo mientras me alborotaba el pelo, como si con el gesto quisiera quitarle carga dramática al comentario.

¡Pues claro que lo sabía!

—Una historia de amor sin futuro… —me paré y lo reformulé—: Una historia de amor completa en sí misma.

Moby Dick sonrió y levantó el pulgar.

—Genial —dijo y después añadió—: Supongo que ahora tenemos poco tiempo, ¿no?

—Muy poco.

—Pues no lo malgastemos.

Entramos en mi dormitorio y nos lo montamos en un abrir y cerrar de ojos.

Todavía jadeábamos cuando oímos las llaves en la puerta.

Me puse un dedo sobre los labios.

—Quédate aquí y yo me la llevo a su dormitorio —susurré—. Y, entonces, sales tú.

Me alisé la ropa y me arreglé el pelo antes de ir al encuentro de mamá.

—¡Hola!

—Hola, nena —dijo ella distraída con las cartas que había cogido del buzón.

—¿Te llevo la maleta a la habitación?

—Si me haces el favor… La he cargado toda la tarde; después de comer, sin falta, tenía que ir al aeropuerto a consignar un cargamento y me la he llevado porque ya no pensaba regresar al despacho.

Me siguió por el pasillo mientras me comentaba lo graciosas que eran las nietas.

La ayudé a deshacer el equipaje y, del fondo de la maleta, salió un muñeco de celuloide sin brazos.

—¿Esto qué es?

—Ya lo sabes. Es de la mayor.

—Sí, pero ¿y los brazos?

—Búscalos. Tienen que estar por ahí.

Los encontré en la bolsa adherida a la tapa.

—Quizás Moby Dick lo puede arreglar.

—¡Anda ya! Y, por cierto, ¿cómo ha ido estos días?

—¡Impecable! He sido la anfitriona más obsequiosa que te puedas imaginar.

Me miró con una ceja levantada.

—No lo dudes —dije y le di un beso.

Cogí el muñeco y los brazos y fui hacia la sala, donde esperaba encontrar a Moby Dick. Mamá se había puesto las zapatillas de estar por casa y venía detrás de mí.

Moby Dick dejó el libro que, supuestamente, estaba leyendo y se levantó del sofá para saludar.

—Mira si puedes repararlo, por favor —dije poniéndole el juguete en las manos.

—Ay, hija mía, qué brusca eres —dijo mamá sentándose en una de las butacas.

—No lo es, no —protestó Moby Dick, mientras miraba por dentro de las axilas del muñeco y estudiaba el mecanismo que se había roto.

—Tengo noticias del paquete —dijo mientras sacaba una notita del bolsillo—. El hombre que lo recogió se llamaba Diego Martínez.

—¿Y podemos tener su dirección?

Mamá le alargó la notita.

Moby Dick la leyó con atención.

—Mañana mismo voy para allá, a ver si consigo saber algo más. —Nos enseñó el muñeco y dijo—: Hay un cordón interior que conecta la cabeza, los brazos y las piernas. Los brazos se han soltado. No es muy difícil de arreglar, pero sin las herramientas adecuadas no sé si podré ponerlo en su lugar.

—¿Y has podido saber algo del paquete? ¿Cómo era? ¿Grande, pequeño…?

—Quedó consignado. Era un cilindro largo, muy bien embalado.

Miré a Moby Dick, que tenía cara de expectación, pero quizás no tanto como yo.

—Anda, va, mamá —solté—, que nos tienes en ascuas. ¿Miraste qué había adentro?

Se aclaró la garganta.

—Yo no —dijo—. Yo nunca lo habría hecho, pero Manuel, el encargado del almacén, que es muy pusilánime, sí. Siempre le da miedo que un paquete venido de Alemania haya viajado desde el Berlín comunista…

—Pero ¡qué dices! Os gusta jugar a espías.

Moby Dick me lanzó una mirada ligeramente siniestra y añadió:

—¿Y qué había en el paquete?

—No te lo puedo decir porque yo no lo vi, pero sí sé lo que consignó en el registro: una tapicería original del periodo Biedermeier. Supusimos que debía de llegar para tapizar butacas alemanas de la época.

—¿Y no había nada más? —pregunté con impaciencia.

—No lo sé. Las órdenes que tenía Manuel eran de toquetear poco los paquetes.

—O sea, que tú también estabas de acuerdo con esa vigilancia —dije, molesta.

Moby Dick me dio una patadita discreta.

—Sí —suspiró—. Tengo que reconocer que la situación en Europa me preocupa. La guerra fría me pone muy nerviosa y no estoy nada convencida de que la agencia de aduanas sea un negocio seguro.

—¡No se te ocurrirá abandonar!

—Claro que no. Pero pienso minimizar el riesgo. De modo que, sí, Manuel abre un poco los paquetes para comprobar que llevan lo que dicen que llevan.

Miré con alarma a Moby Dick, que agitaba con fuerza uno de los brazos del muñeco.

—Vamos, dame el muñeco —dijo mamá, que también debía de sufrir por la integridad del juguete—; voy a guardarlo. No hace falta que te molestes en ponerle los brazos, mañana lo llevamos al hospital, como hemos hecho otras veces, ¿a que sí, Carmina?

—¿Al hospital? —dijo Moby Dick, tomándonos por locas.

Mamá se rio:

—A la fábrica de muñecas Lehmann.

—¡Ah! Una fábrica.

Jerónima salió de la sala con el juguete.

—¿Crees que la pintura estaba dentro del tubo? —le pregunté aprovechando la ausencia de Jerónima.

—Seguro —la excitación de Moby Dick era casi tan evidente como cuando hacíamos el amor—. Lo único que sabemos es que venía en ese envío. Por lo tanto, seguro que la escondieron enrollada en la tapicería.

Mamá volvió a entrar.

—Carmina, ¿podrás llevarlo tú a la fábrica? Me acabo de acordar de que mañana viene un cliente nuevo a las seis de la tarde y tengo que estar en el despacho.

Dudé un instante, porque tenía muchas más ganas de quedarme en casa y aprovechar el tiempo en el que ella no estaría. Pero, en ese momento, oí que Moby Dick le decía:

—Mañana por la tarde haré una visita a ese tal Diego Martínez.

Entonces le dije a mamá que podía contar conmigo.

Carmina pulsa el *off* de la grabadora. ¡Ah! Como está de buen humor, también tiene hambre. Eso está bien, piensa, tiene que comer. Entonces, va a la cocina y, en una olla, pone a hervir agua con un muslo de pollo, un poco de apio, puerro, cebolla y zanahoria. Lo tapa y se va otra vez a la sala.

Se arrellana bien en la butaca, cierra los ojos y se concentra en el aria que suena entonces: *Je veux vivre*, de Gounod.

19

Carmina abre los ojos, desorientada. La ha despertado un rui-do. Pero ¿cuál? ¿Y dónde está?

Ah, sí, está en casa, en la sala oyendo arias y grabando.

Entonces oye el timbre de la puerta, pertinaz, impertinente.

—¡Ya voy! —grita. Aunque es inútil; su voz no llegará hasta el rellano.

Se levanta de la butaca y va hacia el recibidor. Cuando llega, nota un olor extraño, como de quemado. Olisquea y…

¡Uf! Ahora se acuerda de que tiene la olla al fuego desde hace vete tú a saber cuánto. Iría volando a apagarlo si no fuera porque vuelven a llamar al timbre todavía con mayor insistencia. Y, ade-más, aporrean la puerta. Pam, pam, pam.

—Ya voy —dice.

Abre y se encuentra de cara con el médico que vive en la puer-ta de enfrente.

El hombre, con los ojos fuera de órbita y una mueca feroz, no la deja hablar. Grita:

—¡Algo se quema! ¿No se da cuenta?

—Sí, sí. Ahora iba a apagar el…

El hombre la aparta un poco bruscamente y se adentra en el pasillo buscando la puerta de la cocina. Ella va tras él.

Lo ve entrar y lo oye vocear.

—¡¿Pero esto qué es?!

Cuando ella llega a la cocina, él ya ha apagado el fuego y está abriendo la ventana. El humo espeso y oscuro va deshilachándose hacia el patio de luces. La olla está negra y las asas, deformadas; las verduras y el pollo son una masa chamuscada.

—¡Mujer inconsciente! —masculla el vecino—. ¿Se puedes saber qué hacía mientras esto es quemaba?

—Me he quedado dormida.

—¡¿Dormida?! —dice él mientras pone la misma cara que hubiera puesto si le llega a decir que estaba fabricando una bomba casera—. Usted no puede vivir sola. No sé cómo sus sobrinas no se dan cuenta.

—Mis sobrinas están muy pendientes de mí —responde Carmina, con aires de dignidad ofendida.

—Sí. Ya lo veo, ya. Bueno, pues ya me encargaré yo de esto. ¡Buenas tardes!

Y se va dando un buen portazo.

Carmina se queda un buen rato mirando la puerta cerrada tras el vecino sulfurado. Luego, vuelve a la cocina y atraviesa la niebla que todavía no se ha diluido del todo. Ya no tiene hambre. Mejor, porque se ha quedado sin comida. Pero más le vale prepararse un vaso de leche con galletas. No se atreve a encender el fuego y se la toma fría. No es lo mismo, claro, por la temperatura y porque falta café. Le recuerda un poco a los cafés con leche que servía Lolita —cafés casi sin sabor—, cuando hará unos cinco años Carmina iba a su casa a recibir clases de *bridge*. Ahora no sabe si se vería con ánimos; se necesita tener la cabeza clara para jugar. Se apuntó cuando se jubiló, y tuvo que dejarlo más o menos a los ochenta y tres, cuando notó que no tenía ni la agilidad ni la perspicacia necesarias para las jugadas. El bridge era bastante más interesante que las clases de *aquagym* del gimnasio donde también se inscribió al jubilarse. Lo hizo por salud mental y física, pero también porque le daba miedo encontrar la casa demasiado vacía sin mamá. ¡A los sesenta y cinco años, todavía la echaba de menos!

Vuelve a la sala.

—Sabes qué, Moby, me he dormido y no he terminado de oír el aria de *Romeo y Julieta*. Y lo que es peor; no me he acordado del pollo que tenía al fuego… —Suspira profundamente y siente un escalofrío—. Quizás habría podido provocar un incendio… Tal vez de ahora en delante solo deba comer alimentos fríos que no tenga que cocinar, ¿verdad? Es muy raro: me duermo sentada en la butaca y, en cambio, en la cama doy vueltas y más vueltas sin poder coger el sueño.

El pez le tira uno de sus besos mecánicos y ella lo aplaude.

—Después de esta muestra de afecto enternecedora, continuaré grabando.

Jueves 3 de mayo de 1956

Estaba pasando a máquina el texto de la circular que me había dictado don Ramón y que yo había taquigrafiado. Escribía: … *para gastos aproximados motivados por la tramitación de los expedientes…* ¡Rac!, hacía la palanca que yo pulsaba para que el carro se desplazara hacia la derecha y empezar una línea nueva: *de concesiones y delimitaciones servirá para tomar nota de las observaciones…* ¡Y rac! otra vez.

Saqué la nota del carro para llevársela a don Ramón. El despacho estaba en penumbra porque había bajado la persiana de Gradulux.

—¿Le duele la cabeza? —le pregunté.

—Mucho —dijo él.

—¿Le traigo un Optalidón?

—Sí, por favor. Mientras reviso la circular, a pesar de que no sé si es necesario. Vuelve a estar muy centrada en su trabajo. Me alegro.

¡Mira qué amable!, me dije. Y también pensé que tenía razón: me había concentrado en mi trabajo, porque ahora tenía bajo control el desmadre de emociones de los primeros días con Moby Dick. Bueno, bajo cierto control, al menos en el despacho.

A la hora de salir, pasé por el baño para pintarme los labios. Me acababa de comprar un *rouge* de Revlon vertiginoso. Apreté los labios para distribuir bien la pintura. Me repasé el rímel para espesar bien las pestañas, insistiendo en las exteriores para que el ojo pareciera más almendrado. Así las llevaba Ava Gardner en *La condesa descalza*.

Salí de la Junta de Obras del Puerto caminando segura sobre mis zapatos de tacón de aguja. Eran de hacía dos años, pero todavía estaban de moda y quedaban muy bien con la falda lápiz negra, que, lo tenía que reconocer, era lo suficientemente ceñida como para obligarme a dar unos pasitos demasiado cortos y hacerme llegar más tarde a mi objetivo. Me resigné. Aquella prenda lo valía.

Mientras estaba en el tranvía, el mismo que cogía para ir a casa porque la fábrica Lehmann quedaba muy cerca, miré la tarjeta que me había dado Jerónima. Me había dicho que preguntara por su amigo, el señor Müller, uno de los propietarios actuales de la fábrica. Pensaba mamá que, teniendo en cuenta sus orígenes alemanes, quién sabe si no sabría algo de tapicerías del periodo Biedermeier.

Entré por la puerta grande de madera, atravesé el breve pasaje que se abría debajo de los edificios y me encontré en el patio de la fábrica, que estaba empedrado con los mismos adoquines que la calle. En uno de sus lados se levantaba la gran chimenea, que debía de alcanzar los veinte metros de altura y que permitía la salida de humos del horno donde se cocía la porcelana.

La secretaria del señor Müller me hizo pasar a su despacho. Olía a habano frío, quizás se lo había fumado él o quizás otra persona. El hombre se levantó de la silla, me saludó simulando un beso en el dorso de la mano y me indicó que me sentara en un sofá Chesterfield, gastado pero todavía elegante.

Tuvimos unos diez minutos de conversación cortés: mamá, las hijas de mi hermana, la fábrica… Me explicó que los nuevos planes urbanísticos y de saneamiento de la ciudad estaban obligando a trasladar las fábricas fuera del centro. Pensé que era razonable; no tenía claro si él lo veía del mismo modo.

No obstante, dijo, todavía conservaban unas cuantas salas; por ejemplo, una en la que se montaban las muñecas y donde podrían reparar el juguete.

A propósito del trabajo y las fábricas me las apañé para preguntarle si conocía el nombre de algún tapicero especializado en muebles antiguos alemanes.

—Lo digo porque usted conoce bien la colonia alemana, ¿no?

—Pues no me viene ningún nombre a la memoria. Quizás mi mujer…

Dijo que la llamaría para preguntárselo y que, mientras tanto, yo podía acercarme con su secretaria a la sala de montaje. Por el teléfono interior le pidió que me acompañara.

Mientras esperábamos a que entrara, el señor Müller me sorprendió con una pregunta:

—Y tú, ¿cuándo te casas?

Me agobié. Pensé en si sabría algo de mi historia con Moby Dick. Todavía me puse más nerviosa. Noté que otra vez los sentimientos de culpa se me atornillaban en el cuello.

—Lo que tienes que hacer es buscar un hombre que tenga cinco años más que tú… Es la diferencia de edad perfecta en un matrimonio, te lo digo por experiencia. Y no tardar en casarte.

Pensé que solo faltaba que me dijera: «A ver si te quedas para vestir santos», que era una cosa que a menudo me decían las amigas de mamá y la portera de casa.

No lo dijo, por suerte. Pero yo no pude evitar pensar en si de algún modo estaba intuyendo mi historia de amor. Mi historia de amor fuera de la ley.

Cuando la secretaria entró yo todavía me ahogaba por la culpa.

Salimos del despacho y atravesamos el patio para ir al otro extremo, donde entramos en una sala con una mesa grande cubierta de cabezas de porcelana. Alrededor se sentaban unas veinte mujeres en bata. Cada una tenía delante pintura de un color: rojo para los labios, azul cielo para los ojos, rosa para el rubor de las mejillas... Cada una sujetaba una cabeza con una mano y un pincel con la otra.

Dejamos atrás la sala de decoración para pasar a la de secado, donde había hileras de cabezas dispuestas en los estantes. Todas las cabezas miraban al infinito, con la mirada perdida. Acongojaban un poco.

De allí pasamos a la sala de montaje.

Al entrar, como en las anteriores, las mujeres murmuraron un «buenas tardes» sin dejar de trabajar. Y la secretaria y yo respondimos al saludo.

La habitación también estaba ocupada por una gran mesa central, a cuyo alrededor se sentaban las trabajadoras. Detrás de ellas, había estantes con muñecas de porcelana, pero también muñecos de celuloide como el de mi sobrina.

—Conchita —dijo la mujer que me acompañaba, dirigiéndose a una joven sentada en un extremo.

—Mande, señorita Elvira.

—Esta señorita ha traído un muñeco con los brazos descoyuntados. ¿Le importaría repararlo cuando pueda?

Le alargué el muñeco desmembrado. Ella lo cogió, me sonrió y dijo:

—Lo puedo tener para la próxima semana.

—Muchísimas gracias. Pasaremos a recogerlo.

Después volví al despacho del señor Müller para despedirme.

—No le he podido conseguir ningún tapicero pero sí un anticuario especializado en muebles alemanes —dijo.

Me alargó un papel donde había apuntado un nombre, Walter Weber, y una dirección que, si no me equivocaba, estaba en el casco antiguo.

—Dice mi mujer que no tiene unos precios muy razonables, pero su material es de primera calidad. Y que, además, no encontrará ningún otro en Barcelona. Por lo visto, ella ya lo ha intentado.

Le di las gracias y me fui con otro beso vaporoso en el dorso de la mano.

Cuando salí de la fábrica, casi me tropiezo con un limpiabotas que, sentado en su minúsculo banquillo, lustraba los zapatos de un hombre con gabardina y sombrero, apoyado en uno de los pirulís publicitarios de Barcelona. Por encima de la cabeza aparecía un anuncio de Maizena. Por detrás de su espalda, sobresalía un cartel donde se veía a Gregory Peck como capitán Ahab en la película *Moby Dick*. El corazón me dio un brinco. Y fui hacia casa tan deprisa como me permitía la falda y casi al mismo ritmo con el que el farolero iba encendiendo las farolas de gas.

En casa solo estaba mamá, que acababa de llegar.

—Voy a poner los pies en remojo. Me duelen tanto… —me dijo—. Esta tarde he tenido que ir a revisar un cargamento en el muelle y me he hartado a andar. Malditos zapatos de tacón…

—¡Eso no son zapatos de tacón; son zapatos de monja! —me reí de su taconcito de dos o tres centímetros

—Son zapatos prudentes, no como los tuyos.

Se encerró en el baño con la palangana con sal. Ahora la llenaría de agua caliente, se sentaría en el taburete y metería los pies en el agua salada. Decía que le iba de maravilla…

Llamaron a la puerta y era Sebastián.

—¿Cerillas? —sonreí, tratando de resultar simpática. Era consciente de que la última vez me lo había sacado de encima.

—No, no —sonrió también—. Vengo a dejarte el *Fotogramas* de abril.

En la portada había una foto de una Sofía Loren guapa y voluptuosa.

—Ven a la sala. Tengo *La Codorniz*.

Intercambiábamos siempre las revistas. Él estaba suscrito a la de cine. Yo, al semanario de humor.

—Tengo que irme enseguida —dijo.

—Hombre, cinco minutos.

Pareció complacido por mi insistencia.

—Cinco minutos —concedió.

Nos sentamos en el sofá y le di *La Codorniz*, que saqué del revistero. «La revista más audaz para el lector más inteligente», era su lema. La portada de ese número era un pase de modelos, visto por señoras a las cuales no era posible que les cupiera ninguno de aquellos vestidos, e iba firmada por Enrique Herrero, un dibujante habitual.

Encendí un cigarrillo y eché el humo por la nariz.

Sebastián no dijo nada. No le molestaba mi hábito. El vicio, que habría dicho mamá con mala cara.

—¿Has visto qué han estrenado? —dijo mientras yo abría la revista y la hojeaba. Vi que había un reportaje amplio sobre Sara Montiel.

Como Sebastián seguía callado, lo miré para que me dijera de qué película me hablaba.

—¡*La ventana indiscreta*!

—¡*Rear window*, con James Stewart y Grace Kelly! Las ganas que tengo de verla.

—Vamos mañana, que es nuestro día. ¿Quieres?

Tosí para ganar tiempo. Cómo le decía que mientras Moby Dick estuviera en casa, nuestras escapadas cinéfilas se habían acabado. Decidí cargar a mamá con el mochuelo.

—Jerónima quiere que la ayude a hacer de anfitriona. ¿Sabes? Se ha emperrado. Pero, no te preocupes, la visita que tenemos no se quedará mucho tiempo. Y entonces podremos volver a ir al cine tan a menudo como siempre.

—¿Y si ya no echan la película?

—Pero ¡qué dices! Una película de Alfred Hitchcock y con estos actorazos… Durará, ya lo verás.

—Bueno —dijo él, con una mueca de resignación—. Me lo tomaré con calma. ¡Qué remedio! Y me voy que, al final, me he quedado más de cinco minutos.

Nos reímos y lo acompañé al recibidor.

Justo cuando estaba a punto de salir, la puerta se abrió y entró Moby Dick. Se miraron y murmuraron un saludo.

Después de cerrar la puerta, Moby Dick preguntó:

—¿Este es el espía de la otra noche?

Me reí.

—De espía, nada de nada —dije. Y cambié de tema—: ¿Has tenido suerte? ¿Has podido hablar con ese hombre…, Diego…?

—Diego Martínez. No. No había nadie con ese nombre en aquella dirección. Nadie conocía a ningún vecino que se llamara así.

—¿Entonces?

—Pues es una pista que no lleva a ningún lado, porque está claro que el documento nacional de identidad era falso.

20

—¿Hueles la tarta, Moby?

Carmina mueve la cabeza diciendo que no.

—Claro que no. No tienes olfato. Como todos los peces. O al menos, eso creo yo. Mira, mejor para ti porque también te ahorras el pestazo de mis Chesterfield. A mí, me gusta, pero ¿y si a ti te molestara? Seríamos incompatibles y tendría que darte en adopción. ¿Y con quién hablaría yo, entonces? Bueno, mejor que seas un ser sin capacidad olfativa a pesar de que ahora mismo te pierdas el aroma de la tarta de manzana que acabo de hacer.

Se acerca a la vitrina baja, saca una copita y la botella de Pedro Ximénez. Se sirve un poco.

—Solo un dedito. Lo ves, ¿eh, Moby? —dice levantando la copa mientras cruza la sala hasta volver junto al acuario.

Se sienta en la butaca y se coloca bien el cojín detrás de la espalda.

—Estoy cansada, ¿sabes, Moby? Pensar que antes hacía una tarta y cincuenta mil cosas más y todavía tenía ánimos para hacer otras cincuenta mil. Ahora, en cambio, me agoto con nada. Este rato de cocina ha sido como si preparara la comida de Navidad para veinticinco personas. —Da un sorbo del vino dulce—. Te debes de preguntar por qué me he puesto a cocinar si todo el día trajino este cansancio que es como llevar un saco de diez kilos de patatas a la espalda… Y, sobre todo, por qué, si había decidido que no volvería a encender el fuego. Pues, te lo voy a contar. Hoy vendrán las niñas —pone los ojos en blanco—. No creas que no tengo ganas de verlas. No. Lo que me da una pereza absoluta es que vienen a verme solo para cantarme las cuarenta: que no puedo vivir sola, que necesito a alguien que se ocupe de mí, que ya es hora de que me deje cuidar un poco… Ñe, ñe, ñe —pone voz burlona—. No necesito a nadie y para demostrarles mis capacidades… si no intactas, todavía en bastante buena forma, me he dicho: prepara algo rico para merendar. Que se den cuenta de que soy la de siempre. Y por eso también hoy tomaré solo este poquito de vino. No quiero que el alcohol me enturbie la cabeza y darles más motivos para considerarme acabada. El doctor Rovira ya me lo avisó: todavía no ha llegado el momento de necesitar ayuda en casa.

Cierra los ojos. Ha apoyado la nuca en el respaldo de la butaca. Se imagina al pez pensando que se ha dormido. Y le entra la risa. Desde la caída en la portería, que tanto ha preocupado a las sobrinas, a ella le ha quedado un estado de ánimo tirando a ligero. ¡Todavía está viva! Y esa idea la pone de buen humor. Claro que sabe que se va a morir pronto, pero, hoy por hoy, aquí está. Y eso es lo que cuenta.

Abre los ojos y parpadea para aclararse la mirada. Da el último trago de vino.

—Les tengo que contar que me estoy muriendo, pero no sé ni cómo ni cuándo. Me da miedo que, cuando lo sepan, todavía se pongan más pesadas y quieran llevarme a una residencia. ¡Y eso, no! Ya lo sabes: quiero morirme en casa. Y si puede ser con una copita de Pedro Ximénez en la mano… No, más vale que tenga las manos de las niñas dentro de las mías. Quiero morirme a su lado. ¿Sabes, Moby?, a veces me da un ataque de nostalgia anticipada y me pongo a pensar en si después de morirme podré echarlas de menos. Y cuando me digo que no, todavía tengo una crisis nostálgica mayor porque no podré acordarme de las niñas nunca más.

Oye el timbre de la puerta.

—Son ellas. No te muevas, Moby, que te las traigo aquí —dice, riendo.

Cuando pasa por delante del espejo del recibidor se echa un vistazo. El cabello rizado y blanco bastante bien peinado, piensa, mientras se lo alisa un poco con la mano. La falda y el blusón de punto de pata de gallo rojo y negro que le hizo la modista el año pasado todavía le queda bien, a pesar de que ha tenido que coger un poco la cintura con un imperdible, porque está adelgazando. Y los zapatos con tacones sensatos… Tantas veces como se había burlado de mamá por ese tipo de tacón prudente. Ay, daría cualquier cosa por poder ponerse, aunque fuera solo un cuarto de hora, unos zapatos de tacón de ocho centímetros… En cualquier caso, una mujer mayor que no tiene un aspecto en absoluto averiado, digan lo que digan las pruebas del internista y diga lo que diga su cansancio extremo.

Abre a las sobrinas con una sonrisa.

Se dan besos y abrazos.

—Anda, pasad a la sala, que os traeré la merienda.

—De ninguna manera —dicen las coreutas—. Siéntate tú y la iremos a buscar nosotras.

—No seáis pesadas, niñas —dice ella, dispuesta a demostrar que está en perfecto estado de revista.

Las sobrinas niegan con la cabeza, pero obedecen y se alejan en dirección a la sala y ella lo hace en sentido contrario.

En la cocina lo tiene todo preparado en una bandeja: la tarta, los cubiertos para cortarla y servirla, los platillos, los tenedores de postre y las servilletas. Ha probado antes si podría sostener ese bulto sin problemas. Y, sí; todo lo que hay en la bandeja es ligero.

Entra en la sala y las sobrinas se levantan para cogerle la bandeja de las manos. La dejan sobre la mesita mientras refunfuñan porque es tan pesada y no se quiere dejar ayudar y porque ha cocinado una tarta cuando podían haber tomado unas galletas.

Carmina las ignora y va hacia la vitrina baja.

—¿Una copita de vino dulce? —pregunta.

Las sobrinas dicen que sí mientras vuelan a su lado para que ella no tenga que hacer equilibrios con las copas.

Ella las mira con cierta rabia contenida. Creen que soy una inútil total, se dice.

Se sientan: Carmina en la butaca y las sobrinas, en el sofá.

—¿Cómo se te ha ocurrido hacer una tarta? —le reprochan.

—Mirad, no tenía nada que hacer y he pensado que, como os gusta tanto, podía prepararla.

El coro griego mueve la cabeza en señal de amonestación.

—No estás para hacer tartas. Luego te dejas el gas encendido y…

—¡Eso nunca! —protesta. No sabe cómo lo saben si ella no se lo ha contado. Quizás solo es una hipótesis…

—O te caes.

—Bueno, eso alguna vez me pasa, sí —tiene que admitir a regañadientes.

Durante unos minutos comen y beben sin abordar el tema que todas saben que las acecha.

—Delicioso —dicen—. Se te da de perlas.

Les da las gracias con un gesto amistoso.

—Y ahora pasemos a cosas serias.

—¿Sí? —dice, como si no supiera de qué le hablan.

—¡Por supuesto! Tenemos que hablar.

—No sé a qué os referís.

Las coreutas se miran y, a la vez, levantan las cejas en señal de sorpresa. Quién sabe si de exasperación, piensa Carmina.

—Pues te lo contamos: no puedes continuar viviendo sola. Lo tenemos clarísimo.

Carmina intenta interrumpir el discurso, pero no la dejan. El coro de coreutas va preparadísimo. Disponen de una batería de argumentos, que disparan como misiles. Algunos, directos al cerebro:

eres muy mayor; ya no tienes la cabeza clara; tu fuerza física ya no es la que era… Otros, directos al corazón: nos pasamos el día sufriendo, pensando que te has caído y que nadie te puede ayudar a levantarte; de pequeñas te ocupaste de nosotras, déjanos que ahora nos ocupemos de ti…

Cuando acaban el discurso, continúan impidiéndole tomar la palabra. Rebuscan en sus bolsos y sacan folletines.

Carmina lee con el rabillo del ojo algunas rotulaciones. Residencia para la tercera edad, residencia de abuelos, residencia para gente mayor… Y observa fotografías de comedores comunitarios, de habitaciones con dos camas separadas por una cortina, de salas de recuperación, de balcones…

Como no la dejan hablar, se pone de pie. Y por encima de las cabezas de las sobrinas, grita con todas sus fuerzas.

—¡No!

El coro griego enmudece.

—No pienso irme a una residencia. Quiero quedarme en mi casa. No quiero ir a un lugar donde solo habrá viejas y algún viejo.

Las coreutas se miran levantando una ceja.

Ella continúa:

—No quiero vivir en un lugar que huele mal, a gente encerrada. Me gusta el olor a tabaco de mi casa. Y en las residencias seguro que no me dejarán fumar. ¡¿Os podéis imaginar que a los ochenta y siete años vaya a dejar el tabaco?! Y no me permitirán beber mi copita de Pedro Ximénez… Y no tendré cerca a Sebastián ni podré charlar con él.

Levanta la mano para atajar la interrupción de las sobrinas.

—Y tendré que ir a toque de silbato: tendré que levantarme a una hora determinada, comer lo que ellos o ellas digan. A mí, que me gusta irme a dormir cuando me da la gana y levantarme cuando ya no tengo sueño. Y no podré tener mis cosas —y se acerca a acariciar el galletero antiguo, que hace años tenían en el trinchante y ahora decora la vitrina baja.

Las sobrinas no dicen nada. La observan con los ojos vidriosos.

Después de la invectiva, Carmina se sienta en la butaca. Se nota tan agotada, tan al límite de sus fuerzas que, ahora mismo, sería casi capaz de decir que sí, que la lleven a una residencia y que todo el mundo la deje en paz; que solo quiere dormir.

Durante un rato, que a Carmina con la cabeza en el respaldo y los ojos cerrados se le hace largo, nadie dice nada. Pero ella tiene la sensación de que las sobrinas se comunican sin palabras. De pronto, nota que la cogen de las manos, y entonces abre los ojos. Las sobrinas, arrodilladas una a cada lado, la acarician.

—No te lo tomes así. No queremos que sufras. Entendemos perfectamente que no quieras irte de tu casa. Pero trata de entendernos también a nosotras. No podemos consentir que estés sola. Ya no tienes edad.

Ella dice que sí con la cabeza y sonríe a ambos lados. Mientras no la metan en una residencia de gente vieja, todo le parece bien.

—Mira, ¿sabes qué vamos a hacer?

Carmina abre mucho los ojos para indicar que es toda oídos.

—Buscaremos a una mujer joven que se venga a vivir contigo y pueda ayudarte.

Dice que sí con la cabeza. Cualquier cosa antes de ir a parar interna a una de esas residencias donde te privan de libertad. Donde dejas de ser una adulta anciana para convertirte en una vieja infantilizada.

21

No tiene ganas de levantarse. Desde la cama mira el perfil de los edificios que se recortan bajo el cielo y le hacen compañía. Suspira con satisfacción hasta que recuerda que las niñas le quieren meter en casa a una mujer para que la ayude. ¿Qué la ayude a qué? Si no necesita a nadie. Pero, mira, para que se callaran, valió la pena decir que sí. ¡Y para que no se emperraran en llevarla a una residencia!

Se incorpora y se pone una almohada cuadrada y grande tras la espalda. Está bastante cómoda; hoy el dolor no se hace notar. Se enciende un cigarrillo y coge la grabadora.

Viernes 4 de mayo de 1956

Aquella tarde, mamá y yo volvimos juntas del trabajo. En cuanto pusimos un pie en el vestíbulo del edificio, Antonia, la portera, salió a recibirnos para decirnos que tenía un sobre para doña Jerónima.

Mamá lo cogió, le dio las gracias y se metió el sobre en el bolso.

—Seguro que le ha dicho al cartero que no metiera la carta en el buzón, sino que se la diera a ella para saber quién me escribía con un sobre tan elegante —dijo cuando estuvimos en el rellano principal.

—Como si lo viera —dije yo—. Pero se ha quedado con las ganas de saberlo porque no ha calculado que tú eres poco impulsiva y que lo abrirás cuando te apetezca.

Se rio.

En casa, Moby Dick nos esperaba en la cocina.

—Espero que no os moleste: me he tomado la libertad de prepararme un bocadillo para el viaje.

Mamá hizo un gesto de «por supuesto; como si estuvieras en tu casa». Y yo pregunté, con la voz un poco estrangulada:

—¿El viaje?

—Me voy a Madrid dentro de un momento.

Aproveché que mamá había ido a cambiarse los zapatos y seguí a Moby Dick hasta su dormitorio. Sobre la cama tenía bien doblada la ropa que se iba a llevar.

Me eché a su cuello y le di besos seductores.

—¿Puedo ir contigo?

—Ya sabes que no. Es mejor que no te involucres en esta historia.

—Quiero ayudarte…

—Y lo haces, pero de otro modo.

Con mucho cuidado, metió la ropa y el neceser en la bolsa de mano y fuimos otra vez hacia la cocina. Le di otra tanda de besos, ahora no tan seductores como llenos de pasión.

Oímos a mamá que salía de la habitación y nos separamos.

—Ahora voy —nos dijo al pasar por delante de la puerta de la cocina. Y se metió en el baño.

Lo aprovechamos para unos magreos intensos y rápidos, que a mí me dejaron con muchas ganas de más. El murmullo del grifo del baño manando nos alertó: mamá estaba a punto de salir y no había tiempo de más. ¡Mierda!, me dije.

—¿Has visitado al anticuario? —le pregunté.

—¿Al señor Walter Weber? Sí.

—¿Y?

—De momento no he sacado nada en claro. Según él, ahora mismo no tiene butacas con tapicería Biedermeier, pero me ha pedido el teléfono para poderme avisar si alguna vez le llegan unas de ese tipo.

—¿Y qué te ha parecido? ¿Sabe algo?

—No lo sé. Habrá que seguir investigando. Sea como sea, en media hora cojo un tren hacia Madrid porque mi contacto en Barcelona cree que ha localizado a Degrelle. Tengo que ir a comprobarlo.

—¿Y cuándo vuelves? —preguntó mamá, que había entrado en la cocina con una tarjeta grande en las manos.

—El lunes por la mañana, si no encuentro a Degrelle. Si lo encuentro, quizás me quede algo más. Pero no os preocupéis, llamaré para avisaros.

Sentí que el techo de la cocina se me caía encima. Un fin de semana perdido, me dije. Por un lado, esperaba que Moby Dick tuviera suerte y encontrara a Degrelle. Por otro, me daba miedo que, si tenía éxito, tardara todavía más días en regresar.

Mamá soltó una exclamación de sorpresa.

—¡Mira lo que había en ese sobre tan fastuoso! Una invitación para una boda.

Y leí el nombre y apellidos de un hombre y una mujer. La interrumpí:

—¿Esta no es una de las mujeres que vinieron a la fiesta de tu santo?

—Exactamente. La madre del chico que se casa. A pesar de que con quien tengo tratos comerciales es con el padre.

Y continuó leyendo: invitan a doña Jerónima Bueno y acompañante al enlace de su hijo tal, con la señorita cual, el catorce de mayo a las doce del mediodía en la basílica de la Mercè y a la comida posterior en el hotel Ritz. Se ruega traje de etiqueta.

—Te avisan con muy poco tiempo. Para hacerte un vestido, lo tienes muy justo.

—No creas. Ya me lo habían avisado por teléfono e incluso les he hecho el regalo.

—¿Y con quién irás? —le pregunté, mientras envolvía una manzana con una servilleta para que se la llevara Moby Dick con el bocadillo y un quinto de cerveza.

—¡No pienso ir! ¿Qué se me ha perdido, a mí, en el Ritz?

—Pero ¿qué dices? Desaprovechar una comida en el Ritz. Y poderte vestir de etiqueta…

—¡¿Y soportar una comida larguísima y seguro que un baile con todas esas familias rancias y fascistas que tanta rabia te dan?! No, gracias. Solo de pensarlo, me da una pereza… Con lo bien que estoy en mi casa.

—Pues, entonces, podría ir yo, ¿no?

Mamá se encogió de hombros.

—Si te hace ilusión, ¿por qué no?

Me di la vuelta hacia Moby Dick.

—¿Querrías acompañarme?

—Claro. Será un placer.

Mamá abrió los ojos como platos, pero enseguida reaccionó a su manera, tomando las cosas tal y como venían, sin aspavientos.

—Pues no se hable más. Enviaré una respuesta diciendo que irás tú, acompañada.

La perspectiva de una comida en el hotel más lujoso de la ciudad y quizás de un baile me había cambiado un poco el humor. Moby Dick me lo acabó de mejorar cuando dijo:

—Si nada lo impide, el lunes iré a buscarte al trabajo e iremos a comprar un vestido para la boda.

Mamá emitió una protesta, pero tan débil que no le hicimos caso.

—Y ahora, si me permitís, tengo que meter cuatro cosas en la bolsa antes de irme.

Cuando Moby Dick salió de la cocina, le pregunté si los que la habían invitado a la boda eran los propietarios de unas cavas muy conocidas.

—Los mismos.

—Unos pobres de solemnidad —me reí—. ¿Y tú de qué conoces a esa gente?

—Hace años, les ayudé a traer unos muebles que tenía en Inglaterra una tía que había muerto. No fue fácil porque la guerra no había terminado…

—¿Te refieres a la Segunda Guerra Mundial?

—Sí, claro. ¿Cuál si no? Quedaron tan agradecidos que, desde entonces, hemos sido su agencia de aduanas, y no es la primera vez que me invitan a algún festejo familiar. Y yo, por esas mismas razones, siempre la invito a ella a la celebración de mi santo.

22

Carmina apaga la grabadora porque está un poco cansada de hablar. Se siente con un humor parecido al tiempo: borrascoso. El trozo de cielo que ve está blanquecino. Como si fuera a nevar, piensa. Pero, no. En Barcelona, casi nunca nieva, por suerte. No es una ciudad preparada para la nieve ni para la lluvia; solo lo está para el buen tiempo, que es, por suerte, lo más habitual.

Mira el móvil: las diez y cuarto. ¡Qué tarde!, se dice. Pero, enseguida, rectifica: ¿Y qué? Tiene ochenta y siete años. Puede estarse en la cama hasta la hora que le dé la gana. Y todavía le apetece quedarse un rato más. Pero se levanta para prepararse un té.

Mientras deja correr el agua caliente para que tenga una buena temperatura —¡qué lástima no poder encender los fogones!—, echa tres cucharadas de English Breakfast en el infusor.

El té se infusiona. Ella mata la espera comiéndose un par de galletas de barquillo. Luego, se lleva una bandeja con la tetera y una taza a la habitación y la deja sobre la mesilla de noche. Se sirve té, fuerte y amargo, como a ella le gusta. Se arrebuja bien y, solo con un brazo fuera del edredón, coge la taza y da un sorbo.

Cierra los ojos para concentrarse bien en el líquido que le baja por el esófago. Vuelve a beber hasta que deja la taza vacía. Después se tomará otro.

Vuelve a cerrar los ojos y se da cuenta de que no tiene ganas de continuar grabando pero sí de rememorar aquel fin de semana de mayo de 1956.

Cuando vio a Moby Dick salir por la puerta, colapsó. Tuvo la impresión de que las piernas y el corazón se le doblaban. Pero el desmayo anímico le duró el tiempo que tardó en mirarse al espejo. A ver, se dijo, clavándose la mirada en las pupilas: ya sabía que Moby Dick tenía una misión encomendada que requería salidas y viajes; Además, también sabía que su historia de amor o lo que fuera duraría el tiempo que durara la misión… Entonces, ¿qué? ¿Pensaba pasarse el fin de semana lamentándose porque estaba sola? ¿Se pasaría el resto de la vida llorando porque no había sido para siempre? ¡No! A ella ya le parecía bien. Lo que tenía que hacer, se dijo mientras se sonreía, era dejar de lado los sentimientos de culpa. Exacto: la culpa, la tiraría al váter. Qué majadería amargarse los buenos ratos con esa emoción tan estéril y ajena. A partir de ahora, solo se centraría en su bienestar, en su deseo y en su alegría. Se guiñó el ojo.

Entonces vio la cabeza de su madre reflejada detrás de ella, en el espejo.

—Nena, ¿se puede saber qué haces aquí encantada? ¿No te acuerdas de que esta noche cenas con Casamitjana?

¡Mierda!, pensó. Pero no lo dijo porque su madre no soportaba las palabrotas.

—Anda, ve a cambiarte. Y no te pongas nada demasiado deportivo, que seguro que te llevará a un restaurante fino.

—Enseguida. Primero tengo que ir un momento a casa de Sebastián.

Voló por las escaleras y la azotea. Estaba segura de que se pondría muy contento. Lo tenía un poco abandonado, pobre.

Abrió su madre. Llevaba el pelo suelto y peinado hacia adelante con la intención de taparse el ojo morado.

—Me he dado un golpe con una puerta abierta —se justificó la mujer cuando se dio cuenta de que Carmina le miraba el ojo marcado.

Sí, una puerta… El malnacido de su marido, que la zurraba por cualquier tontería que no estaba a su gusto.

—Ahora aviso a Sebastián.

La dejó sola en el recibidor. Era una pieza idéntica a la de su casa y, en cambio, parecía tan distinta… Una bombilla de cuarenta vatios a lo sumo proporcionaba una luz mortecina que apenas permitía ver una butaca de mimbre y un paragüero de latón dorado.

—¡Qué sorpresa! —dijo Sebastián—. ¿Por qué no entras?

—Porque no tengo tiempo. Solo he venido a preguntarte si quieres que el domingo, después de comer, vayamos al cine.

Se le iluminó la cara.

—¡Claro que sí! Pero ¿no tienes que ocuparte de la visita?

—No. Se ha ido a ver a unos amigos fuera de Barcelona.

—¡Qué suerte para nosotros! ¿Qué te parece si vamos a ver…?

Y los dos a la vez dijeron:

—*La ventana indiscreta.*

Se echaron a reír.

—Menuda conexión tenemos —dijo él.

Se despidió deprisa y se fue a casa a prepararse para la cena.

Se puso un vestido de popelín blanco con un estampado de flores en diferentes tonos de azul, con una falda amplia que le llegaba hasta media pantorrilla y se estrechaba mucho en la cintura. La parte del cuerpo era ceñida, con cuello redondo y manga francesa. Se calzó unos zapatos de tacón azul marino y se puso sobre los hombros el abrigo de entretiempo, también azul marino. Lo completó con una cartera de mano.

—Estás muy guapa —dijo Jerónima. Y se interrumpió como si pensara en algo. Añadió—: Quizás demasiado… Por si acaso, ten cuidado con Casamitjana.

—Mamá, que Casamitjana sea un usurero no lo convierte en un violador.

—No. Pero quizás es un seductor.

—Por supuesto, y mi opinión no cuenta, ¿no?

Casamitjana la llevó al Set Portes. Ella no había entrado nunca en ese restaurante y admiró los grandes espejos de las paredes, las cenefas de azulejos, las enormes lámparas de tela, como faldas amarillas, colgadas sobre las mesas, el reloj de madera con números romanos...

—¿Te parece que pidamos una paella? Este es el mejor restaurante de Barcelona donde comerla.

Ella consideró que la noche no era un momento adecuado, pero, si ese era el mejor local para tomarla, no podía negarse.

El marisco que encargaron como entrante y la paella estuvieron riquísimos, en cambio, la conversación fue muy aburrida.

—Así que quedamos en que mi madre tiene tres semanas más para cancelar la deuda, ¿verdad? —dijo ella al terminar los postres, pensando que de este modo cerraba la velada.

—¡Claro que sí!

—¿Firmamos algún documento?

—Esto servirá —dijo él y se metió una mano en el bolsillo interior de la americana. Sacó una tarjeta con sus datos. Con una pluma Montblanc escribió dos líneas y firmó debajo—. Ahora tú.

Carmina firmó. Y él le dedicó una sonrisa mientras guardaba la tarjeta.

—Y para terminar un poco de café y una copita —dijo él.

—Yo no beberé.

—Bueno, pero seguro que harás el favor de acompañarme, ¿no?

Ella respondió con un sí desmayado esperando que eso le ahorrara el rato. Pero no sirvió de nada.

Mientras tomaba el coñac, el café y se fumaba el habano, Casamitjana se desahogó explicándole sus teorías sobre los hombres, las mujeres y el amor.

Ella se puso en guardia no fuera que empezara una aproximación galante.

Pero Casamitjana tenía más interés en contarle cómo era la vida.

—Los hombres y las mujeres somos muy distintos, ¿sabes?

Ella no dijo ni que sí ni que no.

—Los hombres tenemos unas necesidades que las mujeres no tenéis —se aclaró la garganta.

Ella dijo:

—¿Te refieres a problemas de próstata?

Casamitjana la miró dubitativo e hizo una pausa durante la cual dejó caer la ceniza del habano. Entonces, sonrió con suficiencia.

—No. No me refiero a eso. Es natural que no sepas nada. Todavía eres soltera. Me refería a... —bajó la voz para decir—: el sexo.

Carmina se había convertido en una esfinge, mientras pensaba: eso es lo que tú te crees, imbécil, pero tenemos las mismas necesidades.

—Mira, la compañía es muy grata —aprovechó para introducir una cuña—, pero yo tendría que irme. Mañana entro a trabajar temprano.

—¿Un sábado? —preguntó él, sorprendido.

—Sí. Es una situación extraordinaria. Me lo ha pedido mi jefe para quitarnos de encima unas gestiones que corren prisa.

—¿Lo ves? Tienes que casarte. Así se te habría acabado lo de ser la secretaria.

Ella pensó: No sería secretaria, pero trabajaría en las tareas de la casa y, encima, sin cobrar. ¡Y qué más!

Carmina se incorpora en la cama y se sirve otra taza de té. Ya no está tan caliente, pero todavía está bueno. Y pone en marcha la grabadora.

Sábado 5 de mayo de 1956

El viernes por la noche cené con Casamitjana y al día siguiente Jerónima estaba exultante.

—Es una gran noticia que tenga tres semanas todavía para poderle pagar. Seguro que lo consigo.

Yo le lancé una mirada de ligera desconfianza, pero no dije nada. Sin embargo, el recelo se me desbordó cuando la oí preguntarme:

—Esto... ¿Puedes acompañarme a casa de Antonia? He quedado en que, aprovechando que tiene fiesta, mañana por la tarde le haré una visita para que me ayude a «ver» si puedo conseguir el dinero...

—¡Pero, mamá! —exclamé horrorizada—, si decías que tenías unas facturas que cobrar...

—Sí, sí... Pero..., ¿sabes?, la empresa que me debe el dinero está pasando un mal momento. No me lo han dicho, pero me han llegado rumores. Hija, no me mires como si me quisieras asesinar con los ojos.

—Más o menos es lo que haría. ¿Y ahora qué?

—No lo sé. Todavía no está todo perdido, pero quiero ir a ver a Antonia, para que me ayude.

—¡Cómo puede ser que creas en esas majaderías! ¿Te crees de verdad que Antonia es vidente?

—Pues bien que ha acertado otras veces...

Me dejé caer en una de las butacas.

—No pongas esa cara, nena.

—¿Y qué cara quieres que ponga?

—Sé que la situación es delicada, pero no desesperada. Tengo que cobrar algunas transacciones. Lo que pasa es que no llegan a cubrir la cantidad que le debo a Casamitjana. Solo te lo cuento por si acaso la empresa no me lo puede abonar.

—En definitiva, que tú tampoco sabes si podrás devolver el dinero.

Mamá puso cara de culpabilidad. Y yo me pregunté cómo se pondría el imbécil de Casamitjana cuando venciera el plazo y ella no pudiera hacer frente a la devolución del préstamo. ¿Tendría que volver a cenar con él? O quizás querría algo más… Me entraron arcadas. Prefería atracar un banco. Era mejor no pensar en ello, quizás le estaba dando demasiadas vueltas.

El domingo al atardecer, subimos a la azotea. Cruzamos, agachándonos cada vez, unas cuantas filas de sábanas tendidas y llegamos a la caseta de la portera, que quedaba justo donde se juntaban la azotea de la escalera A y la de la escalera B.

La vivienda era minúscula, bien ventilada y luminosa. Excepto el lavabo y la letrina, que quedaban cerrados, el resto estaba todo a la vista: una mesa de comedor cuadrada para cuatro personas, una cocina económica, unos armarios, dos butacas, en una de las cuales estaba ella haciendo ganchillo, una estufa de leña, y en un rincón, medio tapada por un armario que hacía de separación, su cama.

—Buenas tardes, doña Jerónima. Hola, Carmina. Pasen, por favor.

Entré con desconfianza. El gato de Antonia se frotó en mis piernas. Me agaché a acariciarlo.

Antonia preparó una infusión con canela, que enseguida llenó la caseta con su aroma. Después, encendió dos velas y las colocó sobre la mesa.

—Siéntense, por favor —dijo, mientras apagaba las luces.

Nos quedamos en una penumbra agradable, iluminada por las llamas de las velas. Cuando la mujer se sentó entre mamá y yo, dispuso sobre la mesa un trapo negro. Las puntas cayeron y, al abrirse, dejaron al descubierto una bola de cristal transparente sobre una peana negra.

Durante un rato estuvimos en silencio, mientras Antonia murmuraba una especie de jaculatorias incomprensibles. Luego, cerró los ojos y enmudeció.

Mamá, con los labios, me indicó: «Ahora entra en trance».

Y yo pensé: ¡qué bobada! Pero lo cierto era que tenía los pelos de punta, porque la situación resultaba fantasmagórica. Las llamas nos iluminaban a medias y proyectaban nuestras sombras en la pared. Unas sombras alargadas y oscuras. Unas sombras que temblaban.

De pronto Antonia abrió los ojos y se quedó mirando la bola fijamente.

—Todo es azul —dijo.

Yo no veía que en la bola hubiera ningún color. O se lo estaba inventando y nos quería engañar o tenía unos poderes paranormales que los demás no teníamos y que yo me resistía a creer.

—El azul se abre…, veo personas… No las distingo. Están demasiado borrosas.

Mamá la escuchaba con devoción.

—Veo a un hombre. Es un hombre malo… ¡Ah! Ya no está. Menos mal, no tiene nada que ver contigo.

Mamá suspiró profundamente.

—Veo una casa lujosa… Y también veo a una mujer extranjera… Sí, es una mujer de otro país y trae dinero. Un buen montón de dinero… ¡Oh! Un momento…

La cara le cambió. Se le contrajo en una mueca de incomodidad.

Mamá me había cogido la mano y me la apretaba.

—Ahora también veo un revés de la fortuna, pero no sé qué es. Quizás la muerte de alguien…

Me estrujó la mano tan fuerte que casi me hizo gritar.

—Quizás es un pariente lejano, doña Jerónima. No lo sé. Lo cierto es que le llega algo….

—¿Dinero? —preguntó Jerónima.

—No me lo parece. Tal vez una mala noticia. Quién sabe si una deuda.

Mamá suspiró.

—Y ahora también veo a su hija, Carmina. Te veo a ti, guapa. Te veo con alguien. Alguien más mayor que tú, pero no puedo ver con claridad de quién se trata.

Qué suerte, pensé. Solo faltaría que Antonia fuera capaz de ver mi relación con Moby Dick. Enseguida, me reí por dentro. Mira que eres burra, Carmina. No te creerás esas tonterías de la videncia, ¿verdad?

23

Carmina recoge la ropa del tendedero plegable que tiene en la galería; ya hace tiempo que no la tiende en la azotea. Con el barreño lleno, se va al dormitorio y se sienta en la cama para ir doblando las prendas. Incluso esta mínima actividad la agota. Quizás las niñas tienen razón y necesita ayuda en casa. No ayuda para ella, que es todavía autónoma. Pero sí para los trabajos domésticos, que, ahora, la sobrepasan.

Se levanta para ir a guardar la ropa en el armario y, mientras cuelga las camisas y las faldas, piensa que no le hace ninguna ilusión saber que dentro de un rato conocerá a la mujer con quien convivirá a partir de ahora.

Mete las braguitas en el cajón y, entonces, se acuerda de otra reliquia que tiene que tirar. Algunos de los apuntes que guardó de cuando hizo la carrera de económicas. Ya era mayor cuando empezó. ¿Cuántos tenía, cuarenta y cinco o cuarenta y seis años? En cualquier caso, fue una buena decisión. Fue de cabeza durante unos años: de casa a la Junta de Obras del Puerto, de la Junta a la Facultad, cruzando toda la ciudad, y de la Facultad otra vez a casa a quemarse las pestañas estudiando, pero mereció la pena porque el título y la experiencia que tenía le permitieron promocionarse hasta jefa de negociado y dejar el equipo de secretarias de dirección con don Ricardo. Don Ricardo era más afable que su antecesor, don Ramón. Sin embargo, era de una exigencia profesional que rayaba en la perfección. En cualquier caso, su trabajo como jefa de negociado era mucho más estimulante.

Levanta la ropa interior y saca la carpeta de los apuntes. La abre, mira las tres primeras páginas, y la vuelve a cerrar chasqueando la lengua. Se la pone bajo el brazo para tirarla a la basura cuando pase por la cocina.

Mira su dormitorio, percibe el silencio que flota en la casa, y tiene conciencia del privilegio que es su soledad. Siempre le ha gustado estar sola, pero tiene que reconocer que, a veces, le pesa. Suerte que tiene a Sebastián. Y a las niñas. Y a Moby.

Pasa por la cocina y, después, se va a ver a su pez besucón y le echa unas migas de comida en el acuario. Se sienta en la butaca y lo mira un buen rato. Es relajante observar las piruetas hipnóticas del pez.

—Ay, Moby —dice, de repente, saliendo del estado hipnótico—, también tengo que dejar apuntado qué tienen que hacer contigo cuando yo no esté. Mis sobrinas no están para historias y ni siquiera se entretendrían a pensarlo. Vete a saber, quizás serían capaces de tirarte al váter.

Solo con decirlo siente un escalofrío. Y se levanta para ir a buscar al chifonier la hoja de instrucciones para apuntar las últimas voluntades referidas a Moby. Escribe: *Quiero a mi pez. Me ha hecho mucha compañía.* Piensa: esto no lo entenderán, pero no importa. Continúa escribiendo: *Dadle, por favor, el acuario a Sebastián.*

Observa con mirada crítica las mayúsculas, temblorosas, sí, aunque se dejan leer. Y eso ahora es esencial, mucho más que la estética. Entonces, se da cuenta de que el lugar de las instrucciones no puede ser el chifonier, sino el *secrétaire*. Va al cuarto de al lado, abre el mueble y deja la hoja desplegada junto a la caja de papeles importantes atada con la cinta esmeralda.

—Y quizás hoy es momento de que os dé lo que tengo

preparado para vosotros —dice. Y abre un cajón, de donde saca tres paquetes, cada uno con el nombre de su futuro propietario—. Los pendientes y la legión de honor. El de Sebastián también porque quiero tenerlo a la vista para no olvidarme.

Va a la sala y coloca los paquetes sobre la mesita baja.

—¿Tú cómo me ves, Moby? —dice sentándose otra vez en la butaca—. ¿Tengo buena pinta? ¿O parezco una carcamal? No querría que la mujer que va a venir me vea como una persona acabada y se crea que haré su santa voluntad. Ni la de ella ni la de mis sobrinas. A mí me parece que no estoy para el arrastre. Yo me siento una mujer mayor pero capaz. Aunque, claro, yo qué sé… La percepción del propio yo no tiene por qué ser la misma percepción que tienen los demás de mí, ¿no? En fin, Moby, ¿dónde irá a parar mi conciencia, la percepción de mi yo, cuando me muera? ¿Crees que se diluirá en el universo? ¿Crees que cuando nos morimos pasamos a integrar el cosmos?

Mueve la cabeza con una cierta violencia.

—Pero ¡¿qué tonterías me digo?! Ahora sí parece que chochee. Porque estoy hablando en términos de espíritu, como mamá, pero con un lenguaje menos coloquial que el suyo. Ni espíritus, ni cosmos, ni puñetas, Moby, cuando nos morimos, todo se ha acabado. Y hablando de acabar, es momento de que me ponga a grabar, antes de que lleguen las niñas y mi carcelera. Tengo que darme prisa, que todavía me queda un buen trozo para contar toda la historia. Quién sabe si me dará tiempo de llegar al final. O el final me llegará antes a mí. Ja, ja, ja. Eso ha sido un juego de palabras, Moby, pero tú no puedes entenderlo.

Lunes 7 de mayo de 1956

Mamá y yo salimos temprano de casa porque queríamos ir andando al trabajo. Habíamos ganduleado bastante el fin de semana y mamá decía que, si no se movía un poco, se le oxidaban las articulaciones. Bajamos por la calle del Conde Borrell, sin decir nada; cada una sumida en sus propios pensamientos. Yo estaba un poco decepcionada porque Moby Dick no había aparecido por la mañana, pero me consolaba diciéndome que, si nada se torcía —y no se debía de haber torcido, porque no había llamado—, pasaría a recogerme por la Junta de Obras del Puerto esa tarde e iríamos a comprar el vestido.

Cuando llegamos al Paralelo, salió de su mutismo.

—Ya lo tengo —dijo.

La miré intrigada; no sabía de qué me hablaba.

—Ya sé a qué se refería Antonia ayer por la tarde.

—¡Mamáááá! ¡No me puedes decir en serio que te crees esas tonterías!

—¡Oh! Eso es lo que tú te imaginas, que son tonterías. ¿Dónde está escrito que ciertas personas no puedan ver el futuro…?

—Sí, con una bola de cristal que debe de haber comprado en el Sepu —solté con todo el desprecio de que fui capaz—. Va, dime tú dónde está escrito que haya personas que tengan esa capacidad.

—Mira, si no se puede demostrar, tanto tú como yo podemos tener razón.

Esquivé su comentario y a la vez unos papeles de periódico bañados en aceite que alguien había tirado a la acera, quizás estimulado por toda la suciedad que había en las calles.

—Bueno, te creas o no la habilidad de Antonia para ver el futuro, lo que te puedo asegurar es que me ha conducido a descubrir la solución a nuestros problemas.

—Pues mira qué bien…

—Me alegra que lo veas así, porque mi plan te implica a ti.

—Ah, ¿sí? ¿Y es?

—¡Tienes que casarte!

Me quedé con la boca abierta, incapaz de reaccionar. Se había vuelto loca.

—Verás, te lo contaré. Resulta que tengo una conocida, la señora Grunewald, que vive en Alsacia, concretamente en Colmar. Es una amiga de cuando tu padre vivía…

La interrumpí.

—Mamá, claro que sé de quién me hablas: de Madeleine y André.

—Ay, hija, no quería ofenderte sino ponerte un poco en contexto.

Hice un gesto amable para que viera que no me ofendía que comparara mi cerebro al de una ameba, y para que continuara.

—Bueno. Hace poco, creo que unos dos meses, me dijo que su marido… Te acuerdas de que tiene negocios de todo tipo, ¿no?

Moví la cabeza afirmativamente.

—Pues resulta que quiere poner un pie en Barcelona y que quiere que su hijo, un hombre joven, algo mayor que tú, Dominique… ¿Te acuerdas de él?

—No. Francamente no creo que supiera que tienen un hijo.

—Os conocisteis de pequeños y os caísteis muy bien.

Puse los ojos en blanco pero mamá ni me vio.

—Pues, Madeleine —continuó— me ha dicho que el chico ha estudiado en l'École de Commerce, con unos resultados excelentes. Es un chico muy responsable y muy válido.

Empezaba a entender que veía al tal Dominique como un buen partido para mí.

—Y quiere que se establezca en Barcelona para dirigir esos nuevos negocios de su padre. Justamente, esta noche llegan para pasar toda la semana aquí.

Mamá se calló, quizás para darme tiempo a procesarlo.

Anduvimos en silencio.

En ese momento, no era capaz de pensar. Tenía un lío demasiado grande en la cabeza. Sí que sabía que mi relación con Moby Dick era prioritaria. Pero y después, cuando se acabara, ¿qué querría?

Hice una pirueta para no chocar con una niña que jugaba a saltar una rayuela que había dibujado con tiza en la acera.

En fin, una cena con unos amigos franceses de cuando papá vivía tampoco era el fin del mundo. Ella estaría contenta de poderlos acoger en casa. Yo me esforzaría en ser amable por ella, sin ninguna pretensión de generar expectativas en el tal Dominique. Además, quizás él ni siquiera me mirase…

Mamá me paró cogiéndome por el brazo justo cuando cruzábamos hacia el paseo de Colón. Y me dijo:

—Cuidado, hija. Estos caballos lo dejan todo asqueroso.

Tenía razón: la calzada estaba llena de boñigas.

Cuando estuvimos al otro lado de la calle y, antes de que continuara, le pregunté, como si yo no fuera capaz de entenderlo:

—¿A dónde quieres ir a parar con todo esto que me estás contando?

—¿Pero no lo ves? ¿Recuerdas a la mujer extranjera de la que hablaba Antonia? Una mujer que llegaría con dinero… Pues es ella, Madeleine. No tengo la menor duda. ¿Y recuerdas también que Antonia te veía con alguien mayor que tú? Pues eso quiere decir que tengo que aprovechar su estancia en Barcelona para que Dominique y tú os podáis reencontrar. Me he dado cuenta de que la visión de Antonia quería decir que tengo que organizar una cena con Madeleine, André y Dominique en casa.

Mi hipótesis era acertada. Mamá nos veía como pareja.

—¿Y todo esto para qué? —le pregunté.

Puso cara de sorpresa:

—Hija mía, ¡qué poca perspicacia! Ya tendrías que haberlo imaginado. A André, le pondré el caramelo de la agencia en la boca. Seguro que como negocio le puede interesar. Le diré que Dominique podría hacerse cargo de ella, a mi lado, claro. Esto significaría una inyección de dinero que me permitiría cancelar la deuda con Casamitjana. Y, por otro lado, para estrechar lazos, convendría que tú y Dominique os casarais.

La miré sin saber si ponerme a reír o enfadarme. No hice ninguna de las dos cosas.

—¿Qué te parece si les digo que vengan el jueves? ¿Y qué crees que podríamos preparar para cenar? Quizás unas vieiras, que a los alsacianos les gustan mucho.

Suspiré. Una cena no nos comprometería a nada y mamá sería feliz.

—Me parece bien.

Le di un beso para irme hacia el edificio de la Junta y la dejé planeando el menú.

24

Apaga la grabadora, mira el reloj y piensa que todavía queda un buen rato para que lleguen las sobrinas. Cierra los ojos.

Cuando los vuelve a abrir ha pasado casi una hora.

—Cada día duermo más, Moby…, al menos sentada aquí, en la butaca. Ya me dijo el doctor Rovira que esto pasaría…

Coge el jarrón con el ramito de violetas que tiene sobre la mesa baja y se lo acerca a la nariz. Huele las flores mientras sonríe con complacencia.

—¡Qué aroma desprenden todavía!

Las deja de nuevo en la mesa y piensa que quizás tendría que comer algo, que no ha tomado nada desde la noche anterior. Va a la cocina y coge dos galletas de soda y un trozo de jamón cocido. Lo coloca todo en un plato mientras se pregunta si la persona que vivirá con ella la obligará a alimentarse racionalmente. Está segura de que las sobrinas lo incluirán en la lista detallada de cuestiones que tendrá que controlar. Aunque volver a comer caliente tendrá su gracia.

Se lleva el plato a la sala. Comerá mientras vuelve a grabar. Y aprovechará también para tomarse las pastillas para el dolor, que ya la vuelve a martillar. Qué suerte que hoy en día haya todos estos medicamentos que ayudan a hacerlo soportable. ¡No quiere ni imaginarse cuán desagradable debía de ser, por ejemplo, en el siglo XVII!

Después de comer y de tragarse las píldoras, pone música: el concierto de violín de Brahms en re mayor, interpretado por David Oistrakh. Durante unos compases, lo escucha con los ojos cerrados siguiendo nota a nota la melodía del solo. Un concierto que, por su dificultad de ejecución, alguien calificó de «concierto contra el violín»; aunque, más tarde, un virtuoso del instrumento lo desmintió diciendo que era un «concierto para violín contra la orquesta, y el que ganaba era el violín». Y en todo caso, piensa Carmina, Oistrakh lo interpreta como los ángeles.

Abre los ojos. No quiere dormirse. ¡Ay! Estos ratitos de sueño tan habituales le hacen temer que el final esté más cerca de lo que creen los médicos.

Después se pone a grabar.

Lunes 7 de mayo de 1956

Salí de la Junta con el corazón galopando de incertidumbre. ¿Estaría esperando o no?

Y sí, allí estaba. Moby Dick me recibió con una sonrisa amplia bajo su nariz imponente. Y me dio un beso ligero en los labios.

—¡Cuidado! —susurré.

—¿Cuidado con qué?

—Alguien puede vernos.

—¿Quién? —preguntó mirando alrededor. Y, señalando a los peatones, añadió—: ¿Alguna de estas personas?

—Tengo veinticuatro años.

—Lo sé. ¿Y qué? Si te cuento todo lo que había hecho yo a los veinticuatro…

—Lo digo porque cualquiera que nos vea puede denunciarme.

—¡¿Pero qué dices?! ¿Y eso por qué?

—Porque soy menor de edad.

—¿Menor de edad? ¡No me lo puedo creer!

—Lo dicen las leyes. Las mujeres no somos mayores de edad hasta los veinticinco.

Moby Dick me miraba como si le estuviera diciendo que, en mi país, la gente iba por la vida sin cabeza.

—¿Te crees que esto es Francia? —protesté—. Aquí las normas morales son muy estrictas.

—Anda, va, deja de preocuparte, que si alguien tiene que temer una denuncia soy yo. Estaría en peligro si supieran para qué he venido.

—Pero, por suerte, nadie lo sabe. Mira que si te detuvieran por corromper a menores…

—¡Menores! —se rio Moby Dick lanzándome una mirada muy significativa.

—En este país, por ley, las mujeres siempre lo somos. Pasamos de la autoridad del padre a la del marido. Por eso yo nunca me casaré.

—¡Ja, ja! Por eso y por otras razones —dijo para tomarme el pelo.

Me cogió de la mano y subimos por Vía Layetana. Unos minutos más tarde, ya me sentía tan cómoda que no protesté cuando me pasó el brazo por el hombro, y nos arrimamos. Me había olvidado de mi aprensión y caminaba feliz bajo el cielo azul y luminoso de Barcelona.

Al llegar a la altura de la calle Sant Pere Més Baix, Moby Dick repentinamente me soltó el hombro. Y enseguida supe por qué. Unos metros más allá, estaba Sebastián a punto para cruzar la calle.

—¿Nos ha visto? —pregunté. Me sentía sudada de angustia.

—No lo sé. Por si acaso, esperemos aquí —dijo mientras me arrastraba detrás de un pirulí publicitario.

Moby Dick sacó la cabeza.

—Mira —me avisó mientras se volvía a esconder.

Pude ver que mi amigo había cruzado la calle y estaba a punto de entrar en la temible comisaría del número cuarenta y tres.

—Ese portal es una comisaría, me imagino —murmuró Moby Dick.

—Sí —dije nerviosa. Me preguntaba si Sebastián nos había visto y si sería capaz de denunciarnos. No lo creía. Primero porque estaba segura de que no nos había reconocido. Lo sabía porque no hubiera podido evitar venir a saludarme. Y en segundo lugar porque nuestra amistad era fuerte como un roble. Y la sesión de cine del día anterior con *La ventana indiscreta* había sido... ¡una renovación de votos!

—No te preocupes. Por nada del mundo me traicionará.

Moby Dick chasqueó la lengua.

—No es eso lo que me preocupa, sino que haya descubierto que he venido a Barcelona en calidad de espía y que sea a mí a quien delate. Si no, ¿qué va a hacer a la comisaría?

Me lo acababa de decir y caí en la cuenta de qué se trataba.

—¡Si ya te lo conté! Tiene mucha amistad con un policía. Y ahora recuerdo que me dijo que trabajaba en una comisaría de Vía Layetana. Debe de ser esta, claro.

Moby Dick suspiró como si se quitara un peso del encima. Y yo me reí.

—¡Vemos contraespías donde solo hay un buen amigo mío!

—Vamos... Dejémoslo estar y vayamos a comprar el vestido.

—¿Y sabes a dónde vamos?

—Claro. Primero me he informado. Me habría gustado ir al taller de Pedro Rodríguez...

—Pero ¡¿qué dices?! Si es carísimo.

—Sí, porque es alta costura. Pero ¿y qué?, quería regalarte un vestido que fuera, como quien dice, inmortal. El problema es que la alta costura tiene sus tiempos. Y entre elegir la tela y el modelo, y hacer las tres o cuatro pruebas necesarias para que quede ajustado al cuerpo, no llegábamos a tenerlo para el día de la boda. Tampoco nos sirve el Dique Flotante, porque también trabajan por encargo y tardarían demasiado. Pero tu madre me ha hablado de una modista excelente en la calle Condal tocando a Vía Layetana.

—¡Ah! Ya sé de quién me hablas. Una mujer de origen francés, separada… Mamá se ha hecho alguna pieza en su taller.

—A tu madre le gustan las mujeres atrevidas —me dijo con los ojos chispeantes.

—Quizás tengas razón… Y ¿cómo sabes que podrá tener el vestido para cuando lo necesitamos?

—Porque he hablado con ella y me ha dicho que tiene tres modelos hilvanados, que solo habría que ajustar y acabar de coser. Suponiendo que alguno te convenza, claro.

—Pues vamos a verlos.

El taller de *madame* Élodie Fontaine estaba situado en un edificio modernista, en el piso principal, al que se accedía por una escalera amplia de mármol, con una barandilla de hierro forjado muy trabajada.

Nos abrió una mujer joven, que, a través de un arco de madera, nos hizo pasar a la sala de espera. Si juzgaba por el número de asientos, debían de caber seis personas. Me pregunté si se juntaba tanta gente en ese lugar. ¿Quizás una futura novia con su madre y sus hermanas?

Nos sentamos en dos butacas que miraban hacia un ventanal enorme, con cristales emplomados de color azul, verde y negro que trazaban un dibujo geométrico. En una de las paredes había una puerta de doble hoja y en la pared opuesta, un cuadro que representaba un paisaje urbano.

—Montmartre —me dijo Moby Dick señalándolo.

Entonces, se abrió la puerta de doble hoja y salió una mujer, la modista, que yo había imaginado completamente distinta. Era pequeña y de aspecto frágil.

Nos presentamos y la acompañamos a la antesala del taller, donde tenía muestras de telas y también figurines colgados de las paredes.

—Si les parece bien, traemos los tres vestidos que ya les dije que tenía a medias.

Contestamos que sí y se fue. Ocupamos unas sillas.

—¿Ahora vendrá una de esas chicas que esperan en ropa interior hasta que se ponen un vestido para enseñárselo a la clienta? —pregunté.

Moby Dick se encogió de hombros.

—No lo sé. No creo que una modista tenga ese tipo de servicios.

Y tenía razón porque entonces entró la mujer que nos había abierto la puerta. En cada mano llevaba un maniquí, cada uno con un vestido por debajo del cual sobresalía una base de madera en forma de trípode. Detrás, apareció madame Élodie Fontaine llevando otro maniquí con patas de madera y vestido.

Colocaron los tres diseños en fila ante nuestras butacas.

—Un vestido de línea *baby doll*, realizado con brocado de color azul pálido y hojas doradas, cinturón de la misma tela y escote de barco —describió madame Fontaine señalando el primero.

Era muy bonito, pero yo ya tenía un vestido de ese estilo: el que había llevado a la cena con Casamitjana tenía un patrón similar; a pesar de que quizás no era de una tela tan fastuosa ni estaba tan bien terminado. Fuera como fuera, no quería repetir modelo. Prefería algo diferente.

—Vestido de seda, de color azul noche, drapeado, con un gran lazo en la cintura y escote asimétrico —dijo de pie junto al segundo.

Me pareció muy elegante. Me veía con ese vestido suave y fluido. Me veía hasta que mis ojos se posaron sobre el tercer vestido y, entonces, me enamoré y ya supe cómo iría a la boda.

—Vestido de línea campánula invertida, variante de la línea sirena, con *georgette* hasta las rodillas, donde la falda se estrecha y da lugar a una cascada de tul estampado en tonos lilas y verdes, el mismo dibujo del *georgette*.

Estaba fascinada con esa pieza. Era exactamente lo que quería.

—Ese —dijimos a la vez Moby Dick y yo.

—Pase al probador, por favor. Enseguida se lo llevamos.

Me dejó en una habitación pequeña donde había un banquito forrado de damasco marrón y un espejo de cuerpo entero. Me desnudé y me quedé en ropa interior. Qué pena que Moby Dick no estuviera conmigo en el probador, pensé.

Me solté las medias de los ligueros y me quité la faja.

Me quedé mirándome en el espejo, en braguitas, sujetador y con mis tacones de aguja. Me aparté un rizo del ojo.

Llamaron a la puerta y me pasaron el vestido.

Me lo puse. Me quedaba bastante bien; solo un poco grande de pecho.

—Lo tendremos que ajustar un poco de arriba, pero le sienta muy bien. Parece hecho casi para usted —dijo *madame* Fontaine, que había entrado después de pedir permiso.

Y se arrodilló a mi lado mientras me pedía que diera una vuelta para comprobar el bajo.

—Cuelga ligeramente de la derecha —dijo sacando unos cuantos alfileres de la almohadilla que llevaba sujeta al brazo, para ponérselos entre los labios. Luego clavó tres o cuatro para meter un poco el bajo del vestido.

—Y ahora, el busto.

Y en un abrir y cerrar de ojos me adaptó la parte superior.

Se alejó un poco para observarme con mirada crítica.

—¡Muy bien! —dijo con satisfacción.

Más que bien, pensé; es un sueño.

La seguí hacia la antesala del taller.

Moby Dick abrió los ojos con admiración.

—¡Estás fantástica!

—Sí que lo está —dijo *madame* Fontaine.

Moby Dick no dejaba de mirarme mientras le preguntaba a la modista:

—¿Y qué día lo podemos recoger?

—El próximo jueves.

Carmina oye el timbre.

—Ya están aquí, Moby. Se ha acabado la grabación por hoy. Por hoy y quién sabe cómo me lo organizaré a partir de ahora con una extraña dando vueltas por el piso.

25

Mientras va hacia el recibidor, se levanta un poco el pelo de la nuca, que seguro que se le ha quedado pegado y chafado al dormir. Se alisa el cabello. Se mira en el espejo y le parece que tiene un aspecto vivaracho, a pesar de que... Se acerca más al espejo y se abre un ojo, retirando el párpado inferior y el superior con dos dedos. Tiene la córnea amarilla. Amarillo limón. Amarilla, como cuando va al oftalmólogo y le pone gotas anestésicas.

Quizás es también consecuencia del maldito tumor. Exacto, debe de ser eso. La mala bestia va avanzando, va invadiendo más espacios de su cuerpo.

Durante unos segundos se queda clavada ante el espejo sin verse; solo ve el cáncer que tiene para dentro, como un *alien*. La saca de la hipnosis el timbre, que se impacienta.

Abre la puerta con una sonrisa impostada en la boca. Y la sonrisa se le congela. No se entenderán, piensa, cuando la ve, con cara de mandona y el cabello largo hasta media espalda y, sobre todo, cuando huele la dulzura de un excesivo perfume floral. Matará el olor de mis flores, concluye.

—¡Hola! ¿Podemos pasar?

—¡Claro! Adelante.

—Carmina, te presentamos a Irina.

—Un placer, señora.

—Lo mismo le digo, Irina —dice. Y se da cuenta de que le tiembla la voz.

No sabe muy bien cómo actuar. Se siente incómoda, como si fuera una visita en su propia casa. Traga saliva tratando de recuperar el aplomo, pero le cuesta.

—Vamos a la sala —dice. Y le sale una voz tenue.

Con ese tono de voz melifluo, Irina enseguida le comerá terreno.

Ten cuidado, se dice a sí misma, no te tropieces con una alfombra o con la pata de algún mueble o con lo que sea. ¡Solo faltaría eso!

—¿Os apetece tomar algo? —dice. Y nota que domina un poco más la situación.

—No, ahora no —dicen las sobrinas—. Mejor que primero os conozcáis y que puntualicemos todo lo que Irina tendrá que hacer.

—Claro —responde, tensa porque le quitan autoridad.

Las sobrinas e Irina le cuentan que la mujer es rusa y que hace diez años que vive en Barcelona. Hasta ahora trabajaba limpiando habitaciones de hotel…

—Un trabajo muy mal pagado: pocos euros por cada habitación. Sin derechos. Un trabajo que provoca enfermedades laborales, que nadie reconoce; dolor de espalda, por ejemplo.

Carmina comprende la dureza del trabajo. Le dice que en su casa estará mejor, mientras piensa que quizás será ella, la dueña, quien no lo estará.

Después de abordar brevemente sus trayectorias vitales e intereses —Irina tiene treinta y cinco años, le encanta la música pop y no le gusta mucho la comida del país—, las sobrinas pasan a concretar las tareas que tendrá que llevar a cabo y las horas que trabajará cada día…

—Porque que viva aquí no quiere decir que tenga que trabajar todo el día, ¿sabes?

Las fulmina con la mirada. Le gustaría preguntarles si creen que es tonta. Tonta o una explotadora.

—Y tiene los fines de semana libres. Y, por lo tanto, vendremos a buscarte y los pasarás con nosotras.

—¡Ah! No, no. Yo quiero quedarme en mi casa.

—A partir de ahora no puedes quedarte sola. Si no, vas a tener que ir a una residencia.

La amenaza tiene un efecto disuasorio. Carmina cierra la boca y ya no la vuelve a abrir. Va oyendo cómo las niñas marcan las rutinas de trabajo y los menús semanales…

—Porque has adelgazado muchísimo —dictaminan—. Seguro que te da pereza cocinar y comes cualquier cosa o ni siquiera eso.

La miran con atención y le comentan que le ven los ojos un poco amarillos.

—¡Ah! No es nada. Es de unos colirios que tengo que ponerme —dice ella.

Y continúan hablando. De las lavadoras y de planchar y de limpiar el baño y la cocina a fondo y de limpiar los cristales…

Es cierto que a Carmina le parece bien que le quiten todos esos trabajos de encima. Si tiene que admitir la verdad, hace tiempo que ha dejado de hacer la mayoría de esas tareas. Los armarios de la cocina están bastante pegajosos, la ropa está un poco arrugada porque se limita a tenderla bien y no la pasa por la plancha… Quizás no estará tan mal que haya alguien para ayudarla. Y alguien con quien poder hablar en vez de tener monólogos con Moby.

Entonces se fija en los paquetes que tiene en la mesita y se acuerda de que se los tiene que dar.

—Niñas, esto es para vosotras.

Las coreutas se quedan muy sorprendidas.

—¿Por qué? —dicen, cada una con su par de pendientes en las manos.

—Porque sí, porque os quiero y no quiero que lo olvidéis

nunca, porque lucirán mejor en vuestros lóbulos que en los míos…
¿Queréis más razones?

Las sobrinas tienen los ojos muy brillantes. Le dan las gracias, la llenan de besos y le dicen que se van al baño a ponérselos para ver cómo les quedan.

Irina y ella, solas en la sala, se miran y no saben qué decirse.

—¡Geniales! —vuelven las sobrinas, muy alborotadas—. ¿Estás segura de que quieres dárnoslos?

—¿Queréis decir si no es mejor esperar a que me muera?

—Nooo. No queríamos decir eso. ¡Quién habla de morirse…!

Quizás ahora sería el momento de decirles que no queda mucho para que tengan que hacer frente a la muerte, al menos la suya, la de Carmina. Pero no es una buena ocasión con la rusa delante.

—Me hace feliz que los luzcáis vosotras —cierra el tema—. Y ahora, ¿le enseñamos a Irina el resto del piso?

—Vamos.

Pasan al que será el dormitorio de la rusa a partir de ahora. Las sobrinas bajan la cama plegable y Carmina no puede quitarse de la cabeza a Moby Dick el día en que llegó a la casa ni cómo Jerónima y ella misma le mostraron la habitación. Y es que todo está exactamente igual: como si el tiempo se hubiera quedado congelado.

—¿Qué te pasa?

—¿Le pasa algo, señora?

Aquel «señora» la devuelve a la realidad. Con cierta aspereza dice:

—No me llame «señora», llámeme Carmina, que yo a usted tampoco la llamaré «señora», sino Irina. Si tenemos que convivir no podemos tratarnos como extrañas, ¿no cree?

La mujer mueve la cabeza afirmativamente.

Las sobrinas todavía la observan con preocupación.

—Parecía que no estuvieras aquí.

—Estoy perfectamente, niñas. No seáis tan sufridoras…

Al día siguiente, a media mañana, Carmina ya no habría podido decir que estaba perfectamente.

Tiene los nervios a flor de piel. Desde la cocina le llega a un volumen de jaqueca «quiero ver bailar tu pelo, quiero ser tu ritmo, despacito, despacito…». En la sala, se mezcla «pasito a pasito, suave suavecito» con «la venganza del infierno hierve en mi corazón» de la reina de la noche.

Apaga la música porque la amalgama es insufrible.

Irina saca la cabeza por la puerta:

—¿Todo bien? ¿Necesita algo?

—No, no. Gracias.

—Escuche qué música más animada le he puesto —y canturrea mientras se acerca dando pasos de baile—: Suave, suavecito… ¿No le entran ganas de bailar con esta canción? A mí sí.

—No, no. Ya estoy mayor para estas cosas —le responde mientras piensa que, pobre, Irina lo hace con la mejor intención pero a ella esa música le molesta.

La mujer le coloca bien un rizo y le anuncia:

—Carmina, para comer hoy tomaremos un *borsch*.

—¿Un qué? —Está muy segura de que ese plato no está escrito en los menús que prepararon las niñas.

—¡Una sopa rusa riquísima!

—¿Qué lleva?

—Remolacha, cebolla, col, patata, carne de cerdo y de ternera…

—Es demasiado fuerte. Mejor haga algo más suave.

—¡No! El *borsch* le irá muy bien, está muy flaca. Mire, por la noche, ya comerá ese pescado hervido tan aburrido, pero ahora a mediodía quiero que pruebe este plato de mi país.

El *borsch* le sienta tan mal que acaba por vomitar y por pasar toda la tarde en la cama.

Además, cada mañana, Irina la despierta a toque de silbato y la lleva a la ducha, tanto si quiere como si no. Al tercer día, Carmina le echa la bronca:

—Yo sé lavarme sola. Deje de tratarme como si fuera una criatura o una inválida, que no lo soy.

Y le coge la esponja de las manos con malas maneras.

Entonces la mujer se echa a llorar. Después, la oye hablar por teléfono. Por lo que dice —«la señora me maltrata»—, sabe que ha llamado a las sobrinas. Ahora me reñirán, se imagina.

También salen a la calle, porque Carmina le quiere enseñar las tiendas donde compra normalmente.

El primer día, Carmina la espera un buen rato en el recibidor. ¿Qué estará haciendo?, se pregunta. ¿Por qué no podemos salir ya?

Irina se ha acicalado como si fuera a bailar y se ha duchado con ese perfume tan escandaloso.

Como mínimo se ha puesto un litro, piensa Carmina, cogida del brazo de la rusa. Se marea con ese olor tan dulce. Se lo tendrá que decir, pero ¿cómo, para que no se lo tome a mal? Al final se lo suelta tal cual:

—El perfume que lleva es demasiado penetrante para mí. Por favor, cuando esté en casa no se lo ponga; me marea.

Al cabo de cinco minutos a Irina le caen las lágrimas por las mejillas.

—¡Uy! Perdone, no quería molestarla.

—Es que usted me ofende. No tiene en cuenta mi sensibilidad.

Carmina se muerde el labio. Tendrá que hablarle con más prudencia. Pero ¿quién velará por su propia sensibilidad?

Van entrando a las tiendas que frecuenta Carmina. Presenta a la mujer y dice que quizás a veces irá ella sola a comprar. También van al banco, porque necesita dinero, pero allí no la presenta a nadie, primero porque nunca tendrá que ir sola; y segundo porque solo interactúa con una máquina. Al salir se pelean por cómo tiene que guardar el dinero. Irina quiere que se lo ponga en un lugar donde no se lo puedan quitar, por ejemplo, bajo el tirante del sujetador.

—Venga ya, qué tontería —dice ella. Y guarda el dinero en la cartera y la cartera, en el bolso.

—De tontería, nada. Usted no sabe la de rateros que hay por estos mundos.

Carmina piensa que, quizás, tiene algo de razón. Si incluso le entran en casa… Hace días que no echa nada en falta; tendrá que estar alerta con los billetes que meterá hoy en los sobres.

Otro día salen para ir al hospital Clínico. Tiene una cita con el equipo de cuidados paliativos. El doctor Rovira le ha dicho que tiene que ir a verlos y pedirles que le activen el PADES para que la puedan visitar en casa, ahora que se encuentra peor. Ya sabe qué es, eso del PADES: Programa de Atención Domiciliaria y Equipos de Apoyo. Las personas que la ayudarán a hacer más soportable el traspaso.

—Irina, déjeme aquí, que tengo para un buen rato. Ya la llamaré para que venga a buscarme —le dice, a pesar de que no sabe el rato que estará en el hospital y de que no tiene ninguna intención de avisarla cuando termine la visita. Piensa volver sola a casa. ¡Las ganas que tiene! Y, además, se parará a comprar un ramo de flores.

Ha hecho bien en decirle que se vaya porque se pasa más de media mañana en el hospital. Primero la visita una doctora que le hace un millón de preguntas, unas sobre su estado físico, otras sobre el emocional, e incluso quiere saber cómo vive y con quién y si necesita más información sobre su enfermedad. Después le ofrece visitarse con una psicóloga para que la ayude.

Carmina cree que la doctora es un diez en empatía y le gustaría decirle que sí, que quiere la visita con la psicóloga, solo para poderle devolver la amabilidad, pero no tiene claro que quiera pasar por nuevos interrogatorios.

Mueve la cabeza.

—No sé si la necesito —dice con una sonrisa amplia para que la doctora no se sienta desairada—. ¿Qué me podría decir una psicóloga que yo no sepa ya…?

—Querrá saber cómo lo lleva.

—¿Cómo llevo qué? —pregunta Carmina, con otra sonrisa de desagravio.

La doctora hace un circunloquio para decir, sin decirlo, que tiene una enfermedad grave, con un mal pronóstico y que la psicóloga querrá saber cómo lo está digiriendo.

—O sea, cómo llevo saber que me estoy muriendo, ¿no?

La doctora sonríe con calidez y asiente.

—Pues, mire, los primeros días no me lo podía creer. Era como si tuviera que pasarle a otra persona. Luego, estuve unos días un poco en baja forma. Pero, ahora, que me he puesto a ordenarlo todo para que la muerte me coja preparada, me siento mucho más fuerte.

—Hace bien ordenándolo todo —dice la doctora. Y le explica que hay personas a quienes les serena hacerlo. Carmina piensa que ese es su caso y que aprovechará que tiene a Irina en casa para vaciar armarios; así las niñas tendrán menos trabajo cuando llegue el momento.

Una vez queda claro que no necesita una ayuda emocional extra, se despiden y la doctora le indica el despacho de la trabajadora social que Carmina se imagina que ya conoce. Hace unos dos meses, antes de que le dieran el diagnóstico fatal, se le presentó en casa una trabajadora social, morena, de cabello corto, muy joven. Quería saber cómo vivía y quién se ocupaba de ella. Cuando le dijo que nadie, puso mala cara. Dijo que no podía ser, que necesitaba a alguien para ayudarla.

Pero resulta que no es la misma. Esta es distinta, rubia, con media melena y mayor que la primera. También le parece más simpática. Se entienden bastante bien.

—De manera que tiene una persona en casa que la ayuda…

Carmina da un cabezazo afirmativo, no sabe si también un poco malhumorado.

La mujer le acaricia una mano y le dice:

—Una decisión muy valiente, para una persona independiente como usted. Seguro que no ha tenido que ser fácil aceptarlo.

¿Y cómo sabe que soy independiente?, se pregunta Carmina. Pero tiene razón, lo es. Las mujeres de este equipo parece que se metan en la cabeza de una. Parece que puedan leerle la mente.

—Ahora —dice la otra—, lo que estaría bien sería activarle la teleasistencia. ¿Sabe a lo que me refiero?

—Sí, ese botón que cuelga del cuello —dice ella, que se acuerda de que Esperanza lo llevaba.

Carmina alza una mano con determinación y dice:

—Todavía no. Esperaremos un poco.

—De acuerdo. Esperaremos un poco. A partir de ahora la irá a ver una vez por semana la trabajadora social del Centro de Atención Primaria. Con ella podrá decidir cuándo lo activan.

Al salir del hospital, Carmina se va a dar una vuelta por el barrio.

¡Qué placer, la libertad! Y se sienta en un banco a fumarse un cigarrillo. Y curiosea los escaparates de las tiendas. Y se compra un pan de nueces. Y también compra un ramo de *liliums* blancos muy aromático. Y cuando llega a casa, Irina le echa una bronca mayúscula. Que cómo se atreve a ir sola por la calle… ¡Ay, si las sobrinas se enteran…! Carmina contesta gritando más alto. Y acaban cada una encerrada en su habitación. Más tarde hacen, más o menos, las paces cuando Carmina le da a la rusa todo lo que quiera de la ropa de la casa, de la de vestir y de los enseres de la cocina.

—Pero ¿está segura de que ya no necesita todo esto? —pregunta sorprendida.

—No, no. Cuantas menos cosas tenga en casa, mejor.

Irina pone cara de no entenderlo, pero va llenando bolsas.

La tregua dura poco. Al día siguiente se vuelven a pelear por culpa de la música pop. Y todavía vuelven a gritarse a propósito de la comida que Carmina se deja en el plato.

El fin de semana llega y se siente liberada porque no tiene que pasarlo con la rusa. A pesar de que tampoco lo pasa en libertad, porque el sábado está con una sobrina y el domingo con la otra, y no la dejan respirar. El domingo por la noche vuelve a casa tan tensa como cuando salió. Y lo primero que hace es ladrarle a la rusa, que, como respuesta, también le ladra. Después se va al armario de la ropa de la casa para comprobar si falta dinero. Y sí, de uno de los sobres han desaparecido dos billetes de veinte euros. Se queja a Irina.

—¿Me está diciendo que los he robado yo? —pregunta la mujer, fuera de sí.

—¡No! Le estoy diciendo que me han robado.

—¡No me extraña! Ya le dije que era poco cuidadosa con el dinero.

—Pero si el robo ha sido dentro de casa… —protesta Carmina.

—¡Ja! A saber si no lo perdió usted el otro día que volvió sola.

Carmina se irrita todavía más. Nota que la cara le hierve y el corazón le late muy deprisa. Seguro que eso no es bueno, si tiene en cuenta su estado de salud. La otra también está colérica. Y grita más impetuosamente que Carmina, hasta que la anciana dice:

—¡Basta! Váyase ahora mismo de mi casa.

Irina contesta que lo hará con mucho gusto.

Carmina se descompone en una butaca de la sala y al cabo de un rato oye que la rusa arrastra bolsas hacia el recibidor, abre la puerta del piso y la cierra de un portazo que hace temblar las copas de la vitrina.

26

Todavía está quitándose el mal sabor de boca que le ha dejado la trifulca con Irina. Tendrá que servirse una copita de Pedro Ximénez, que la muy bruja estos días no le ha dejado beber. O quizás las brujas son las sobrinas, que le debieron de decir que lo tenía prohibido.

Chasquea la lengua con indignación y se levanta para ir a la vitrina, pero, a mitad de camino, la detiene el timbre de la puerta. A ver si es Irina, se dice, con una mezcla de indignación y alivio.

Oye cómo se abre la puerta. Es Sebastián.

—Hola. ¿Estás sola? Venía a decirte si quieres venir a casa y vemos una película. Seguro que encontramos alguna que te apetezca. Así no estás sola hasta que vuelva Irina del fin de semana.

—Irina no volverá.

—¿Qué dices? ¿Y eso por qué?

—Porque la acabo de despedir.

Él la mira con conmiseración.

—¡Qué locura! ¿Qué dirán tus sobrinas?

—Mira, ahora no quiero pensar en ello.

—¿Pero no te das cuenta de que necesitas a alguien que se ocupe de ti?

—Ay, no me agobies, Sebastián. Mira, mañana por la tarde voy a ver la película y hablamos un rato. Pero ahora déjame, necesito descansar.

Descansar de todos vosotros, piensa Carmina.

—De acuerdo, de acuerdo, pero mañana hablamos, que creo que últimamente tienes muy mala cara y has adelgazado mucho.

—Eso: mañana. —Y piensa que, si está con él por la tarde, quizás se ahorrará la bronca de las sobrinas, que no la encontrarán en casa, suponiendo que se presenten porque Irina les haya dicho que la ha echado.

Cierra la puerta, se va a la sala y se sirve la copita de Pedro Ximénez.

La mira a contraluz.

—Hoy algo más que otros días. Es para compensar la abstinencia de la semana-Irina —le dice al pez mientras se sienta a su lado. Luego, brinda con el acuario—. ¡Por fin solos, Moby!

E, inmediatamente después de haberlo pensado, se arrepiente, sobre todo por el pobre Sebastián. Tan cariñoso, tan amable... Cómo se emocionó hace unos días, cuando le regaló la Legión de Honor. Lo consideró un detalle inmenso. Se le veía feliz. Pero, por otro lado, es tan poquita cosa, tan pusilánime...

Pone en marcha la grabadora.

Jueves, 10 de mayo de 1956

Moby Dick me recogió en la Junta de Obras del Puerto para ir a buscar el vestido. Llevaba una bolsa comercial que podía ser de una prenda de ropa, pero no me quiso decir qué era.

—Algo que me he comprado para mí. Ya lo verás. No seas fisgona.

Cuando llegamos, mamá ya estaba en casa. Se notaba porque olía a comida. Estaba preparando la cena para los Grunewald.

Cuando nos oyó, dijo:

—Un momento, tengo que enseñaros algo.

Y desapareció para reaparecer minutos después con el muñeco que ya tenía los brazos encajados.

—¡Mirad! Mañana por la tarde vendrán las niñas a buscarlo.

—Ya verás qué graciosas son —le dije a Moby Dick. Y, luego, a mamá, enseñándole la bolsa—: ¡Ya tengo el vestido!

Mamá aplaudió.

—Anda. Ve a probártelo, que quiero ver cómo te queda.

Me fui al dormitorio.

Cuando volví a la sala, vi que Moby Dick también se había cambiado de ropa.

—¡Qué guapas que estáis las dos! —dijo—. Estáis preciosas con esos vestidos. De verdad, parecéis dos actrices. Y tú, Moby Dick, qué chal tan bonito y qué bien queda con la falda que llevas y con el estampado de Carmina.

Era verdad. ¡Mi amada estaba sensacional! Llevaba una chaqueta blanca ajustada con un cinturón que la hacía más esbelta todavía, y una falda de tul azul marino con mucho vuelo, que le llegaba hasta media pantorrilla. ¡Y se había puesto unos zapatos de tacón!; un tacón delgado, pero no muy alto. Y la piedra azul que siempre llevaba colgada del cuello le iluminaba el rostro.

—A ver, andad un poco las dos para que os pueda ver bien.

Mientras nos movíamos despacio delante de ella, que nos miraba con ojos animados, le pregunté a Moby Dick:

—¿El traje, te lo has comprado hoy?

—¡No! La chaqueta y la falda me las traje de Francia por si las necesitaba para una ocasión formal. Lo que sí que me he comprado es el chal. En paseo de Gracia, en una tienda que se llama Gonzalo Comella —dijo acariciando el gran pañuelo de seda de un azul añil, que llevaba indolentemente colgado del hombro.

—¡Anda! No tienes mal gusto para la ropa, no —le dije. Y me acerqué a ella para comprobar que sí, que el azul añil del chal y el lila de mi traje casaban.

Mamá nos observaba embelesada hasta que, acompañándose de un suspiro, dijo:

—Qué lástima que no vayáis a la boda cada una con una pareja. Tú, Carmina, con el hijo de los Grunewald, y tú Moby... —se puso entre las dos—: A ti te habría buscado un acompañante.

—Si no sabes ni qué día regresan a Alsacia los Grunewald... Además, estamos a las mil maravillas así, ¿a que sí, Moby Dick?

Ella, detrás del hombro de mamá, me guiñó el ojo.

Y entonces pensé que, por mucho que lo intentara, nunca podría enamorarme de un hombre. Que mi historia de amor con Moby Dick había marcado mi camino amoroso y sexual. Lo sentí por mamá y sus planes de futuro, pero no podía hacer más.

—¡Ah! —dijo mamá como si acabara de recordar algo muy importante—. Cuando he ido a buscar el muñeco, el señor Müller me ha preguntado si iría a la boda. Le he dicho que no, que me representarías tú, Carmina. Y entonces me ha comentado que los Weber estarán allí.

Seguramente puse cara de extrañeza porque no recordaba quiénes eran los Weber.

—¡El anticuario! —especificaron las dos al unísono.

—Eso es porque se trata de la boda del año en la ciudad. Mirad —dijo mamá mientras se acercaba a la mesa baja para coger una revista que nunca había visto en casa—. He hecho una excepción y he comprado el *Hola* para enseñároslo.

Abrió la revista por un reportaje donde había fotografías de la familia de la novia y de la del novio. Y otras personas.

—¿Veis? El alcalde, don Antonio María Simarro. Y el concejal de deportes, Juan Antonio Samaranch, y su mujer, Bibis Salisachs. Y a este no lo conozco —dijo mientras pasaba páginas—. ¡Ah! Aquí pone que es Blas Piñar.

Me tapé la nariz.

—¡Vaya panda de franquistas asquerosos!

—Nena, calla. A ver si te va a oír alguien.

—¡Quién quieres que me oiga!

Mamá dejó la revista en la mesa.

—Anda, coge la pala del carbón y perfuma la casa, que huele a comida y me molesta mucho.

Le pedí a Moby Dick que fuera a buscar la botella de colonia al baño y, entretanto, yo calenté la pala de hierro al fuego. Mamá se volvió a poner a cocinar y me pidió que, después de perfumar, fuera a ayudarla, pero antes tenía que cambiarme, no fuera a estropear el vestido.

Anduve arriba y abajo de la casa rociando con colonia la pala al rojo vivo. Moby Dick me acompañaba y traspasábamos juntas el vaho perfumado mientras me contaba que estábamos de suerte.

—Esta boda será una gran oportunidad. Mi contacto me ha contado que Blas Piñar y Léon Degrelle tienen relación. Por lo visto, Blas Piñar lo admira mucho. Quién sabe si no nos puede llevar hasta mi objetivo.

Aún me sentí más feliz de haber aceptado la invitación y tuve el presentimiento de que aquello me permitiría entrar en el juego de espías de Moby Dick.

—Qué maravilla, ese olor a lavanda —dijo Moby Dick. Y me dio un beso rápido e incitante.

—¡Eh! —fingí que me quejaba.

Desde la cocina me llegó la voz de mamá:

—Carmina, hija, ¿puedes venir a ayudarme?

—Anda, va, que tienes que quedar como un buen partido ante el chico Grunewald.

Le saqué la lengua y me fui a cambiar. Después, entré en la cocina. Había optado por hacer las vieiras en ensalada con endibias y piñones tostados. De segundo, tenía dos supremas de lubina sobre un lecho de cebolla pochada para meterlas en el horno cuando nos sentáramos a la mesa.

—¿Y tú qué has previsto de postre?

—Requesón con miel.

—Hija, no te has esforzado mucho... —protestó.

—Sabía que te parecería poco digno de una chica en edad de merecer —dije riendo por debajo de la nariz y abriendo la puerta de la nevera—. ¡Mira!

Saqué una fiambrera —la que me llevaba a veces al despacho— con las trufas que había preparado yo misma el día anterior.

—¡Así me gusta! Anda, ve a poner la mesa.

Pasé por el dormitorio de Moby Dick. Estaba echada en la cama y se había puesto un camisón de seda rosa palo, con puntillas en el escote. Me la habría comido allí mismo.

—¿No quieres cenar con nosotros? —le pregunté, sorprendida.

—No, no. Me quedaré aquí leyendo. No quiero estropearte la velada romántica.

Hice un gesto de rechazo por la broma y añadí:

—Mamá se llevará un disgusto.

—Dile que tengo jaqueca...

27

Carmina se interrumpe porque oye el timbre.

—¿Quién será? —dice dirigiéndose al pez, que, en la inopia, nada entre las plantas.

En el rellano se encuentra a la trabajadora social. La que no es tan simpática.

—¿Se acuerda de mí?

—¡Por supuesto! La trabajadora social.

—Exacto. Buena memoria. ¿Y se acuerda de mi nombre?

—Creo que no me lo dijo.

La otra se echa a reír.

—Puede que tenga razón. Me llamo Concha. ¿Puedo pasar?

—¡Adelante!

La lleva hasta la sala y se sientan.

—Qué lugar tan agradable y qué luz entra, a pesar de ser invierno. ¿Y este pez?

A Carmina la hace feliz que Concha se interese por Moby. Estaba equivocada, se dice. Las primeras impresiones pueden engañar; esta mujer es afectuosa y atenta.

Le explica que es un pez besucón. Después se ponen a hablar abiertamente de su enfermedad. Carmina se siente aliviada, como si le hubieran quitado un tapón y pudiera verter todo lo que lleva adentro. Es la primera vez que, en casa y no en un ámbito hospitalario, puede desahogarse.

—¿No tiene nadie de la familia con quien hacerlo?

—Sí, sí. Dos sobrinas fantásticas, pero todavía no se lo he dicho.

—Pues tendría que hacerlo.

—Tengo previsto decírselo después de Navidad. No quiero aguarles las fiestas.

Concha compone una sonrisa cálida y cómplice.

—Lo entiendo. Pero, después de fiestas, tiene que contárselo. ¿Prometido? Aunque es doloroso, hablarlo con la familia siempre ayuda.

Carmina dice que sí, que tiene ganas de confesárselo a las sobrinas, de poder llorar todas juntas, de planificar bien el final.

Y entonces, no sabe cómo, está llorando. No contenidamente, sino con tantas ganas que le parece que no podrá parar nunca. No solo llora, también gime y chilla, con unos alaridos y unos sollozos que ignoraba que tenía en el pecho. Entretanto, Concha no intenta consolarla ni pedirle que deje de llorar, solo la coge de la mano y la acaricia con ternura. Carmina se lo agradece.

Muchas lágrimas más tarde, la mesa baja está cubierta de pañuelos de papel mojados, que Carmina no sabe de dónde han salido. Debe de habérselos ofrecido Concha. Mira esos pañuelos estrujados y asquerosos, y piensa que ahí debe de haber ido a parar la molestia que hacía días le pesaba en el pecho. Ahora no la siente dentro, como una carcoma.

Suspira con intensidad.

—¿Mejor? —pregunta la trabajadora social.

—Mucho mejor. Me ha sentado bien la llorera.

—De aquí a unos días tendrá que hacer lo mismo con sus sobrinas.

Carmina asiente.

Después, continúan hablando un buen rato todavía, de síntomas y de estrategias para evitar los más molestos.

—Ahora, me gustaría ver el piso.

Concha se estremece cuando descubre que, en el baño, tiene una bañera y no una ducha.

—¿Cómo lo hace para pasar de fuera adentro, y viceversa? —pregunta con una incredulidad en la voz que deja claro que no la ve capaz de hacerlo.

—Hace tiempo que no me baño —Carmina obvia los cinco días que lo hizo asistida por Irina—. Me lavo con esponjas de las que se usan en los hospitales. ¿Ve? Con estas.

Concha mueve la cabeza con disgusto.

—Habría que cambiar la bañera por una ducha.

—¡¿Obras?! —exclama Carmina con voz horrorizada—. ¡Ni hablar!

—Tiene razón. No es el momento. Pero quizás necesitaría a alguien que la ayudara con la higiene diaria.

Ya estamos, piensa ella. Otra que me considera poco autónoma.

Después, revisan la cocina.

—¿Tiene cuidado con el fuego? —le pregunta.

—¡Claro! —responde Carmina con un aplomo que llegaría a engañar al médico del rellano.

—¿Y la compra? ¿Quién se encarga de ir a comprar? —pregunta mientras abre y cierra la nevera y los armarios.

—Yo. Al menos hasta ahora… —responde, con la certeza de que, en este sentido, el tiempo también se le agota.

—Llegará un momento en el que ya no será posible porque no podrá con el peso o porque ni siquiera podrá salir de casa.

Un escalofrío eléctrico recorre la columna de Carmina, porque el juicio de la profesional confirma sus sospechas.

Mientras pasan al dormitorio, Concha le dice que, si quiere, le puede mandar a alguien para echarle una mano tres días a la semana. Ella le responde que cuando crea que lo necesita se lo hará saber.

—Nos veremos cada semana, Carmina, porque cada martes o miércoles por la mañana pasaré para saber cómo va. Pero, además —saca una tarjeta del monedero y se la alarga—, aquí tiene mi número de móvil. Para cualquier cosa… Y también se lo puede dar a sus sobrinas. Me gustaría mucho que se pusieran en contacto conmigo.

—Pero usted no les diría nada de mi cáncer de páncreas, ¿verdad?

—Claro que no. Eso es cosa suya. Nunca rompería el secreto profesional. Solo quiero hablar de las cuestiones de orden práctico en relación con su edad y capacidad.

Se despiden.

Carmina vuelve a la sala con la tarjeta en la mano. Delante del acuario, la rompe en cuatro trozos.

—Esto es lo que pienso de la tarjeta, Moby. Nadie me entiende. Todo el mundo me ve como una incapaz.

Se sienta en la butaca. Y, de pronto, se siente abrumada por la idea de morirse. Ahora mismo gritaría que no quiere, que no quiere, ¡que le gusta mucho vivir!

No emite ni un sonido, pero tiembla con violencia. Siente rabia. Mucha. Y tiene unos celos venenosos de todas las personas que todavía estarán allí cuando ella ya no esté. Le parece inaceptable que el mundo pueda continuar girando cuando ella ya no lo habite. Cierra los ojos y respira hondo. Trata de tapar todos los agujeros por donde se le escapa esa envidia que ni siquiera sabía que anidaba en su pecho. Poco a poco, se serena y se queda adormilada.

Sueña que las niñas son pequeñas. Las ve jugando a recortar y vestir muñecas de papel. Se despierta cuando todavía tiene las imágenes frescas en la mente. Qué bonitas y qué espabiladas… Se acuerda de la vez, cuando eran adolescentes, en la que se las llevó a París. Fue un viaje espléndido durante el que se sintieron libres y felices. Se da cuenta de que ya no experimenta celos sino un gran bienestar que le envuelve el cuerpo y la mente. Casi podría decir que se siente feliz. Mejor. Se va a morir lo quiera o no, pues, como mínimo, quiere hacerlo con un sentimiento agradable y no con una furia tóxica.

Entra en la cocina y tira los trozos de la tarjeta a la basura. Luego, rebana pan, lo unta con aceite de oliva y lo sala un poco. Corta un trozo de queso fresco y elige dos mandarinas. Y se sienta a la mesa de madera para comérselo muy despacio, tratando de masticarlo hasta convertirlo en trozos diminutos para que no le siente mal. De vez en cuando, echa un vistazo a los fogones y piensa, ¡maldita sea!, con lo que le ha gustado siempre cocinar, y ahora mira…

Cuando termina, se estira un rato en la cama y se queda dormida. Al despertarse, piensa que tiene que ir a comprar más pan, más jamón cocido, más queso fresco, más fruta y más té.

Se va al armario de la ropa de la casa. Está más vacío que normalmente porque le dio toallas, sábanas y manteles a Irina. Para ella se ha quedado algún juego y ha conservado también el paquete del estante superior. Es el del ajuar que le preparó Jerónima cuando todavía se imaginaba que un día se casaría: toallas de hilo y de rizo, sábanas enormes, juegos de manteles y servilletas de diario y de fiesta… ¡Pobre Jerónima! Nunca quiso acabar de creer que no le gustaban los hombres y que no se casaría. Cuando fue consciente de que Moby Dick y ella tenían una relación sentimental, lo encajó bastante bien. Sin embargo, terminada la historia, se resistía a admitir que la atracción de su hija hacia las mujeres fuera permanente. La recuerda suspirando con gesto teatral cada vez que lavaba el ajuar, que era cada cinco años. Mientras se secaba, decía: «¡Lástima de toallas, manteles y sábanas! ¿Estás segura de que no querrás casarte nunca?». Las últimas veces ella ya no respondía. O aquella vez en que, después de pasar el domingo al mediodía comiendo con Sebastián y cuando él ya se había ido, le soltó que el vecino podría ser un marido ideal. Cree que la mirada que le lanzó fue suficiente para que no insistiera nunca más. Pero, al margen de esas ocasiones, no tenía por costumbre entrometerse en su vida.

Tiene el ajuar envuelto con papel de seda blanco para que no se ensucie. Confía en que las niñas se enamoren de él y se lo queden cuando vacíen el piso.

Busca entre los sobres del dinero el de la comida. Lo abre y está vacío. ¡Caramba! Si cree que había un billete de veinte y uno de diez… ¡Otra vez han entrado en casa! ¿O quizás esta vez ha sido Irina, antes de irse?

El timbre la saca de sus pensamientos.

¿Y ahora quién será? Hoy no parece que me quieran dejar en paz, rezonga.

Con aire asqueado abre la puerta y se encuentra cara a cara con las coreutas, que parecen estar poseídas por las Erinias.

—¡¡¿Por qué?!! —gritan.

Las hace pasar a la sala sin decir nada, con gesto desganado, a pesar de que, ahora mismo, les soltaría: largaos con viento fresco.

Cuando se han sentado las tres, las sobrinas parecen algo más contenidas. Hablan en un tono aceptable y no enseñan los dientes.

—¿Por qué no nos dijiste que le habías dicho a Irina que se fuera?

Se encoge de hombros. Le gustaría decirles: para tener unos días de soledad, de vacaciones… Pero dice:

—Creía que os avisaría ella.

—Hasta hoy, no lo ha hecho.

Pues estos días se los tengo que agradecer a Irina, piensa.

—¿Y por qué? ¿Por qué la echaste?

—Porque era una lapa. Todo el día la tenía pegada a mí. No me dejaba hacer nada, me mandaba, me hacía comer cosas que no me gustaban y… y encima me cogía dinero.

—No te dejaba ni un momento porque era su obligación estar por ti. Y lo del dinero, te lo estás inventando.

—¡No me lo invento! Me han desaparecido trescientos euros…

—¿Trescientos? ¿Y por qué tenías tanto dinero en casa?

—¡Ah, no! calla, que eran treinta… Ahora no sé si treinta o trescientos. Pero que me los han robado es seguro.

Las coreutas se miran con las cejas arqueadas.

No se lo tragan.

—No ves que te haces un lío con las cantidades… —le echan en cara.

Tienen razón, pero eso no quita que ella también la tenga: alguien le quita dinero.

—Nunca te has acostumbrado al cambio de moneda. ¡Y eso que ya hace veinte años que no tenemos pesetas!

Tiene que admitir que también tienen razón. Se hace mucho lío con las pesetas y los euros.

—Seguro que subes a un taxi, el trayecto te cuesta ocho euros, le das al taxista un billete de veinte y le dices que se quede el cambio. Te parece que veinte euros son más o menos veinte pesetas.

Pues sí. Y pese a todo…

—Vosotras no queréis creerme, pero os repito que alguien entra en casa y me coge dinero.

Las sobrinas hacen como si oyeran llover. Y atacan otro tema. ¡El tema!

—Hemos venido a decirte que hemos encontrado a otra persona que se puede ocupar de ti.

—¡No quiero a nadie! ¿Tanto os cuesta entenderlo? Quiero vivir so-la —y recalca bien cada sílaba—. Soy perfectamente capaz de hacerlo. El día que no pueda, os lo notificaré.

—¿Es tu última palabra?

—Sí.

—Pues, tú misma. Si eso es lo que quieres, eso es lo que tendrás. Pero, que te quede claro que, a nosotras, no hace falta que nos pidas ayuda. Vendremos a visitarte y ya está. No resolveremos ningún lío ni ningún problema ni ninguna caída.

—Me parece muy bien.

Y así se despiden.

28

Durante un rato se siente victoriosa. Incluso nota cosquillas en el estómago, una excitación que hace mucho que no sentía.

—¡He ganado la batalla de la autonomía, Moby!

Tiene energía, tanta que puede ponerse a grabar.

—Manos a la obra, Moby.

Sábado, 12 de mayo de 1956

Me desperté con un nudo en la garganta. La tarde anterior habíamos tenido a las niñas, y mamá se las había llevado a casa de Sebastián a buscar muñecas recortables. Moby Dick y yo nos habíamos quedado en la sala y, aprovechando que estábamos solas, nos besamos y tocamos y perdimos la cabeza. Tanto que no oímos la puerta y, cuando nos dimos cuenta, teníamos a mamá en la sala, y las niñas y Sebastián que la seguían.

No sabía si Sebastián había podido ver el beso, pero mamá había quedado claro que sí, a pesar de que recompuso la expresión inmediatamente y dio una palmada mientras decía:

—Todo el mundo al comedor, que merendamos chocolate caliente con picatostes.

Moby Dick y yo nos levantamos parsimoniosamente, para poder recuperar el aliento.

—Tranquila —me dijo ella—. Cuando se vayan las niñas, vemos como se lo justificamos.

Quizás tenía razón. Más nos valía ahora disimular y, luego, ya hablaría con ella. A pesar de que yo me sentía tensa, como si me hubiera tragado un tenedor, tomamos la merienda-cena de bastante buen humor y como si no hubiera pasado nada fuera de lo normal. Yo, de vez en cuando, miraba a mamá de reojo, pero ella no me hacía mucho caso. Ni caso, diría. Y no pude aclarar nada porque esa noche, en cuanto las niñas se hubieron ido, ella se fue a acostar.

—¿Tan pronto? —le dije.

—Sí, nena —dijo sin mirarme y frotándose la frente—. Me duele mucho la cabeza. Tengo que descansar.

—Pues que pases una buena noche.

—Lo intentaré —respondió con una voz de ultratumba que me removió el estómago. Ese tono era una invectiva hacia mí. Quizás también hacia Moby Dick.

A pesar de que su temprana deserción me había parecido sospechosa, nos fue de perlas a Moby Dick y a mí, ya que pudimos terminar lo que habíamos empezado un rato antes.

Pero, ahora, sudando de angustia, dando vueltas en la cama y decidiendo si me levantaba y me enfrentaba a mi madre y sus más que probables reproches, se me comían los nervios.

—Buenos días —me dijo mamá desde la mesa del comedor, donde estaba desayunando con Moby Dick. Se la veía triste y con unas ojeras que le llegaban a los pies, no sabía si causadas por el supuesto dolor de cabeza de la noche anterior o por los dolores de cabeza que le ocasionaba yo.

—Ahora vuelvo —dije. Y me fui al baño.

Mientras me lavaba los dientes me pregunté qué pasaría, qué me diría y si había alguna manera de que, como siempre había hecho, respetara mis decisiones por locas que le parecieran.

—¿Un poco de café? —me preguntó Moby Dick cuando me senté a la mesa.

Dije que sí y miré a mamá, que se untaba una tostada con mantequilla con mucha concentración. Supo que la miraba y levantó los ojos. Le dirigí una sonrisa amplia y ella me devolvió una sonrisa nublada. Pero, entonces, me cogió de la mano, la apretó y me volvió a sonreír, ahora de una manera alegre y franca, como si hubiera hecho el esfuerzo de digerir la noticia.

—Por cierto —dijo—. Los Grunewald han llamado para invitarnos a cenar esta noche.

Por un momento, pensé que quizás estaba interpretándolo todo a mi manera y mamá estaba en la inopia o quería estarlo. La anterior cena con los Grunewald había sido muy agradable. Era gente con una conversación sugestiva, buenos modales y un interés posiblemente genuino hacia nosotras. Dominique, el hijo, era lo que se podía calificar como un hombre interesante. Alto, de hombros anchos, cabello rubio y ondulado, un rostro atractivo sin que fuera de una belleza de dejarte sin respiración. Me gustó cómo iba vestido, cómo movía las manos, cómo respetaba mis opiniones y mis silencios. Y también que fuera un melómano sin remedio, dispuesto a ir a oír conciertos por las principales ciudades de Europa. En definitiva, era un hombre tentador, pero a mí no me tentaban los hombres. No podía hacer nada al respecto.

Mamá me volvió a sonreír y añadió:

—Les he dicho que iré yo sola. Espero que te parezca bien.

Le devolví la sonrisa con un movimiento de cabeza afirmativo. Me pareció que así cerrábamos para siempre mi futuro matrimonial, a pesar de que más adelante comprobaría que no.

—Por cierto —añadió, después de terminarse la tostada—. También he entendido a quién se refería Antonia con sus predicciones.

Si no había quedado bastante claro que admitía mi relación con nuestra invitada, ese «también» acababa de hacerlo diáfano.

—Verás, durante el fin de semana —explicó volviéndose hacia Moby Dick—, cuando tú no estabas, fuimos a ver a la portera, Antonia, que es vidente.

Moby Dick me miró con ojos alarmados.

—Fuiste tú —quise aclarar—. Yo me limité a acompañarte. No creo en esas tonterías.

—Tonterías, tonterías… No empecemos otra vez. Tú eres una descreída y yo, no.

Mamá le contó a Moby Dick la visión de Antonia: una mujer extranjera que llegaba cargada de dinero y le permitía liquidar la deuda con Casamitjana, el hombre que le había hecho un préstamo. Obvió que la primera mujer que le había encajado en esa descripción había sido la señora Grunewald.

—Y, claro, ahora he entendido que esa mujer eres tú, Moby Dick.

Me sentí tan avergonzada que habría querido esconderme debajo de la mesa. Qué cabeza hueca podía ser, a veces, mamá, con sus creencias en visiones, el más allá y la ayuda de los ángeles…

—¡¿Yo?! Pero si no tengo dinero —protestó Moby Dick—. Lo único que tengo es lo que me dieron para llevar a cabo la misión, y cada vez me queda menos.

—Lástima —suspiró—. Habría sido una gran jugada.

—Créeme, daría cualquier cosa por tenerlo y podértelo ofrecer.

Por la tarde, Moby Dick y yo salimos a comprar un recuerdo. Ella sabía qué quería para mí: una novela de una autora francesa.

—Pues tenemos que ir al paseo de Gracia. A la librería francesa.

Allí encontramos el libro que buscaba: *Ravages*, de una tal Violette Leduc, editado por Gallimard en 1955.

—«Estragos» —dije traduciendo el título—. ¡Tú sí que has hecho estragos en mi corazón! ¿Lo has leído?

—Claro. Es la historia de una mujer liberada. De una mujer que no hace caso de los clichés que la sociedad nos ha querido endilgar. Una mujer que actúa con total libertad sin preocuparse del qué dirán.

Sonreí.

—Parece que me hables de ti.

—Quién sabe...

No entendí bien a qué se refería pero no traté de aclararlo porque tenía prisa por llevármela a La Rambla. Quería comprarle un colgante en el Regulador. Sabía perfectamente cuál; lo había visto un día que subí por La Rambla y me paré delante del escaparate de la joyería. Era bonito y no lo encontré caro. O, al menos, tendría que decir que no lo encontré estratosféricamente caro. Y me moría por vérselo colgado del cuello.

—No, todavía no te lo doy —dijo cogiéndome el libro de entre las manos—, antes quiero dedicártelo. Luego, cuando nos sentemos a tomar algo, lo hago.

Bajamos por paseo de Gracia y, a la altura de Gran Vía, giramos para ir a encontrar la Rambla de Cataluña. Por Gran Vía circulaban algunos coches más que por el paseo de Gracia. Por delante nos pasaron dos Seat 1400 negros, como el de mi hermana y su marido, pero no fueron los coches los que nos detuvieron, sino un carro tirado por un caballo, acompañado de un hombre que andaba junto al animal y que soltaba la típica cantilena persistente de los traperos.

—Pero ¡¿qué hace?! ¡Por poco se nos lleva por delante!

—¡Anda ya, no seas exagerada! —me reí, porque el hombre y la bestia iban al mismo paso cansado y desprovisto de peligro—. El trapero no tiene ninguna intención de confundirnos con trastos viejos.

Las dos nos moríamos de risa, con una energía que sobrepasaba la alegría y que más bien pretendía disimular la emoción y la nostalgia anticipada que nos provocaban los regalos.

Cogidas con fuerza de la mano, como si no quisiéramos perdernos la una a la otra, cruzamos la plaza Cataluña por un lateral y bajamos por La Rambla hasta llegar a la esquina con la calle del Carme, justo donde empezaba La Rambla de las Flores.

—¡Qué edificio! Parece un pastel demasiado ornamentado —se burló Moby Dick, seguramente como otra manera de rebajar la emoción del momento.

Esa esquina con puertas coronadas por arcos de medio punto, como las de los monasterios románicos, con piedra que revestía las paredes, con columnas jónicas en el primer piso, formaba parte de mi paisaje habitual y nunca me había planteado si era una delicia estética o una chapuza.

—Esta es una ciudad de grandes contrastes —dijo Moby Dick—. Palacetes ostentosos y a menudo bonitos, junto a carros tirados por caballos y mucha porquería por todas partes.

Era así. No podía rebatirlo.

Como las dos mujeres adineradas que no éramos, entramos en el Regulador, y le señalé el colgante que quería para ella. Era una joya de oro blanco muy discreta. Representaba un lazo, cuyas puntas se unían para formar una circunferencia. En la parte del nudo se alojaba un pequeño brillante.

—¡Estás loca! —dijo mirando la joya que nos mostraban sobre un cojín de terciopelo granate desde el otro lado de la mesa-mostrador donde estábamos sentadas. La cogió con delicadeza y se la colocó en la cadena que siempre llevaba al cuello después de quitar la piedra azul.

—No estoy loca. Es que quiero que no me olvides nunca.

Entonces, hice un gesto al vendedor porque quería ver una cadena de oro blanco.

Ella me paró con determinación:

—Mi cadena es de plata, pero sirve.

Los ojos le brillaban tanto como la gema del lazo. Y yo me sentía feliz por haber invertido en ese regalo parte del dinero que había ahorrado para ir a Londres. Ya ahorraría más para mi formación inglesa…, suponiendo que los líos financieros de mamá me lo permitieran.

Salimos del Regulador en un estado de gracia tal que no sentíamos el suelo bajo nuestros pies. Nos juramos amor eterno, lo que las dos sabíamos era solo una manera de decir que el recuerdo de estos días lo sería. Nos paramos en la esquina con Canuda, en el Café de La Rambla y nos tomamos un chocolate caliente.

Sobre la mesa de mármol me dedicó el libro: *A mi amor más breve, pero también el más intenso. Moby Dick. 12 de mayo de 1956.*

Nos cogimos con fuerza de las manos y nos miramos, las dos con los ojos húmedos.

Entonces, atacamos el chocolate antes de que se enfriara. Y con la bebida nos tragamos también la turbación y ya volvimos a ser las de siempre: con los pies bien enraizados en la vida.

—Vamos —le dije—. Aprovechemos que se va a cenar afuera.

Cuando llegamos a casa, guardé el libro en el cajón de la mesilla de noche y fui a la habitación de mamá, que se estaba arreglando.

—Al menos, ya que voy sin ti, que me vean guapa —me dijo, guiñándome el ojo. Y luego se miró en el espejo del armario, por delante y de lado—. No está mal, ¿no?

—Estás estupenda, como siempre —le dije. Y me eché a su cuello para llenarla de besos.

—¡Cuidado! ¡Me despeinas! Y han llamado, ve a abrir.

Era Sebastián, que se quedó mustio cuando supo que Moby Dick estaba en casa.

—Pensaba que estabas sola el fin de semana y que te apetecería que fuéramos al cine. Ponen *El motín del Caine.*

—No, este fin de semana no puedo. —Y como me dio lástima, lo invité a pasar.

—Solo diez minutos —dijo—. Si no, no llegaré a la sesión.

Fuimos a la sala, pero no pudimos enhebrar ninguna conversación porque Moby Dick apareció y se sentó con nosotros.

—¿Que tal, Sebastián?

—Bien. ¿Y usted?

—Muy bien.

Los tres estábamos un poco rígidos, sin saber qué decir. Fui consciente de que no había sido una buena idea invitarlo a entrar.

De repente él se aclaró la garganta y le soltó a Moby Dick:

—¿Se quedará muchos días en Barcelona?

—Todavía no lo tengo decidido. Tengo que terminar un trabajo y no estoy segura del tiempo que me llevará. Espero que poco.

—Pero debe de tener familia que la espera en Francia, ¿no? —Sebastián estaba tan insistente que me entraron ganas de echarlo—. ¿No está casada?

—¡No! —dijo Moby Dick—. Soy libre de hacer lo que quiera.

Él hizo una mueca breve pero significativa. No le parecía bien tanta libertad en una mujer. Yo lo sabía.

—¿Y cuál es ese trabajo que ha venido a hacer aquí?

—He venido a buscar un objeto que me ha encargado un amigo que encuentre —respondió Moby Dick, visiblemente molesta.

Me levanté para cortar la conversación:

—Sebastián, llegarás tarde a la sesión de cine.

—¡Tienes razón! Ya me voy —dijo. Y luego levantó la mano para despedirse de Moby Dick.

Lo acompañé hasta la puerta. Y volví enseguida a la sala.

Moby Dick tenía la cara desencajada, como si la hubiera dibujado un pintor cubista.

—Ese hombre sospecha algo…

—¡Anda ya! No veas cosas raras. Pobre, lo único que quiere es que te vayas para volver a nuestra vida de siempre y poder ir al cine conmigo.

—No lo sé. Me ha dejado mal sabor de boca. ¿Y si alguien ha contactado con él y lo ha puesto sobre aviso?

—¿Sebastián? Pero qué dices… Si es un alma de cántaro.

—Pues a mí me da miedo. Vete tú a saber si no está compinchado con Degrelle.

La miré con una sonrisa burlona, convencida de que me tomaba el pelo. Pero, para mi sorpresa, lo decía con total seriedad.

—Adiós, chicas —dijo mamá desde la puerta—. Me voy, que al final llegaré tarde. Pasadlo bien.

Eso pensaba hacer yo, a pesar de que, cuando me llevé a Moby Dick a la habitación, me costó un rato borrarle el estado de ánimo que le había dejado la conversación con Sebastián.

—Va, mujer —le dije mientras le desabrochaba la blusa—, que lo estás sacando todo de quicio.

Le acaricié los pechos y se relajó. Pero, un instante después, me retiró las manos.

—Necesito un papel y un bolígrafo —me dijo con urgencia.

Le ofrecí un Bic y mi bloc de notas.

Apuntó un número.

—Si me pasara algo, llama a este teléfono. Ellos sabrán qué hacer.

Y, después de eso, las dos supimos también lo que teníamos que hacer.

—Moby, ¿sabes?, grabar este testamento me produce un gran bienestar. Como cuando me harté de llorar delante de Concha. O como si estuviera oyendo los conciertos de violonchelo de Bach. Notas graves, aterciopeladas, de una belleza que me ponen la piel de gallina y, a la vez, me inundan de paz. Eso es lo que representa para mí la música. Bueno, según qué música, tú ya me entiendes, porque el «despacito» de Irina solo me ponía de mal humor. Música como *Libiamo, libiamo ne'lieti calici* de *La Traviata* o *Signore ascolta* de *Turandot* o el laúd de John Dowland… Y lo mismo te digo de la lectura. Siempre he pensado: ¡qué suerte tener libros y poderlos leer! Tú, Moby, no tienes este recurso. Claro que probablemente no lo necesitas. ¿Lo pasas mal, solito, en este acuario? Espero que no. Espero que tu sistema nervioso sea muy elemental y que no tengas emociones, ni buenas, ni malas. Así no echarás de menos los libros. A mí, me han salvado también de los momentos malos. Leer es irme a otro mundo y olvidarme del mío. Loca de amor y celos me tiro a las vías del tren con Anna Karénina o me sumerjo en el monólogo interior de Clarissa Dalloway mientras prepara su fiesta o soy la institutriz Jane Eyre y me enamoro del señor Rochester… Y, ahora, durante la enfermedad, grabar, escuchar música y leer me permiten mantener a raya el dolor y la angustia por el final que se acerca. Y, hablando de leer…

Se va al cuarto de al lado, abre el *secrétaire*, tira del cajón secreto y saca la novela *Ravages*. Aprovechará para leer algunos fragmentos.

Vuelve a la sala y abre el libro. Entre las páginas, está doblada la carta de despedida de Moby Dick que tanto la hizo llorar cuando la encontró en el cajón de su mesilla de noche. La quiere releer porque ahora esas palabras no le causan el dolor que le provocaron cuando tenía veinticuatro años.

Se pone cómoda y va reviviendo, gracias al lenguaje penetrante y a las metáforas sugerentes, la pasión de aquellos días de 1956. Se detiene y sonríe. No dejaron ni un rincón de sus cuerpos por explorar. Debe reconocer que Moby Dick le marcó un camino en la manera de entender las relaciones sexuales. Hay gestos, posturas, que no ha podido, ni querido, olvidar.

Entonces, lee el último párrafo, el que cuando tenía veinticuatro años le pareció de una crueldad extrema: *Carmina, preciosa, será difícil olvidar estos días. Han sido de una intensidad que quizás no había vivido nunca. Tu cuerpo ha sido una fruta que he podido morder con glotonería. Me llevo el olor en los dedos, y el tacto de tu pubis en la lengua, y la vibración intensa de tus orgasmos en el cerebro. Nuestra relación ha sido un regalo de la vida. A partir de ahora, sin embargo, no me busques. No nos conviene a ninguna de las dos. A ti, no, porque —ahora no te debe de parecer posible, pero lo será— me olvidarás, te casarás y tendrás criaturas y yo seré solo un recuerdo brillante, que guardarás en una cajita de terciopelo y que, quizás, de vez en cuando mirarás cuando estés sola y tal vez un poco aburrida de tu vida convencional, pero en general satisfactoria. Y a mí, tampoco me conviene en absoluto. Soy mucho mayor que tú y no me sería fácil la vida si tuviera que arrastrar…* —¡Arrastrar! —masculla. Este verbo aún ahora le provoca un cataclismo de emociones. «Arrastrar», como si fuera un fardo, un estorbo. Habría podido encontrar otra forma de expresarlo.

Y continúa leyendo: *si tuviera que arrastrar a una chica joven como tú. Lo mejor para las dos es que podamos recuperar nuestra libertad.*

No, ahora ya no le duele como entonces; y piensa que la historia no podría haber tenido otro final.

29

Ha metido toda la ropa sucia en el tambor de la lavadora. Tiene suerte de que hayan inventado esas toallitas que impiden que los tejidos se destiñan. Así puede resolver la colada con un único lavado. Mientras espera a que termine el programa, decide limpiar el baño. Les dijo a las sobrinas que no necesitaba a nadie y se lo demostrará.

Cuando acaba de adecentarlo, está sin fuerzas. Se le han agotado las fuerzas. No le quedan ya ni para tender la ropa. Sabe que se le arrugará si la deja mucho rato en el tambor y que, luego, por mucho que la sacuda, las arrugas quedarán marcadas, pero le es imposible hacer un esfuerzo.

Tal como está, vestida y peinada, se acuesta en la cama. Tiene la impresión de ser un aparato que funciona con batería… Como el móvil; ¡eso es! Y la batería se le agota enseguida. Como le pasaba al móvil antiguo, que las niñas le hicieron cambiar porque le dijeron que ya no funcionaba bien, que estaba viejo, y por eso se descargaba enseguida.

Como ella. A ella también le falla la batería. Y llegará un día en el que se consumirá por completo. Como a tantos antes que a ella. Su amiga Esperanza es la última a quien ha visto agonizar. Pobrecita, se murió con siete tumores en el cerebro y metástasis en los huesos, pero convencida de que solo tenía una artrosis de campeonato. La tarde que Carmina fue a despedirse de ella, la última frase que le dijo fue: «Mañana te llamaré». Y esa misma madrugada se murió.

O su hermana, Martina, que murió hace dos años de una neumonía. Las tenía a menudo y por lo visto era porque, cuando comía, algunas partículas le iban a los pulmones y le provocaban una infección. El último mes lo pasó tomando solo alimentos blandos. Ni siquiera podía beber agua; tenía que tomarla diluida en una emulsión gelatinosa. Pese a todo, volvió a tener una infección, y aquella fue la última, pero ella era muy consciente de lo que pasaba y pudo despedirse de toda la familia. Y murió feliz de ver cuánto la querían.

Y su cuñado, Pascual, que ya lleva más de veinte años enterrado. Lo suyo fue un infarto fulminante. Ese sí que no tuvo tiempo de despedirse de nadie ni de ordenar sus asuntos.

Y Jerónima, que hace todavía mucho más que murió. En casa, cuidada por sus hijas.

Carmina está agradecida a la vida. En primer lugar, por haberla podido vivir a su manera. Y, en segundo lugar, por haber tenido un tiempo muerto —anda que elegir esa palabra para describirlo, se dice— para organizarse.

Suspira. Es menos duro irse, se dice, cuando tanta gente se ha ido antes. No es que Carmina piense que la estarán esperando al otro lado para hacerle el camino más agradable. No. Entiende que la conciencia se acaba cuando se apaga el cerebro. Y pese a todo, su panorama vital ha cambiado de tal manera sin estas personas de tanto peso en su vida que eso le facilita el tránsito. Como si la retuvieran menos vínculos. Solo las niñas y Sebastián.

¡Ay, las niñas! Carmina se siente mal. Tiene escalofríos. Nota una sensación rara: como si el cuerpo no le acabara de encajar en la piel. Es la bronca que tuvieron, claro. En parte, se siente aliviada: puede hacer lo que quiera; se han desentendido de ella. Sin embargo, nota también una marea de tristeza que amenaza con inundarla.

Se levanta. Se lava la cara y se peina un poco. Y, antes de que le dé tiempo de ir a la galería a vaciar la lavadora, llaman y oye que la puerta se abre.

Es Sebastián.

—¿Te acuerdas de que esta tarde hemos quedado en casa?

—Claro que sí. Crees que chocheo, como piensan mis sobrinas...

—¡Qué va! ¿Por qué lo dices?

—Ven, mientras tiendo la ropa, te contaré lo que me pasó ayer.

Él no solo la acompaña hasta el tendedero, sino que le va dando cada prenda después de sacudirla con firmeza para tratar de quitarle las arrugas. Se nota que hace años que vive solo y sabe hacer las tareas del hogar.

—Así que os habéis peleado... —dice después de escucharla sin abrir la boca.

—Sí. Y ahora estoy fastidiada. Las echo de menos.

—¡Bah! No les durará mucho. Ya verás como dentro de una semana, o menos, estará todo resuelto.

—¿Y mientras? Anda que si me caigo o si tengo otro problema...

—¡¿Para qué estamos los amigos, Carmina?! Sí, ya lo sé, no confías en mis fuerzas. Pero entre Candela y yo... Porque ya sabes que la portera te aprecia mucho y te ayudará en cualquier trance.

Han acabado de tender y se van a la sala.

Antes de sentarse, él coge el libro que hay sobre la mesita baja.

—*Ravages* —lee. Y alza una ceja con los ojos concentrados en alguna parte de su cerebro. Como si buscara un recuerdo.

Ella le toma el libro de las manos con cierta brusquedad, antes de que tenga tiempo de ver ni la dedicatoria ni la carta.

Se sienta en la butaca y se pone el volumen detrás de la espalda, con la intención de protegerlo.

—Ese libro tiene muchos años —dice él.

—Muchos, muchos —dice ella. Y cambia de tema—: ¿Has visto que vivaracho está mi pez besucón?

—Como siempre.

—¿Querrías ocuparte de él si a mí me pasara algo?

—Ay, calla, mujer. No seas pájaro de mal agüero. No va a pasarte nada… —Le ve el gesto serio de la cara y añade—: Pero si te quedas más tranquila ya te digo que sí, que puedes contar conmigo para que sea su padre adoptivo.

El ofrecimiento de su amigo es balsámico. Le da las gracias con un movimiento de cabeza. Y los rizos le brincan.

—¿Quieres tomar algo? —le pregunta.

—¿Me propones un aperitivo? Pues mira, sí, siempre que tú me acompañes, porque creo que estás adelgazando mucho.

—Es que he estado haciendo dieta porque las faldas no me abrochaban.

—Mujer, ahora quizás se te caen.

Ella ríe con poca convicción y le dice que no se mueva, que le va a buscar una cerveza y unos dados de queso.

Mientras prepara el aperitivo piensa que sin falta mañana irá a ver al doctor Rovira. Necesita que le recete algo para el apetito, algo que la ayude a comer más porque Sebastián tiene razón, ha adelgazado muchísimo; está escuálida. Y esa delgadez hace que la batería le dure menos, se dice.

Al día siguiente, no se ve con ánimos de ir en autobús al dispensario del puerto. Coge un taxi y, aun así, llega exhausta. El doctor Rovira le dice «estás cansada» no como una pregunta sino constatando una evidencia.

—Me temo que venir hasta aquí es una excursión que ya no puedo permitirme.

El doctor Rovira hace un gesto contenido de aquiescencia. Luego, le receta proteínas bebidas.

—Se toman sin hambre y te ayudarán a no perder musculatura y a estar más fuerte.

Cuando ya se despiden, en la puerta, Carmina nota que él duda.

—¿Pasa algo?

—No sabía si decírtelo o no, pero, mira, te lo digo. Vinieron a verme tus sobrinas para contarme que no te veían capaz de vivir sola.

Carmina se pone en tensión.

—¿Y tú qué dijiste?

—Que eres perfectamente capaz y me negué a hacerles el informe que me pedían.

—¿Un informe?

—Nada… No merece la pena que pienses en ello. Querían un informe que dijera que estás perdiendo autonomía.

Carmina suelta una exclamación que no se acaba de entender.

—Pero, Carmina, eso sí, ya te lo dije, tienes que ponerte en contacto con el equipo del hospital para que te active el PADES, y que te visiten en casa.

—Ya lo he hecho.

—Bien.

En el último momento, antes de salir, ella deja de lado los formalismos y le da un abrazo, y el doctor Rovira la abraza también.

Los dos intuyen que no se volverán a ver.

30

—Trece de diciembre. Tres días, Moby, tres días han pasado desde que discutimos, y las niñas todavía no han dado señales de vida. Pensaba que me llamarían, pero nuestro grupo de «mosqueteras» está mudo. ¿Lo ves?

Carmina acerca el móvil al acuario.

—Ay, y además hoy me duele todavía más aquí —le dice al pez, mientras se toca la zona del ombligo y los lados—. Quizás no me sientan bien las proteínas que me recetó el doctor Rovira. O, quizás, es que mi páncreas ya no puede digerir casi nada... ¿Ponemos música? El concierto para violín de Tchaikovsky.

Con los ojos cerrados, va siguiendo el primer movimiento, hasta que se incorpora el violín, baja la música, coge la grabadora y empieza a hablar.

Lunes, 14 de mayo de 1956

Por fin había llegado el día de pasearnos por los salones del Ritz, pero tuvimos que ganárnoslo a pulso porque, antes del banquete, nos tocó asistir a la ceremonia interminable en la basílica de la Mercè. La novia, con la cara tapada por el velo, entró del brazo de su padre al compás del *Ave María* de Schubert. Aguantó con estoicismo la epístola de san Pablo donde se le recordaba que «las casadas están sujetas a sus maridos como al Señor; porque el marido es la cabeza de la mujer, como Cristo es la cabeza de la Iglesia, y salvador de su cuerpo. Y como la Iglesia está sujeta a Cristo, así las mujeres a sus maridos en todo». Amen, pensé, feliz de saber que nunca necesitaría una cabeza que no fuera la mía. La novia, ya con el rostro descubierto, salió de la basílica del brazo del marido al sonido triunfante de la marcha nupcial de Mendelsson.

Moby Dick y yo cruzamos juntas las puertas del Ritz y, en el mismo vestíbulo, nos dijeron que esperáramos porque iban a hacernos una fotografía. Como a todos los invitados, claro. Un fotógrafo con cámaras y un gran *flash* se encargaba de inmortalizar esa fastuosa boda.

—No quiero fotografías —me dijo Moby Dick, con irritación.

—Pero ¿qué te pasa?

—Me da miedo dejar pistas. Ya te lo dije el otro día. No me siento segura.

Quería creer que era una de sus bromas, pero en un instante comprobé que volvía a tener el estado de ánimo-Sebastián, por llamarlo de algún modo. Por eso, cuando el fotógrafo se nos puso delante, Moby Dick hizo un gesto con la cartera de mano y escondió la cara.

El fotógrafo dijo que tenía que repetir la instantánea, pero ella no accedió.

Moby Dick y yo dejamos los abrigos de entretiempo en el guardarropa, sin decirnos ni una palabra, y pasamos a la sala preparada como comedor, en cuyo extremo había una gran pista, probablemente para bailar, porque, en un lado, estaba instalada la orquesta. Una vez allí me desentendí de la manía persecutoria que le había dado últimamente.

Las lámparas de lágrimas colgaban majestuosas sobre las mesas redondas, cubiertas con manteles que arrastraban por las alfombras y coronadas con unos centros de flores blancas secas. El sol entraba por los ventanales, enmarcados por las cortinas de terciopelo rojo. El aire estaba lleno de aromas agradables, pero no definibles, y de los murmullos de los invitados, que muy educadamente mantenían un tono de voz bajo.

Una azafata nos indicó la mesa que nos correspondía. Cuando nos fuimos a sentar, un hombre muy elegante me retiró la silla diciendo:

—Señorita…

Me senté y él me ayudó a acercarme a la mesa. Moby Dick también tenía a un hombre ocupándose de su silla.

Ella y yo nos miramos con ganas de reírnos. Eran tan idiotas según qué normas protocolarias; presuponían que las mujeres éramos incapaces de casi todo.

Me di cuenta de que Moby Dick se había tranquilizado y ya no pensaba en escabullirse ante un posible enemigo. Esas pequeñas muestras de locura se iban con tanta rapidez como llegaban. Y, luego, ella no parecía recordar nada.

Nos quitamos los guantes, los guardamos en la bolsa de mano y nos concentramos en curiosear el menú, en cuya parte superior, en letra cursiva, estaban los nombres del novio y de la novia. *Aperitivo. Consomé de pollo. Huevos escalfados Armenonville. Filetes de lenguado Meunière. Faisán Souvaroff. Fresas María Estuardo. Tarta nupcial y* petits fours. *Café doble y licores. Vinos: Sauternes. Borgoña. Codorníu Extra. Agua Mineral.*

No nos moriríamos de hambre, estaba garantizado.

—Mira —me dijo Moby Dick señalándome otra mesa—. Allí está sentado el anticuario. Weber.

En ese momento, un ejército de camareros apareció y se desplegó por la sala. A cada camarero le correspondía una mesa.

Toda la comida fue una delicia de aromas y sabores. Me habría costado mucho decidir cuál era el mejor plato. En cambio, a diferencia del menú, la conversación con el señor tan ceremonioso de mi izquierda resultó insulsa. No habría podido resumirla. O solo lo habría podido hacer con una palabra: banal. Y la conversación con Moby Dick, como siempre, picante y divertida. Más teniendo en cuenta que nos estimulaba que nadie sospechara nuestra relación.

Cuando entraron los camareros con la tarta, Moby Dick me dijo que iba al baño.

—Y, de paso, echaré un ojo. Quiero ver dónde está Blas Piñar.

Me tocó afrontar la conversación del señor aburrido y obsequioso, pero el champán, después de los dos vinos anteriores, se me había subido un poco a la cabeza, y todo me daba risa.

Justo empezaba a probar mi trozo de pastel, cuando volvió Moby Dick con la cara enrojecida.

—¿Ha pasado algo?

—¡No te lo vas a creer! —dijo. Y se tapó la boca con la servilleta para que nadie la oyera—: En la mesa de Blas Piñar hay un hombre que se parece mucho a Léon Degrelle.

—¿Ah, sí? ¿Y cómo es? —dije un poco distraída porque estaba intentando decidir qué *petit four* me iba a comer.

—Cara de pan, con las mejillas que le cuelgan un poco. El pelo oscuro, repeinado hacia atrás, con dos entradas muy pronunciadas. Unos ojos un poco hundidos bajo unas cejas bastante espesas y bien dibujadas. Pero no estoy segura de que sea él porque me he acercado con todo el morro diciéndole que buscaba al señor Del Llano...

—¿Quién es?

—Nadie. Me lo he inventado solo para acercarme.

—¿Y?

—Me ha dicho que no era Del Llano, y se ha presentado como José León Ramírez Reina.

—O sea que no es él.

—Pero se parece tanto... Y la coincidencia del nombre: León, ¿no te resulta sospechosa?

—Mmmmm —hice yo, nada convencida. Y me metí un *petit four* de hojaldre y chocolate en la boca—. ¡Delicioso!

—¿Me ayudas o no? —me soltó un poco impaciente.

—Claro. ¿Qué quieres que haga?

—Vamos a acercarnos a la pista de baile; su mesa está junto a ella. Podremos vigilar mejor sus movimientos.

Nos acercamos en el momento en el que la orquesta empezaba a tocar el vals del *Danubio azul* y los novios abrían el baile. Durante un rato, solo ellos dos daban vueltas por la pista, pero pronto más parejas se lanzaron para brindarles apoyo. Yo me moría de ganas de bailar, pero habría quedado muy mal si hubiera elegido a Moby Dick como pareja.

Ella bajó la voz y me dijo:

—Te está mirando. —Me di cuenta de que las aletas de la nariz le latían de la emoción, como cuando hacíamos el amor—. Cuidado, se levanta de la mesa. Viene hacia aquí.

Al cabo de unos segundos oí una voz masculina.

—Señorita, ¿me concedería el próximo baile? —El hombre que me lo preguntaba era el que me había descrito Moby Dick: tenía unos cincuenta años, el cabello oscuro peinado hacia atrás y unas cejas espesas sobre unos ojos que me observaban con un interés nada disimulado.

Moby Dick me dio un imperceptible codazo.

—Por supuesto, mi sobrina estará encantada de bailar con usted, ¿verdad, Carmina?

Era mi gran oportunidad para involucrarme como espía y ayudar a mi amor a encontrar alguna pista de la pintura. Así, mi pasión por Moby Dick, mis ganas de aventura y también las de bailar me impulsaron a decir que sí.

El hombre me dio la mano para llevarme hasta la pista y, una vez allá, me puso la mano en la cintura. Empezamos a movernos al ritmo de la música.

Yo no tenía mucha idea de cómo abordar el tema para saber

si Moby Dick tenía razón o no. Dejé pasar un buen rato sin decidirme mientras notaba el brazo y la mano de él cada vez más seguros en mi cintura. Por fin, levanté los ojos y me topé con los suyos. Le sonreí. Esperaba que lo tomase como una sonrisa tímida, no fuese a imaginar que había caído seducida a sus pies.

—Tiene unos ojos muy bonitos. Y una boca mimosa.

Pensé que era el momento de lanzarme y no dejar que la conversación avanzara por derroteros que solo a él le convenían.

—Usted se parece mucho a un hombre que mi tía admira profundamente.

—¿Ah, sí?

—Sí. Mi tía Olga siente un gran respeto por un político belga —me devanaba los sesos tratando de recordar lo que me había contado— que fundó un partido nacionalista.

El hombre me observaba ahora con una mirada diferente. Había dejado de interesarle como cuerpo femenino. Lo atrapaba más con mis palabras.

Y continuábamos dando vueltas por la pista.

Como él no dijo nada, decidí mostrar todas mis cartas.

—El político se llama Léon Degrelle. Y, por lo que me ha dicho mi tía, usted es su viva imagen.

Él no respondió. Acabamos el vals y aplaudimos como hacía todo el mundo. Entonces, fuimos hacia Moby Dick.

—¿Se lo han pasado bien?

—Muy bien, tía Olga.

—Cuánto me alegro, Carmina —Y luego a él—: Estoy muy contenta de que mi sobrina haya disfrutado de este vals.

—Ha sido un placer para mí también, señora…

—Olga Beaulieu —dijo ella alargándole la mano, mientras yo me preguntaba si el apellido era real o tan inventado como «Olga».

El hombre le besó el dorso de la mano mientras se presentaba:

—Léon Degrelle, para servirla.

Casi me caigo al suelo.

—Pero todo el mundo me conoce por este otro nombre: José León Ramírez Reina. ¿Qué les parece si vamos a una mesa un poco apartada para poder hablar?

En cuanto nos hubimos sentado, Moby Dick empezó una actuación digna de Elizabeth Taylor. Con un dramatismo que no tenía nada de ridículo, le contó que había seguido toda su peripecia. Que sabía que durante la Segunda Guerra Mundial había combatido junto a los alemanes.

—En la vigésimo octava división de las SS de Walonia, en el frente del Este.

El hombre estaba hinchado de satisfacción y movía la cabeza afirmativamente.

Moby Dick continuaba: que sabía que en 1944 se había reunido con Hitler, y que este lo había condecorado con la Cruz de Hierro, y que el colapso del Tercer Reich lo había pillado en Dinamarca y desde allí había huido a Noruega, donde, con unos cuántos compañeros, había conseguido un bombardero alemán con el que habían atravesado toda Europa hasta que se habían quedado sin combustible y habían ido a estrellarse a la playa de la Concha en Donosti.

—Toda una epopeya —acabó Moby Dick, con cara de éxtasis.

—Sí. Pasé mucho tiempo en el hospital.

—Y me parece que Bélgica lo ha reclamado al gobierno español más de una vez, ¿es cierto?

El hombre se rio, con un aire prepotente que lo hacía odioso. Se notaba que estaba muy satisfecho de sí mismo.

—Sí. En 1944 me condenaron a muerte en consejo de guerra. Y en 1945 el gobierno belga pidió mi extradición por primera vez. Pero Franco siempre se ha negado. Y ahora, Bélgica lo tiene francamente complicado: me ha adoptado una mujer española. Por esta razón, tengo la nacionalidad y me he cambiado el nombre por el de José León Ramírez Reina. Entre eso y la protección de mis buenos amigos fascistas de Madrid y Barcelona no tengo nada que temer.

—¿Y dónde vive usted ahora? —preguntó Moby Dick, con la misma cara embelesada—. ¿En Barcelona? ¿En Madrid?

—¡No! En el campo. En Constantina, cerca de Sevilla.

—¡¿En Sevilla?! —exclamó con alborozo Moby Dick—. Justamente nosotras vamos allí esta próxima semana.

Dije que sí con convicción solo para seguirle la corriente.

—¿Sí? Casi no puedo creer esta extraordinaria casualidad.

Moby Dick sonreía animadamente.

—Sí, lo es —admitió.

El hombre continuó:

—Cerca de Sevilla tengo una finca magnífica. La Carlina, la llaman —se interrumpió un momento y se pasó la mano por el cabello. Añadió con entusiasmo—: ¿No tendrán el fin de semana libre? Podrían venir a visitarnos y quedarse dos días con nosotros. Les aseguro que no se aburrirán.

Moby Dick me miró, como si me consultara con los ojos.

—A mí me haría mucha ilusión, tía Olga.

—Pues a mí también. —Y mirando a Degrelle respondió—: Iremos encantadas.

—Cuando lo sepan, díganme en qué hotel se alojarán para mandarles un taxi que las llevará hasta La Carlina.

—Hasta aquí por hoy, Moby.

Carmina solo tiene ánimos para escuchar música. Y se pone los conciertos de Brandeburgo y luego *La Traviata*. Y a ratos duerme, pero a ratos se deja mecer por la música y en otros momentos piensa en coger fuerzas porque ya no tiene nada en la nevera y, sobre todo, porque no le queda más que medio cartón de tabaco.

A media tarde se decide a dejar el refugio junto al pez y bajar a la calle.

Primero va al estanco a por los cigarrillos. Luego al supermercado. Cuando sale, a pesar de haber comprado pocos víveres, la bolsa le pesa como si acarreara unos cuántos kilos de patatas. Tiene que pararse dos o tres veces hasta llegar al bar de debajo de casa. Sabe lo que quiere: un bocadillo de tortilla. Tiene muchas ganas de comer una tortilla pero, sobre todo, de tomar algo caliente.

Una vez en la cocina, deja el cartón de tabaco sobre la mesa y desenvuelve el bocadillo. Saca la tortilla y se la come poquito a poco con una tostada recién hecha. Deja de lado el enorme trozo de pan que le han untado con tomate y aceite en el bar. Se ve incapaz de tirarlo, pero tampoco de comérselo. ¡Es casi la mitad de una barra de medio!

La tortilla le sienta bien. Satisfecha con su brillante idea, se dice que la pondrá en práctica más a menudo. Los del bar le ayudarán a hacer un poco más amable su régimen gastronómico.

Y decide que ya es hora de irse dormir, porque, al final, si se va a la butaca no hará más que dormitar. Pero antes recoge la novela *Ravages* para devolverla al cajón secreto del *secrétaire*.

Cuando ya ha escondido el libro, lo piensa mejor. No quiere que las niñas puedan leer el último párrafo de la carta, lacerante.

Vuelve a abrir el cajón, saca la carta y la hace a pedazos pequeñísimos.

31

Se ha despertado con una pesadilla angustiante. Soñaba que, de la boca hasta el estómago, tenía el tubo digestivo a rebosar de comida y que, en vez de ir hacia abajo, le salía por arriba. Por suerte solo ha sido una fantasía esperpéntica, se dice, mientras palpa las sábanas y comprueba que están secas. No ha vomitado. Es solo ese peso… en el epigastrio, como lo llaman.

Para mirar la hora, busca el móvil, y no lo encuentra en la mesilla de noche. Eso es porque ayer por la tarde no se acordó de enchufarlo. ¡Qué cabeza la suya! Se va a quedar sin batería. Luego, las niñas la riñen si la llaman y el teléfono traidor les avisa de que está apagado o fuera de cobertura. Enseguida saben que se ha olvidado de cargarlo. Claro que, hoy por hoy, las niñas continúan sin emitir señales.

Enciende la luz de la mesilla para comprobar la hora en su reloj de pulsera: las tres de la madrugada.

Intenta volver a dormirse. No lo consigue. Se pone de un lado, del otro, boca arriba… Cierra los ojos suavemente, los abre, vuelve a bajar los párpados… Una y otra vez le viene a la mente la misma frase: *Memento mori*. Recuerda que tienes que morir. ¡Por supuesto que lo recuerda! Hace unas cuantas semanas que no se quita ese pensamiento de la cabeza. Ahora considera que quizás debería haberlo tenido más presente cuando todavía no estaba enferma. Quieras o no, toda persona sabe que tiene que morir. Lo que no sabe es cuándo. Ni siquiera ella, que tiene firmado el veredicto. ¿Cuatro meses y medio, más o menos? ¿Quizás algo más? ¿Quizás algo menos? En cualquier caso, imagínate que no nos muriéramos nunca. ¿Tendría sentido la vida eterna o la vida tiene sentido precisamente porque es finita?

Carmina está segura de que la vida tiene valor porque no dura para siempre. *Memento mori*. No se quita la frase de la cabeza. Y entonces recuerda una novela de Muriel Spark cuyo título es esta sentencia. Una novela en la que una voz anónima anuncia a una serie de personajes, que se conocen entre sí, que recuerden que tienen que morir. Y el caso es que se van muriendo de uno en uno, pero antes, fruto del miedo, de la culpa u otras emociones, van descubriendo secretos del pasado.

Se destapa, se sienta en la cama y decide levantarse. Le han entrado ganas de hojear la novela y, al fin y al cabo, tampoco parece que vaya a volver a dormirse.

Duda un instante delante de la bata. Y no la coge. No piensa estar mucho rato en la sala.

Antes va a la cocina a servirse un vaso de agua y entonces ve la bolsa de la compra colgada de la silla y recuerda que no guardó la comida en la nevera. Aunque sean las tantas de la madrugada, lo va a hacer ahora porque, si no, mañana todo se habrá echado a perder.

Vuelca el jamón cocido en un táper. Y hace lo mismo con el queso fresco. Guarda la fruta en uno de los cajones. Mete el pan cortado en el congelador.

Ese trabajo mínimo la ha dejado al límite de sus fuerzas. Se sienta un rato en la mesa de la cocina respirando con resoplidos rápidos y superficiales. Quizás sí va a tener que pedirle a la trabajadora social… ¿Cómo se llamaba? ¡Ah, sí! Concha. Cuando la próxima semana venga le dirá que sí, que le envíe a alguien alguna mañana a la semana. Unas horas para ocuparse de las tareas de la casa y para ir a comprar podría estar bien, porque le dejarían libre el resto del día para ella. Y, además, quizás las niñas estarían contentas. Podrán hacer las paces, ella no tendrá ese desasosiego ingrato que le provoca estar sin conexión, y las sobrinas dejarán de darle la murga con la cantilena de que necesita a alguien en casa.

Se llena un vaso de agua y sale de la cocina. Se da cuenta de que la mano le tiembla y de que ha derramado agua en el pasillo. No pasa nada, piensa. Se secará en un rato. Va a la sala, da tres sorbos de agua y deja el vaso sobre la mesita baja. Luego, busca la novela de Spark en los estantes de arriba, donde están los libros cuya lectura no fue arrebatadora. Sabe perfectamente que *Memento mori* no la apasionó. Lo encuentra enseguida. La música y los libros los tiene muy bien ordenados, a su manera, para localizarlos fácilmente. Si llega un día en que no puede orientarse entre los volúmenes o los cedés, quizás se alegrará de tener la muerte cerca.

Se da la vuelta hacia la mesa para coger el vaso y regresar a la cama. Y ahora es consciente de que tiene la piel de gallina, de que está cogiendo frío y de que sí tenía que haberse puesto la bata.

El libro y el vaso le impiden llevar nada más en las manos, pero también quiere coger la grabadora y el móvil. Abandona el vaso; le son más necesarios el libro, el móvil y la grabadora. Se nota tan desvelada como si se hubiera tomado un café a media tarde, aunque hace días que los ha suprimido. Quizás en la cama, hojeando a Spark le venga el sueño y, si no, siempre se puede poner a grabar. Que todavía le quedan unas cuantas aventuras para terminar la confesión o el testamento o como quieran llamarlo las niñas.

Sin tener que encender la luz, va por el pasillo hacia la habitación. Toda la vida viviendo en el mismo piso; se conoce todas las esquinas. A las niñas no les parecería bien, claro. Le dirían que tiene que encender las luces, que se puede tropezar. Con qué, ¿eh?, ya me dirás.

—¡Ayyyyyyyy!

El pie derecho le resbala. Se le va hacia delante como si

tuviera vida propia. Recorre una distancia inverosímil respecto al otro pie, que se ha quedado clavado donde estaba.

Carmina todavía tiene tiempo de pensar que parece una bailarina, pero la idea no le arranca ninguna sonrisa porque está muerta de miedo: sabe que ahora viene el batacazo.

Y, efectivamente, cae en medio del pasillo completamente despatarrada. ¡Qué daño! Durante unos instantes no puede ni respirar del dolor. Se ha quedado sin habla. Poco a poco, el pinchazo que siente en el pubis va disminuyendo de intensidad hasta que acaba por ser un rumor sordo. Y al mismo tiempo el pellizco que le pinza el corazón se va abriendo. Ha recuperado la facultad del habla…, podría hacerlo si hubiera alguien para oírla, claro.

El corazón le late más acompasado.

Tiene que comprobar si se ha roto algún hueso. Piensa que, últimamente, lo ha tenido que hacer varias veces y, hasta ahora, siempre ha tenido suerte. Se pasa las manos por las piernas. Una está húmeda. ¿Se habrá hecho pipí encima? Solo eso le faltaría para que la consideraran una vieja chocha…

Se toca las braguitas. Secas. ¿De dónde sale la humedad?

De pronto lo ve claro: es el agua que ha derramado hace un rato. Y es esa agua la que ha provocado su resbalón y su caída. Eso no lo puede contar. Tendrá que decir que se ha mareado. ¡Eso mismo! Lo atribuirá a un malestar físico y no a la incompetencia de la senectud. Y, pese a todo, seguro que las sobrinas considerarán igual de peligroso dejarla sola tanto por los mareos como por los despistes de anciana.

Mueve las piernas. Cree que los huesos están enteros, pero no está segura de poder decir lo mismo del pubis. ¿Y si se ha roto la cadera? ¿Y si se ha partido una vértebra? Haya pasado lo que haya pasado lo que tiene claro es que no puede levantarse.

Pese a ello, puede moverse un poco para sentarse con la espalda apoyada en la pared. Pero antes trata de recuperar lo que llevaba en las manos cuando ha resbalado. A tientas, las pasa por el suelo hasta tocar algo metálico. Debe de ser la grabadora. Continúa palpando. Confía en encontrar el móvil, que llevaba en la misma mano que la grabadora. No lo localiza. Ni el móvil ni el libro.

Decide arrastrarse sobre el trasero para llegar hasta la pared. Solo la separan dos palmos y, no obstante, le resulta un recorrido largo y pesado. Va soltando pequeños gemidos cada vez que se mueve. Y, súbitamente, su mano tropieza con algo que parece el móvil. Lo coge, feliz de haberlo recuperado. El teléfono la mantiene unida a los demás.

Lo activa y comprueba la hora: las cuatro. ¡Las cuatro! No puede llamar a Candela ni a Sebastián y menos a las niñas. Tendrá que esperar a que sean las ocho de la mañana.

Se apoya en la pared y se da cuenta de que está bastante cómoda. Y se autodiagnostica que, habiendo podido reptar siquiera ese pequeño trayecto, la cadera no está rota. Ese pensamiento la alivia. Y se acuerda de lo que le pasó en la Junta de Obras del Puerto el día antes de irse a pasar el fin de semana a la finca —fincaza, debería decir— de Léon Degrelle. Corría a llevarle a don Ramón un telegrama que acababan de recibir: *BARCELONA ALGECIRAS DESIGNADO PARA COMISIÓN SERVICIO ESTA JUNTA ME PLACE PONERME A SUS ÓRDENES LO SALUDA ATENTAMENTE MATEU RODRÍGUEZ*. Y se le rompió el tacón. Don Ramón fue muy amable. «A ver si se le abre la cabeza y no puede cogerse esos dos días de fiesta que me ha pedido», le dijo cuando la vio trastabillar. Últimamente, ella se esforzaba por tenerlo todo más que al día: intentaba adelantarse a los deseos de don Ramón, puesto que había sido comprensivo y le había facilitado poder irse con Moby Dick a Sevilla. Y él —Carmina tenía que reconocerlo— correspondía con una gentileza desacostumbrada.

Carmina piensa que puede continuar grabando. Será una manera de matar el tiempo y de olvidarse del frío que la hace temblar.

32

Viernes y sábado, 18 y 19 de mayo de 1956

Moby Dick y yo habíamos salido en tren del apeadero de la calle Aragón hasta la estación de Francia y de allí hacia Sevilla con el «Sevillano» de las dos del mediodía. El trayecto tenía un punto de emoción porque viajaba con ella y porque hicimos el amor dos veces acompañadas por el ritmo de las ruedas sobre las traviesas, aunque también tenía un toque de suciedad y de incomodidad. Por eso agradecimos llegar a la estación de la ciudad andaluza. Cogimos un taxi que nos llevó hasta el hotel donde le habíamos dicho a Degrelle que nos alojaríamos. Al poco de haber entrado, vimos un coche que se paraba en la puerta. Cuando comprobamos que nadie bajaba de él, Moby Dick me dijo:

—Debe de ser el taxi que viene a buscarnos.

—Comprobémoslo —dije.

En cuanto salimos a la calle, el conductor bajó y dijo:

—¿Olga Beaulieu?

Moby Dick hizo un gesto con la cabeza para confirmarle su identidad y yo me dije que no podía perder de vista que era mi tía y que se llamaba Olga.

—Don Juan de La Carlina me ha pedido que las recoja y las lleve para la finca.

—¿Don Juan? —murmuré—. ¿No se llama León?

Las dos nos encogimos de hombros a la vez.

Cosas de los pueblos, imaginé.

Subimos al coche, un pequeño utilitario bastante escacharrado. En cuanto arrancó, me adormilé y me perdí el paisaje hasta que Moby Dick me sacudió el hombro con dulzura y me avisó:

—Mira.

Estábamos atravesando un pueblo típico andaluz, de casitas bajas encaladas, situado en una vaguada de la cordillera de Sevilla.

—Aquello que ven allí —dijo el taxista señalando una finca blanca situada sobre un cerro— es La Carlina.

La Carlina, al menos de lejos, parecía enorme.

—¿Y este hombre de dónde sacará el dinero? —cuchicheé.

—Negocios sucios. Tráfico de arte —susurró Moby Dick.

Una torre altísima dominaba el conjunto de la finca, que, vista de cerca, era todavía mayor de lo que parecía desde abajo. Entramos en el recinto a través de una puerta con cierto regusto árabe.

Moby Dick soltó un taco.

—Y que este hombre no haya pagado por todo lo que ha hecho…

Le di un golpecito en la pierna, a pesar de que no me imaginaba que el taxista supiera francés.

Nos detuvimos delante de lo que parecía ser el edificio principal, rodeado de jardines y otras construcciones bajas y blancas, todo dentro del perímetro marcado por una alta valla, también blanca. El estilo arquitectónico mezclaba elementos romanos y mozárabes.

En cuanto bajamos del coche, apareció Degrelle seguido de dos personas que, según dijo tras hacer como que nos besaba la mano, pertenecían al servicio de la casa y nos conducirían a la habitación para que pudiéramos instalarnos y descansar del viaje. Nos avisó de que, a mediodía, se serviría una comida en el jardín.

—¡Hace una temperatura tan agradable! Y recuerden que mañana por la noche celebramos una fiesta. Han traído trajes de etiqueta, ¿verdad?

Se lo confirmamos y, guiadas por una mujer y un hombre uniformados, fuimos al dormitorio, cruzando tres grandes salas, conectadas entre ellas por puertas de doble hoja. El suelo estaba cubierto de alfombras espesas, que habrían casado más con el clima belga que con el andaluz. Las salas tenían, a ambos lados del pasillo central que dejaban para el paso, butacas tapizadas con telas lujosas, y pinturas decorando las paredes.

—Vamos a tener que mirarlas bien —le dije a Moby Dick—. Quizás encontremos la de Otto Dix.

Mi amor chasqueó la lengua y me lanzó una mirada algo irónica.

—Tu candidez me sorprende. ¿Crees que tendrá a la vista una obra de arte robada?

—¿Por qué no? ¿Acaso no recuerdas el cuento de *La carta robada*, de Edgar Allan Poe?

Moby Dick se dio una palmada en la frente y se tragó su mirada irónica.

—Tienes razón —dijo—. Esconde la carta robada entre otras muchas cartas.

Sonreí.

—Aunque, la verdad –añadió—, no creo que sea tan fácil encontrarla.

—Entonces, ¿cuál es el plan? —le pregunté cuando nos dejaron solas en la habitación.

—Explorar todos los rincones de la casa, sobre todo los que están menos a la vista.

—¿Por ejemplo?

—Pues seguramente el dormitorio de Degrelle o su despacho o, incluso, algún almacén secreto.

—¿También tienes un plan para que no nos pillen?

—Aprovecharemos los ratos que estemos solas. Y, todavía mejor, trataremos de escabullirnos durante la fiesta de mañana por la noche. Seguramente la atención de todo el mundo estará concentrada en la comida, la bebida y en pasarlo bien.

Deshicimos las maletas y colgamos la poca ropa que habíamos traído en el armario que recorría la pared de punta a punta. Sobraba armario por todas partes.

La habitación tenía dos camas gemelas, cada una con un cabezal forrado de una tela de seda dorada a juego con las colchas.

—¡Vaya vistas! —exclamó Moby Dick, que se había acercado a los ventanales.

Se abrían a una terraza, en cuyo centro había un estanque que vagamente recordaba a alguno de la Alhambra. Rodeado de grandes piezas de mármol blanco, tenía una pequeña fuente en un extremo. Desde la terraza se dominaba gran parte del jardín de ese lado, con parterres geométricamente dibujados y con encinas frondosas, y más lejos se veía un grupo de palmeras altivas.

—¡Fastuoso! —dijo Moby Dick con la voz cargada de desprecio.

—Mantener todo esto debe de costar una fortuna.

Después de comer, don Juan, como lo denominaban todos en esa casa, don José León, para nosotras, nos explicó algunos de sus negocios…, al menos los que eran confesables. Había mandado construir dentro de La Carlina casas de alquiler que los militares de Estados Unidos instalados en las bases próximas a Sevilla usaban para pasar las vacaciones.

—Todas tienen calentador eléctrico y bañera, algo nada habitual en estos tiempos y en estas tierras. Siempre tengo las casas alquiladas. Ya lo verán porque muchos de los oficiales que están pasando aquí estos días vendrán a la fiesta de mañana.

Nos dijo que también se dedicaba a comprar y vender lana. Pero no mencionó objetos de arte.

Después, nos enseñó la finca y aquellas partes de la casa que no eran privadas. Cruzamos un patio interior, decorado con azulejos que formaban arabescos.

—Allí —dijo señalando una puerta en un extremo del patio—, tengo mis habitaciones. Y por aquí —añadió mientras abría una puerta cristalera— se vuelve a salir al jardín.

—Laberíntico —comentó Moby Dick.

—No, cuando lo conoces —dijo él echándose hacia atrás el cabello negro y grasiento.

Al salir fuimos a dar a una explanada con gradas, que quería ser un anfiteatro romano.

Luego, nos pidió disculpas porque tenía que atender unos asuntos y nos dejó solas. Lo aprovechamos para ir a la habitación y estrenar la cama. Un buen rato de amor intenso más tarde, me quedé dormida y, cuando desperté, Moby Dick había desaparecido. La esperé leyendo acostada.

Entró con un aire de excitación que me hizo suponer que había encontrado la pintura.

—¡No! —me desmintió—. Pero me he acercado a las habitaciones de Degrelle. Y la puerta estaba abierta…

—¿Has podido entrar?

—No, porque él estaba dentro. Hablaba por teléfono. Creo que la conversación era sobre tráfico de arte.

—Te lo estás inventando…

—Estoy suponiendo. Hablaba de un león funerario ibérico, que, según decía, había vendido por doscientas mil pesetas.

Me quedé con la boca abierta. ¡Doscientas mil pesetas! Casi el doble de lo que debía mamá al usurero de Casamitjana.

—Le decía a la otra persona que no se preocupara, que la operación había sido muy discreta, que no le interesaba que el alcalde de Constantina se enterara y lo quisiera poner a los pies de los belgas. Se ha pasado media conversación tranquilizando a su interlocutor, y uno de los argumentos que usaba era que, aunque le pareciera una cantidad astronómica, no lo era tanto. ¡Un león funerario ibérico! Te das cuenta de lo que significa, ¿verdad?

—Sí, que el rumor que lo califica de traficante de arte es cierto.

—Mañana, en algún momento durante la fiesta, tenemos que escabullirnos para tratar de entrar en su territorio.

Al día siguiente, a partir de las siete de la tarde, la casa se fue llenando de gente: hombres con esmoquin, hombres con uniforme militar, mujeres con vestidos largos o de estilo cóctel… Pronto todas las salas que habíamos cruzado el primer día estuvieron repletas de invitados y de camareros que servían copas de champán francés y ofrecían canapés.

Moby Dick y yo nos movíamos entre los invitados y saltábamos de conversaciones en inglés a otras en francés… Y esperábamos el momento en el que todo el mundo habría bebido lo suficiente para poder desaparecer sin que nos echaran de menos.

En eso, se nos acercó Degrelle.

—¡Ah! Mis invitadas —dijo, mientras me miraba con avidez obvia—. Pronto la orquesta empezará a tocar. Podremos bailar antes de pasar al comedor y, después de la cena, una larguísima velada de baile. Me gustaría mucho, señorita Carmina, que me concediera el honor del primero.

—Claro que sí —respondió Moby Dick—. Hace un momento, mi sobrina me comentaba lo mucho que le apetecía bailar.

Le agradecí que no añadiera: con usted. Comprendí que Moby Dick quería aprovecharlo para ir a explorar las habitaciones de Degrelle, y me presté con gusto.

—¡Pasadlo bien!

No pude concentrarme mucho en la danza porque tenía que esforzarme en mantener una distancia respirable con don José León. Pese a ello, le dije que sí cuando me pidió el segundo y el tercero.

Al acabar, busqué con los ojos a Moby Dick y me pareció que el anfitrión hacía lo mismo.

—Ahora pasaremos al comedor, y no veo a su tía.

—Quizás ha ido al baño o al jardín o a la habitación…

—Pues quizás se ha perdido —soltó una risotada—. Será mejor que la vaya a rescatar.

Me alarmé.

—Yo también voy —dije.

Salimos atravesando las salas y, al llegar al vestíbulo, dijo:

—Por aquí —y me hizo girar por el corredor que llevaba al patio interior, donde daban sus habitaciones.

Mientras nos acercábamos, me rompía la cabeza pensando cómo podía avisar a Moby Dick del peligro que corría. Pero no se me ocurría cómo sin que Degrelle, en el peor de los casos, sospechara algo, y en el mejor, pensara que mi cabeza no andaba muy bien.

Carmina estornuda ruidosamente. Y el estornudo le retumba hasta el pubis. Ahora no podría determinar si siente más dolor que frío o al revés. Menos mal que grabar la distrae.

33

Sábado y domingo, 19 y 20 de mayo de 1956

Me tiré al suelo.

—¡Ay, mi pie, don José León…! —berreé, con tanta fuerza que pensé que incluso las personas que estaban en las salas me podían haber oído.

Fuera como fuese, si Moby Dick estaba en las habitaciones, seguro que había quedado avisada: Degrelle y yo estábamos de camino.

—¿Qué le ha pasado?

—Me he torcido el tobillo.

—La ayudo a ponerse de pie.

Fingí que lo intentaba.

—¡Ay, no, no puedo!

Pensé que, quizás, era la manera de parar el recorrido.

—La llevaré en brazos a una butaca y comprobaremos que no tenga nada roto.

Me cogió y, por el rumbo que tomaba, durante breves segundos temí que se dirigiera a su habitación. Pero seguramente lo pensó mejor, porque cambió de dirección. Me llevó hasta la primera sala después del vestíbulo y me depositó delicadamente en una butaca.

Me quitó el zapato y me movió el tobillo con suavidad. Y yo continué la comedia con un sutil gemido.

—No está roto, no —me avisó—. Solo algo dislocado. Con un buen masaje, dentro de nada estará como nuevo.

Se levantó para pedir a los camareros que condujeran a la gente hacia el comedor, que nosotros —él y yo— iríamos en seguida.

Se arrodilló para masajearme el tobillo.

Cuando vi que nos quedábamos solos, decidí que me había recuperado en un abrir y cerrar de ojos. Le dije que me veía capaz de andar.

Volvió a ponerme el zapato.

—Probémoslo —dijo.

Para sostener la farsa, me puse de pie con vacilación como si dudara de mi estabilidad. Una vez que coloqué el pie en el suelo, fingí sentirme completamente segura.

—Magnífico —dije—. No me duele ni pizca. Ha sido un masaje milagroso.

Para que viera que el alivio había sido absoluto, di unos pocos pasos por la sala.

—Cuánto me alegro —dijo. Y me ofreció el brazo—. ¿Me acompaña al comedor?

Al llegar, me indicó nuestra mesa.

—Yo tendré que ir a saludar; si quiere sentarse mientras.

Con una ojeada comprobé que Moby Dick continuaba desaparecida.

—No —le dije—. Me voy un momento al dormitorio. Quiero ver si mi tía está allí. Temo que se encuentre mal.

—Bien pensado. Lo siento, pero ahora no me da tiempo a acompañarla.

Lejos ya de su mirada, que no habría podido entender que la torcedura del pie, aunque de recuperación portentosa, me permitiera moverme con tanta agilidad, eché a correr. Estaba preocupada por Moby Dick. Realmente esperaba encontrarla en el dormitorio, pero ¿y si alguien la había descubierto fisgoneando en las habitaciones de Degrelle?

Tenía la boca seca cuando me planté delante del dormitorio. Sacudí el tirador y empujé la puerta, que no se movió.

—Tía Olga —susurré mientras llamaba a la puerta.

—Un momento —dijo Moby Dick desde dentro.

Del otro lado, me llegaba un ruido sordo. Me preguntaba qué estaba haciendo. Entonces, abrió la puerta, solo lo suficiente para que yo pudiera pasar. Una vez dentro, comprobé que el ruido de rozamiento era el de la cómoda que había trasladado de lugar.

—La he puesto contra la puerta para que nadie pudiera entrar.

—¿Y quién querías que entrara, aparte de yo misma? —le pregunté a pesar de que ya veía que tenía otro de esos ataques de paranoia que le daban últimamente.

—Degrelle, uno de sus compinches… Yo que sé quién puede estar tras mi pista.

—Pero si eres tú quien está tras él. ¿No lo ves?

No. No se daba cuenta. Y era complicado hacerla razonar. Le dije que no se moviera de la habitación, que yo la disculparía con Degrelle.

—Métete en la cama, tranquilízate y espérame —le pedí.

—Tengo que contarte cómo me ha ido la exploración de su despacho.

—Me lo cuentas cuando vuelva. Ahora tengo que irme al comedor, antes de que él venga a ver qué me ocurre.

Degrelle se tomó la noticia con un ademán festivo.

—Así la tendré solo para mí —me dijo acercándose demasiado.

Solté un murmullo ininteligible, que podía interpretar de varias maneras, pero ninguna que le fuera favorable, y me pasé la cena quitándomelo de encima.

A la hora del baile se dio por vencido cuando le dije que no era conveniente que me moviera mucho, que el pie me dolía otra vez, que no quería dejar sola tanto rato a mi tía, a quien la jaqueca martilleaba, y que al día siguiente teníamos que levantarnos muy temprano porque el tren salía de Sevilla a una hora intempestiva.

Decepcionado, me dio las gracias por haber aceptado su invitación y me dio un beso desganado en el dorso de la mano. Y, sin más ceremonias, se alejó hacia un grupo donde había unos oficiales, dos mujeres y dos chicas jóvenes.

Corrí hacia el dormitorio. Y, por suerte, la puerta estaba libre de la cómoda. Quizás Moby Dick se había recuperado de su último ataque monomaníaco.

Me esperaba en la cama.

—¿Qué? —le dije mientras me desnudaba deprisa—. ¿Qué has encontrado en el despacho de Degrelle? ¿La pintura de Dix?

—No. Pero sí esto —dijo mientras sacaba una nota de dentro del libro que había estado leyendo.

Era un recibo a nombre de José León Ramírez Reina que consignaba que un bulto —no decía de qué se trataba— identificado con el número 13.456G estaba guardado en los almacenes de la Feria de Muestras de Barcelona.

—¿Sabes dónde está la Feria de Muestras? —preguntó.

—Claro. En Montjuic, junto a la plaza de España.

—Pues, en cuanto lleguemos a Barcelona, iré para allá. No me extrañaría que detrás de este recibo estuviera *Mutilados de guerra*.

Me había atornillado contra su cuerpo en la cama.

—¿Y por qué supones que puede estar allí? —Ahora era yo quien consideraba que ella era ingenua.

—¡Mira quien firma el recibo por orden!

—Walter Weber —leí. Y añadí—: ¡El anticuario!

Ella hizo un gesto engreído.

Quizás tuviera razón, sin embargo, en ese momento, ni ella ni yo teníamos ya mucho más interés en la nota y nos concentramos en nuestros cuerpos.

—Qué miedo he pasado —me dijo— cuando he oído tu «¡Don José León, mi pie!». He imaginado que entrabais en la habitación y el nazi me descubría.

—Ha faltado poco, créeme —reí.

—El miedo, según cómo, es estimulante —dijo ella zambulléndose bajo las sábanas.

Al día siguiente nos moríamos de sueño cuando nos vino a recoger el mismo taxista del primer día.

Viajar todo el domingo en ese tren destartalado se nos hizo eterno. Durante las últimas horas, no sabíamos ya cómo sentarnos en esos bancos tan duros y no nos quedaba ni siquiera el recurso de besarnos.

Llegamos a casa a las dos de la madrugada con una facha que parecía que regresáramos de la guerra.

—Lástima —dijo Moby Dick nada más entrar en el piso y darse cuenta de que la atmósfera silenciosa indicaba que mamá ya estaba en la cama—. Tengo algo para ella. Se lo dejaré en la mesa del comedor: que lo vea cuando se levante. Eso sí, tendrás que darme un papel para escribirle una nota.

Me detuve en mi habitación mientras ella continuaba hasta el final del pasillo para acceder al comedor.

Una vez dentro intuí que algo estaba fuera de lugar. No habría podido decir qué, pero ese algo solo intuido me perturbaba. Pronto lo vi: *Ravages*, la novela que me había regalado Moby Dick y que yo había guardado en el cajón, ahora estaba sobre la mesilla de noche.

Cogí el libro, me senté en la cama y me esforcé en imaginarme la última vez que lo había tenido entre las manos. Seguro: lo había metido en el cajón y lo había tapado con el bloc de notas. Alguien, durante mi ausencia, lo había sacado y se lo había olvidado —deliberadamente o no— fuera.

No quise darle más vueltas. Quizás había sido Jerónima, a pesar de que, tenía que reconocerlo, cotillear no le encajaba en absoluto.

Arranqué una hoja del bloc y se la llevé a Moby Dick.

La encontré contando, sobre la mesa del comedor, un montón de billetes de mil pesetas.

—Pensaba que te habías perdido —se quejó, burlona.

—¿Qué es eso? —le pregunté.

—El dinero de tu madre para devolver el préstamo.

—Pero —era consciente de que tenía los ojos como platos— ¿de dónde los has sacado?

—¡¿De dónde crees tú?! Del despacho de Degrelle, claro.

—¿Quieres decir que se lo has robado? —pregunté con incredulidad.

—Robado, robado… Quien roba a un ladrón tiene cien años de perdón.

—Verás cuando se dé cuenta…

—No me preocupa. Me preocupa más que eche en falta el recibo. Pero ¿cómo sabrá que he sido yo? Tenía la casa llenísima de gente. Podría haber sido cualquiera.

—Tienes razón —le dije mientras miraba cómo escribía una nota para mamá contándole que había cobrado un trabajo imprevisto y podía darle el dinero para saldar la deuda y que, al final, Antonia había tenido razón con sus visiones.

La verdad, me costaba entender que Moby Dick, que podía ser tan paranoica a veces, ahora no se preocupara de una posible persecución de Degrelle. Y tampoco estaba convencida de que abonar las tonterías crédulas de mamá sobre las visiones predictivas de la portera fuera una gran idea.

Nos despedimos y fuimos cada una a nuestra habitación. Pero no tardó ni dos minutos en volver a aparecer.

—Alguien ha estado en mi dormitorio y ha fisgado en mis cosas.

Pensé: ya estamos. Otra crisis de paranoia.

—Los de Degrelle —dijo con la cara desencajada.

—Mujer, ¿cómo quieres que hayan entrado en casa?

—¿Pues cómo te explicas que mi pasaporte estuviera en el bolsillo de la chaqueta dentro del armario y lo haya encontrado en la encimera del mueble que esconde la cama?

Cansada del viaje, estaba a punto de decirle que se dejara de suposiciones estúpidas cuando me acordé de *Ravages* sobre la mesilla de noche.

Quizás sí que alguien había entrado en las habitaciones. ¿Mamá? ¿Otra persona? Le preguntaría a Jerónima al día siguiente.

34

Carmina estornuda un buen rato sin cesar. Nota las manos entumecidas y la garganta irritada. ¿Estará cogiendo un resfriado?

—¡Lo que faltaba! —exclama.

Tiene la voz tan enronquecida que le cuesta hablar. Teme que quizás las sobrinas no entiendan las últimas frases que ha grabado rememorando la madrugada en que Moby Dick y ella volvieron a Barcelona y comprobaron que alguien había curioseado en sus habitaciones e incluso había dejado algún objeto fuera de lugar, quién sabe si a guisa de aviso: os vigilo. Esa era la idea que se había hecho Moby Dick. Carmina, en cambio, pensaba que lo estaba exagerando y deformando todo, y probablemente hubiera una explicación razonable para aquellos incidentes. Al día siguiente, Jerónima, con unos ojos que hacían evidente la alegría de poder devolver la deuda a Casamitjana, confirmó que ella no había entrado en los dormitorios y que la única persona extraña que hubo en la casa fue un fontanero para reparar el sifón del váter, pero no se había dedicado a explorar el piso. ¡Ah!, y también Sebastián. Martina y su marido se habían presentado el sábado por la tarde y le habían dejado a las niñas. Como Jerónima tenía que salir a comprar, había avisado a Sebastián para que las entretuviera con muñecas recortables mientras ella hacía los encargos. Después de un rato de darle vueltas, decidieron que quizás Carmina y Moby Dick estaban confundidas y ningún extraño había movido los objetos sino que lo habían hecho ellas mismas y ya no lo recordaban. Sin embargo, Moby Dick se quedó convencida de que era Sebastián quien había hurgado en las habitaciones.

—No veo claras las intenciones de ese hombre —masculló cuando mamá ya no estaba.

Vi que volvía a darle su manía persecutoria.

—No empieces, mujer. Ya te he dicho que no tienes que preocuparte. Sebastián es una buena persona.

No pareció que mis palabras la serenaran.

Por fin el reloj del móvil marca las ocho. Ya es una hora decente para pedirle a Candela que la ayude a levantarse y meterse en la cama. Sin embargo, quien responde es Pepe, el marido.

—Candela no está.

Durante unos segundos, duda. ¿Le dice a Pepe que necesita que le echen una mano? No sabe qué hacer: pedírselo al marido de la portera le da apuro, pero continuar sentada en el suelo del pasillo cogiendo frío no es una opción.

—¿Le pasa algo? ¿Puedo ayudarla?

¿Lo ves, Carmina? Tú, tan desconfiada, y él, siempre dispuesto a hacerte un favor.

—Me he caído y no puedo levantarme sola.

Ahora el silencio se produce del lado de Pepe.

—¿Pasa algo? —le pregunta Carmina.

—Solo me preguntaba si está sangrando. Lo digo porque la otra vez, cuando la llevé al consultorio, sangraba mucho.

—No… Bueno, creo que no. —No está por completo segura.

—Ahora subo.

Cuando cuelga ve la novela, *Memento mori*, que con la caída fue a dar con la puerta del comedor. Se apoya en la pared, cierra los ojos y se adormila. La despierta una voz masculina preguntando:

—Señorita Carmina, ¿dónde está?

La voz es de Pepe y le llega desde el recibidor.

—¡En el pasillo!

Suerte que la portera tiene las llaves, se dice. Y ve entrar a Pepe, seguido del médico del rellano. ¡Ahora sí que la hemos hecho buena!, le da tiempo de pensar.

Pepe y el médico se ponen uno a cada lado de Carmina. El médico la explora brevemente para confirmar que no tiene nada roto y que la pueden mover.

—Está muy caliente. Diría que tiene fiebre —dice el médico. Y a Pepe—: La cogemos entre los dos y la llevamos a la cama haciendo la sillita de la reina.

No les cuesta levantarla. Carmina tiene conciencia de que se ha encogido y mucho. Se ha hecho diminuta.

La tienden en la cama.

—¿Dónde tiene el termómetro?

Antes de que ella pueda recordar dónde lo guarda, Pepe se acerca a la cómoda, abre el primer cajón y lo saca. Carmina tiene un *flash* en el cerebro, que se apaga inmediatamente: ¿cómo sabe Pepe dónde almacena ella los medicamentos y el termómetro?

Mientras, el médico, con ojos enloquecidos, mira alternativamente a Carmina y el cenicero a rebosar de colillas sobre la mesilla de noche.

—¡¿Esto qué es?! —grita.

—Tabaco —dice ella, pensando que ese médico hace preguntas absurdas.

—¿Se lo ha fumado usted sola?

—Claro —dice. Continúa convencida de que el médico no tiene mucho juicio. ¿Cree que a estas alturas tiene compañía en la cama?

—¿Cuánto fuma cada día?

Carmina alza cuatro dedos.

—¿Cuatro cigarrillos? Aquí hay muchísimos más.

—Cuatro cigarrillos, no. Cuatro paquetes.

—¡¿Cuatro paquetes?! —se desespera el otro—. ¡¿Y aquí, en la cama?!

—¡Oh! Depende: en la cama, en la sala, en la cocina, en el baño… Allí donde esté.

—Usted es un peligro, señora. Cualquier día provoca un incendio —dice. Y le mete el termómetro en la boca.

Mientras esperan a saber la temperatura, el médico dice que hablará otra vez con las sobrinas, que o hacen algo o las denunciará.

—Treinta siete y medio —dictamina—. Quizás ha cogido frío si ha pasado mucho rato en el suelo. Hoy más vale que no se mueva de la cama. Tendría que tomar un antipirético y un analgésico —y añade un nombre comercial.

Pepe abre otra vez el cajón de los medicamentos, lo escudriña y saca una caja.

—Eso mismo —aprueba el médico, y le dice que le dé un comprimido con un vaso de leche caliente. Y se va sin dejar de soltar exabruptos.

Carmina se siente aliviada de perderlo de vista.

—Ojalá no hubiera venido con él —protesta.

—Verá… —dice Pepe, dubitativo—, me daba mucho miedo encontrármela con una herida fea y mucha sangre.

Mientras él se va a calentar la leche, Carmina se pone en la piel del marido de la portera. Pues sí, está claro que al pobre hombre la sangre no le gusta.

Se traga la pastilla que le da Pepe.

—Yo también tengo que marcharme, pero o Candela o yo subiremos a media mañana para ver cómo se encuentra.

Después de una noche transitada sobre las baldosas frías y duras del pasillo, Carmina aprecia el calorcillo de la leche y la blandura de su cama; son un privilegio. Y se duerme profundamente hasta las dos, cuando la despierta Candela.

—¿Cómo va? —le pregunta.

—Mucho mejor. Creo que ya no tengo fiebre.

Candela le pone el termómetro.

—No tiene, no —dice la portera—. Le he preparado un poco de comida: una sopa de verduras y un trozo de tortilla de patatas. ¿Se lo traigo aquí?

—No. Prefiero levantarme y tomármelo sentada.

Candela la ayuda a ponerse la bata y a sentarse en la butaca de la sala. Luego, le lleva una bandeja con la comida y le hace compañía hasta que termina.

—¿La acompaño a la cama?

—No. Prefiero quedarme aquí, junto a mi pez.

—De acuerdo, pues a media tarde, vendré para ayudarla a acostarse.

Con un gesto de la mano y una sonrisa, Carmina se despide y le agradece la ayuda. Una vez que oye cerrarse la puerta del rellano, mira al pez.

—Ay, Moby, bonito. Creo que esto es el final. No el final de la vida, pero sí el de mi autonomía. Tengo que rendirme a la evidencia: no puedo vivir sola. Mal que me pese, las niñas tienen razón. Quizás tenga que dejar mi piso.

Entonces mira a su alrededor. Todavía hay algunos recuerdos que quiere darles a las niñas: la vitrina donde guarda la botella de Pedro Ximénez —es pequeñita y no molestará en uno de los pisitos de sus sobrinas—, el galletero antiguo —eso cabe en cualquier sitio—, las copas de vino dulce —de cristal fino, todavía de la época en la que su padre no había muerto— y la pintura de la Arcadia —sobre todo el marco tan trabajado, que hace resaltar cualquier cuadro que le pongas.

El marco que restauró su querida Moby Dick. Todavía

recuerda aquel lunes veintiuno de mayo, después de la estancia en La Carlina.

Cuando llegó de la Junta de Obras del Puerto se encontró a Moby Dick subida a una escalera. Estaba colgando de las alcayatas el marco de la Arcadia.

—¡Mira! —le dijo con alegría. Y señaló el ángulo del marco hasta entonces desencolado y que ella había arreglado—. Se ve mucho mejor ahora, ¿a que sí? Era una pena tenerlo como lo teníais.

—Tienes razón. Es un marco precioso.

De nuevo admiró su capacidad para hacer pequeñas reparaciones caseras.

—¿Quieres que aprovechemos que mamá no está y que llegará tarde? Ha quedado a las ocho con Casamitjana para devolverle el dinero.

—Claro que quiero.

Se la veía tan contenta que Carmina supuso que la incursión de la mañana había tenido éxito.

Mientras la desnudaba despacio y le besaba cada centímetro de piel que iba dejando al descubierto, le preguntó:

—¿Qué? ¿Aquel recibo de un almacén de la Feria de Muestras correspondía a la pintura de Otto Dix?

Moby Dix se echó a reír pero no le contestó. En vez de eso, le comió la boca y la lengua. Y ella no pensó más en lo que le había preguntado. Devorarse una a otra era más sabroso que cualquier respuesta.

Y, luego, tendidas de lado en la cama, los pechos de una contra los de la otra y el olor de los sexos todavía en los dedos, Moby Dick le dijo:

—Sí. Era *Mutilados de guerra* de Otto Dix.

De la impresión, a Carmina se le paró el corazón un instante.

246

—¿Lo has encontrado? ¿Y qué has hecho con él? ¿Dónde lo has dejado?

Le puso un dedo en los labios para acallarla.

—No te lo diré. Es mejor que no lo sepas. Te lo dije al principio, cuanta menos información tengas, mejor para ti.

Un rayo le cruzó la mente: ¿era realmente lo mejor o volvía a tener uno de sus brotes paranoicos? No tenía la respuesta.

—¿Eso quiere decir que ya te vas? —le preguntó, intentando conservar la voz firme.

—Todavía no. Aún tengo que resolver de qué manera puedo sacar la pintura del país.

—¿Carmina?

La mujer sale de sus recuerdos y vuelve al presente, al piso, al pez y a...

¡Las niñas!

Sí. Es la voz de las sobrinas la que viene del recibidor. ¡Ya no están enfadadas! La alegría la deja ligera como un globo. Podría flotar por la habitación si se lo propusiera.

—¡Niñas! Aquí, en la sala.

Las sobrinas entran, la abrazan, la besan, le dicen palabras dulces. Ella les coge las manos: una a cada una. Se las estrecha con fuerza.

—Niñas, tenéis razón. No puedo vivir sola.

Las sobrinas la miran con ojos expectantes.

—Entonces, ¿buscamos a alguien que venga a vivir contigo? —preguntan—. ¿Alguien con quien puedas entenderte mejor que con Irina?

—No, no —dice moviendo la cabeza—. He pensado que es preferible que me vaya a una de esas residencias de viejas y viejos.

Las sobrinas hacen un gesto de protesta, pero ella las frena con la mano.

—Llamadlas como queráis: residencias de la tercera edad o lo que sea… Pero buscadme una donde pueda tener una habitación para mí sola, por favor. Y que dé el sol.

Las sobrinas le dicen que sí, que puede contar con ello, que les dé unos días para resolverlo todo.

—Hasta que no encontremos una plaza, entre Candela y nosotras iremos viniendo a ayudarte.

35

Las niñas la acompañaron a la cama ayer por la noche y, por la mañana, pasa Candela para prepararle el desayuno y ayudarla a ir al baño.

—Tiene la boca un poco torcida —la examina Candela—. ¿Le duele una muela?

Ella dice que no, que quizás sea el golpe de ayer cuando se cayó.

Le duele mucho la cabeza, pero no se lo dice porque no quiere dar la lata. Ya es suficiente carga sin necesidad de contarle sus males.

—¿Quiere vestirse o prefiere volver a la cama?

Le dice a Candela que no se preocupe, que se quedará en la cama hasta que vengan las sobrinas a mediodía. La portera la acompaña y la deja bien instalada, con una almohada grande detrás de la espalda. Cuando está sola, Carmina se pone a grabar.

Martes, 22 de mayo de 1956

Mamá me había dicho que no la esperara al salir del despacho, que tenía mucho trabajo que la obligaría a quedarse hasta tarde.

Al bajar del tranvía, recordé que no quedaba pan en casa.

La panadería estaba a rebosar de gente. A pesar de que en el mostrador había dos mujeres atendiendo, me tocó hacer cola. Enseguida hubo más gente esperando detrás de mí. La tienda era un hormiguero. Cuando me tocó, pedí dos panecillos, un pedazo de bizcocho y un pan redondo de kilo. Y dejé la cantidad exacta en el platillo del cambio. Cuando estaba metiendo el pedido en la bolsa, oí que me llamaban.

—¡Carmina!

Era Sebastián y no tenía buena cara.

—¿Qué te pasa? —le pregunté. No era habitual verlo con ese gesto avinagrado en los labios y en los ojos.

—Ven —me dijo con brusquedad. Y me cogió del brazo y tiró de mí.

Lo seguí hasta la calle.

—¡Tenemos que hablar! —dijo con un tono autoritario que no le conocía pero que alguna vez había podido intuir.

—¿Hablar de qué? —dije soltándome con un buen tirón.

Él se levantó las gafas para frotarse los ojos. Cuando los abrió de nuevo, había perdido la mirada bárbara. Volvía a ser dócil. Con un tono nada imperativo, me preguntó:

—¿Tú sabes quién es la mujer que tienes en casa?

Noté una mano que me cogía el corazón y lo estrujaba. ¿Qué había averiguado? ¿Sabía algo de la misión de mi amor? ¿Tenía razón Moby Dick, y Degrelle la estaba persiguiendo? ¿Estaba Sebastián a las órdenes de Degrelle? La mano que me apretaba con fuerza solo me dejó un hilo de voz para contestar:

—Una parienta.

—¿Ah sí? ¿Y de dónde ha salido?

Carmina nota un hormigueo en la mano derecha. Y cada vez le pesa más la grabadora. La deja sobre los muslos. Abre y cierra la mano, pero el cosquilleo no desaparece. Tampoco se le ha pasado el dolor de cabeza.

* * *

—De Francia, ya lo sabes.

—¿Y a qué se dedica?

Noté que la angustia se evaporaba y una indignación que sentía arder en las mejillas ocupaba ese lugar.

—Pero ¿qué es este interrogatorio, Sebastián? ¿Se puede saber qué te pasa?

Mi cólera acabó de amansarlo.

—Nada, nada. Tienes razón. No sé qué me ha dado. Discúlpame… Es que te aprecio mucho y no querría que te ocurriera nada.

—¿A mí? Ay, mira, mejor lo dejamos. Ya hablaremos otro día.

Y hui deprisa sin preocuparme por lo que él fuera a hacer.

Sin aliento y con el corazón desbocado, me detuve súbitamente en el portal del edificio. No podía presentarme en ese estado ante Moby Dick. Si tenía que contarle mi conversación con Sebastián, iba a desencadenarle un nuevo ataque de paranoia. Debía recuperar la calma. Dejé que la respiración fuera sosegándose.

Antonia salió con una escoba a limpiar la acera. No me pareció que fuera la hora para hacerlo; al contrario, me imaginé que venía a ver qué hacía yo tanto rato delante de la portería, sin decidirme a entrar.

La saludé y me colé en el vestíbulo antes de que me hiciera alguna pregunta indiscreta. Cuando metí la llave en la cerradura, ya tenía las mejillas frescas y podía hablar sin que pareciera que me faltaba el aire.

—Mira lo que te he traído —le dije a Moby Dick, que me siguió hasta la cocina.

Saqué el bizcocho de la bolsa y, entonces, me di cuenta de que me había dejado el pan en la panadería.

—No te preocupes. Voy a buscarlo —me dijo Moby Dick, después de darme un beso de tornillo, que me volvió a robar el aliento.

—¡No tardes!

—Vuelvo volando.

Mientras ella salía por la puerta, yo contestaba el teléfono. Era mamá, que me decía que todavía tardaría una hora, como mínimo, porque se habían presentado unos inspectores en la agencia. Y que no me preocupara, era algo rutinario.

Y yo pensé que sería estupendo disponer de ese tiempo de libertad en cuanto volviera Moby Dick. Y me acerqué a la sala porque me llegaban pitidos de la calle. ¿Qué ocurriría?

Cuando abrí el balcón, un aluvión de gritos irrumpió en la estancia. Salí y me asomé por la barandilla. Se me heló el corazón.

Justo delante de los jardines de las Hermanitas de los Pobres, una pareja de hombres se había puesto uno a cada lado de Moby Dick. Debían de ser de la policía secreta porque, a pesar de ir de paisano, estaban esposando a mi amor, que había empezado a chillar.

Ahora, uno de los hombres, el que no iba unido a ella por las esposas, la estaba empujando para que subiera a un coche. Moby Dick se resistía.

Mientras, la portera, todavía con la escoba, se sumó al jaleo. Y quienes se habían acercado también alborotaban gritando y silbando.

Yo no podía decir nada.

Carmina levanta la cabeza. Nota molestias en el ojo derecho. Se lo frota, pero no sirve de mucho. Se tapa el ojo izquierdo y, con el derecho, no ve nada; solo un agujero negro. O una mancha o una nube. No lo entiende. Quizás debería descansar un poco para recuperar la visión. Será eso. Terminará pronto de grabar y dormirá un rato.

Pulsa la tecla *on* de la grabadora y cuenta qué ocurrió a partir del momento en qué detuvieron a Moby Dick. Diez minutos más tarde, cuando está a punto de grabar la última frase, solo tiene tiempo de decir:

«Y en cuanto a la pintura *Mutilados de guerra* de Otto Dix…».

Y suena el móvil. Son las mosqueteras.

—Hola, niñas —dice. Y deja el teléfono sobre sus muslos, junto a la grabadora. También le pesa. Y el hormigueo es insistente.

—¿Cómo estás?

—Bien. En la cama, viendo el perfil de las casas recortado en el cielo. Y esperándoos.

Y las coreutas le dicen que no se mueva, que no tardarán en llegar para ocuparse de todo. Y luego se lanzan a contarle lo maravillosa que es la residencia que han encontrado.

Y ella sonríe, acompañada por las voces de sus queridas sobrinas.

Y, de pronto, nota un pinchazo en la cabeza, como si alguien hubiera encendido una bengala. Hay una explosión de luz blanca.

Ay, niñas, así. Cogedme de las manos. No me soltéis.

Con las manos de las niñas entre las suyas, se siente amparada. Entonces una niebla oscura le va abarrotando la mente, pero todavía tiene tiempo de decir o pensar o murmurar: Os quiero.

Luego, no hay nada más. Todo es silencio y negrura, mientras las sobrinas le cuentan lo bonita y luminosa que es la habitación.

36

El ataúd sobre la base deslizante penetra en el horno.

—Menos mal que fuimos a buscar los papeles importantes al *secrétaire* y dimos con sus últimas voluntades, las instrucciones, como las llamaba ella… Así hemos podido hacerlo como quería.

Entonces ven danzar las llamas que reducirán a cenizas el cuerpo de su tía. Impresionadas por la idea, se abrazan y lloran. Luego, la puerta del horno se cierra detrás de la caja que lleva a Carmina.

—La echaremos de menos —se dicen, mientras se secan los ojos.

—Era una mujer muy peculiar —convienen—. Con un carácter de una potencia que hacía añicos las dificultades.

—Qué pena no haber podido despedirnos como hicimos con mamá —lamentan.

Y salen al patio a esperar a que les entreguen el vaso con las cenizas. Mientras, matan el tiempo paseando y llorando a ratos. Se consuelan recordando las lecturas que durante la ceremonia han hecho los sobrinos nietos e, incluso, su amigo Sebastián, que ya les ha dicho que pasará a recoger el acuario y el pez, tal como le había prometido a Carmina.

—Pobre, se le veía muy afectado. Eran tantos años de amistad…

Y releen el recordatorio:

Carmina Massot Bueno
Ha muerto en Barcelona
el 15 de diciembre de 2019
a la edad de ochenta y siete años.

¿En qué hondonada esconderé mi alma
para que no vea tu ausencia
que como un sol terrible, sin ocaso,
brilla definitiva y despiadada?
Jorge Luis Borges

Más tarde, la puerta del crematorio se abre y sale una mujer vestida de un gris impersonal con el vaso funerario en las manos.

—Señoras, aquí lo tienen. Les acompaño en el sentimiento.

Se alegran de que la mujer no haya dicho «aquí la tienen».

Las cenizas de la tía las hacen estremecerse. Llevarla en las manos condensada en un bulto no mucho más grande que una garrafa de tres litros las inquieta. No han decidido todavía qué van a hacer con ella. Como quieren ir al piso a desmontarlo aprovechando que hoy y mañana tienen el día libre, se llevarán la urna.

—A fin de cuentas, vuelve a casa —se dicen.

Se suben a un taxi. El taxista las mira de vez en cuando por el retrovisor, consciente de que, por un ratito, se ha convertido en un coche fúnebre.

Cuando entran en el piso de Carmina, van a la sala, donde el pez besucón, desconocedor de que el ama ha fallecido y de que en breve él cambiará de manos, las saluda con un beso alegre, que les provoca otro ataque de llanto.

—Tanto como lo quería… —suspiran.

Depositan el vaso funerario sobre el chifonier. Ya pensarán más adelante qué hacer con él.

Y van al dormitorio, donde de lo único que se preocuparon el día que la encontraron muerta y los de la funeraria la trasladaron al tanatorio fue de quitar las sábanas de la cama y tirarlas a la cesta de la ropa sucia. Les había parecido poco respetuoso dejarlo tal y como estaba, con las marcas del cuerpo de la tía.

Ahora habrá que ponerse a remover sus pertenencias íntimas y eso les desencadena un vértigo que les nace en el estómago.

En primer lugar, vacían el armario y meten en bolsas de basura la ropa para poder darla. Se quedan una pieza cada una; no solo porque les gusta sino porque saben que siempre que la vean guardada en un cajón, en casa, pensarán en Carmina.

—¡Anda! ¿Y eso?

Del fondo del armario, colgado de una percha y protegido por una bolsa de plástico, sacan un vestido que parece muy ajustado al cuerpo y que termina en un vuelo de tul con un estampado lila y verde.

—Una preciosidad, que seguro ya no le quedaba bien. Y a nosotras tampoco —se ríen.

Están sorprendidas. ¿Por qué lo guardaría con tanto mimo?

Luego, revisan el móvil, pero no hay gran cosa que ver. Muy pocos contactos, y la mayoría, de personas que ya no están en este mundo: Martina, Pascual, su amiga Esperanza… ¡Qué curioso que no los hubiera borrado! Quién sabe si ver el nombre y el número de los que ya estaban muertos no era una forma mínima de mantener la conexión… O quizás los conservó por la pena de verlos desaparecer por completo de su vida. Además, muy pocas llamadas y siempre a los mismos usuarios; Sebastián y ellas. Y ningún mensaje escrito. Puesto que es un móvil nuevo —ellas mismas se lo hicieron comprar—, acuerdan que se lo regalarán a uno de los sobrinos nietos, el pequeño, que recién ha cumplido doce años.

Luego examinan la grabadora. La vieron el día que se encontraron a la tía muerta en la cama. Habían corrido a su piso cuando, después de un rato de conversación, se habían preocupado por aquel inexplicable silencio. Al llegar, la mujer ya no respiraba; el ictus le había causado una muerte inesperada. Estaba tendida plácidamente, con una sonrisa en los labios, y con el móvil y la grabadora sobre los muslos. En aquel momento, no le prestaron atención; había cuestiones más urgentes. Pero ahora la miran muy intrigadas.

—¿Qué hacía la tía con una grabadora? ¿Un diario? ¿Grabar sus memorias?

Ponen la grabación a cero, se sientan en la cama y oyen la voz de Carmina.

Viernes, 27 de abril de 1956

Cogí el abrigo de entretiempo y me lo puse. Ya era mi hora de salir. En ese momento, se encendió el piloto del teléfono interior. Chasqué la lengua. Muy a menudo a la hora de irme, a don Ramón le surgía un trabajo urgentísimo…

Media hora más tarde, apagan el aparato, justo después de oír a Carmina exclamar: «Piojosa. Ay, lo de piojosa no tiene nada que ver con la escena de la plaza del Duque de Medinaceli. Se lo decía a una de las muchas palomas asquerosas que colonizan esta ciudad».

Se miran, perplejas.

—¿Es decir que Carmina sabía que le quedaban unos meses de vida y no nos lo había contado? —se preguntan con su dignidad de sobrinas queridas hecha añicos.

Y, por otro lado, ¡quién iba a decirlo! Una historia de amor con un hombre mucho mayor y, además, en una época en la que

257

no era frecuente irse a la cama con alguien sin antes haber recibido la conformidad de la Iglesia. Y, para terminar de rematarlo, un tipo conocido por un alias y con una misión secreta. Y ríen contentas porque les pone de buen humor saber que la tía se puso el mundo por montera y se lio no con un hombre, sino con unos cuantos, a juzgar por lo que dice. Y que, además, el primero fue un espía o algo por el estilo.

—Genial, como siempre —se dicen con los ojos llorosos y no saben si es de alegría por saberle una vida de amores ocultos o de pena porque ya no esté.

A pesar de todas las emociones, el estómago reclama comida. Abren la nevera con la intención de prepararse algo, pero solo llegan a pergeñar un pequeño refrigerio con pan tostado, jamón cocido y queso fresco.

—¿Esto es todo lo que comía? —Mueven la cabeza con tristeza y culpa; quizás hace ya mucho que deberían haberla llevado a una residencia, aunque fuera contra su voluntad.

Se lo toman en la sala, acompañándolo con una copita de Pedro Ximénez, puesto que no han podido encontrar ni una botella de vino ni una de cerveza.

—Rico, pero demasiado dulce —opinan.

Y vuelven a zambullirse en el testamento oral de Carmina, hasta que una hora y cuarto más tarde, llegan al fragmento que estaba grabando cuando tuvo la embolia cerebral que le apagó la mente y la vida.

Martes, 22 de mayo de 1956

Cogida a la barandilla del balcón con tanta fuerza que tenía los nudillos del color de la porcelana, veía la nuca de Moby Dick a través del cristal trasero del coche. Mentalmente le pedía que se diera la vuelta, que me dejara verle los ojos, la boca, la nariz… No hizo ningún gesto que pudiera complacer mi necesidad. No podía saber que me había quedado en el balcón paralizada, incapaz de gritar ni de moverme.

Observé cómo arrancaba el coche de policía y bajaba por Conde Borrell. Pronto dejé de verlo.

Del balcón contiguo, me llegaba la sintonía del programa radiofónico de Elena Francis. Y pronto, la voz de la locutora empezó a leer la respuesta a una de las oyentes que había enviado una carta planteando un conflicto de marido casquivano. «Querida esposa desgraciada. Entiendo su dolor por las escapadas de su marido todas las noches, pero es mucho mejor que se haga la ciega, sorda y muda. Procure hacer lo más grato posible su hogar, no ponga mala cara cuando él llegue…».

Moby Dick, detenida y yo, sin saber qué hacer. Y, de pronto, como si se abriera un claro en mi cerebro embarullado, lo vi. Sebastián. ¡Por supuesto! Él me ayudaría, por algo estaba bien relacionado con la policía. Volé escaleras arriba, crucé la azotea y bajé hasta su rellano. No llamé a la puerta de su casa, sino a la de enfrente, donde el padre de mi amigo tenía el taller de reprografía del que salían las muñecas recortables que tanto gustaban a mis sobrinas.

Me abrió el padre, un hombre muy huraño.

—¿Sebastián? Claro que está. Para muchos de nosotros, no ha terminado la jornada laboral —me dijo con desdén—. Está en la habitación oscura, revelando. Ya sabes dónde, ¿no?

Avancé por el pasillo mientras le indicaba con una mano alzada que lo sabía.

—Y no entres hasta que la luz roja se haya apagado.

¡Claro! Pero, cuando estuve delante de la puerta, llamé para avisarlo.

—Sebastián, soy yo. Es urgente.

Unos minutos más tarde, se apagó la luz roja del pasillo y me hizo entrar. Delante de él, me desmoroné.

—Pero ¿qué pasa? —me dijo, abrazándome.

—Han detenido a nuestra parienta. Se la han llevado en un coche de policía... Creo que debía de ser la policía secreta.

—Pero ¡¿qué dices?! No puede ser.

Incapaz de dejar de llorar, le pedí que hiciera algo.

—¡Llama a tu amigo policía! Comprueba si la han llevado a la comisaría de Vía Layetana o a dónde...

—Lo haré, lo haré. Pero, ahora, tranquilízate. Ve a tu piso y no te muevas.

Me enjugué las mejillas.

—De acuerdo. Pero lo harás, ¿verdad?

—Claro que sí.

Volví a casa, ahora con un paso derrotado, sin ánimo para nada.

Cuando entré, me acordé del teléfono francés que me había dado Moby Dick por si le pasaba algo. Y le había pasado. Lo fui a buscar a la habitación y, de vuelta en el recibidor, marqué el número con los ojos húmedos. La persona que recibió mi petición fue muy lacónica y nada apacible, pero al menos se hizo cargo de la situación y me pidió que no interfiriera, que «ellos» se encargaban.

Sebastián vino a última hora de la tarde para decirme que su amigo policía estaba de permiso y volvía al cabo de dos días. Y aprovechó la ocasión para volverme a abrazar. La primera vez me había parecido un gesto cargado de ternura, pero ahora me pregunté por qué se ponía tan empalagoso. Por si acaso, cuando dos días más tarde vino a darme la respuesta de su amigo, puse una butaca entre los dos; no tenía ganas de mimos. Me notificó que sí, que la detenida había sido conducida a la comisaría de Vía Layetana, pero que ya no estaba allí. El mismo cónsul francés en Barcelona se había encargado de sacarla.

—Y, sobre todo, no trates de encontrarla. Es demasiado peligroso. Más vale que nadie os relacione mucho.

Cuando Sebastián se fue, mamá vino a consolarme.

—Vamos, nena. No llores, que, como bien te ha dicho Sebastián, Moby Dick era una persona, un personaje, tendría que decir, peligrosa. Y es mejor que haya salido de nuestras vidas.

Me dio una llorera todavía más fuerte.

—Anda, nena, que eres muy joven y conocerás a otras personas y te volverás a enamorar.

Mamá siempre tan pragmática, me dije mientras me sonaba ruidosamente.

—Además, ahora quizás vuelvas a ser tú, hija mía. Y podrás pensar en casarte —dijo mientras me daba unos golpecitos tiernos en la mano.

—Mamá —me quejé—, no me gustan los hombres…

—Eso ya lo veremos —replicó ella.

Y aquella misma noche descubrí, dentro del cajón de la mesilla de noche y debajo de *Ravages*, la carta de despedida.

Una semana más tarde, pasando por encima de la prohibición de buscarla, traté de localizarla en el número de teléfono que había usado para rescatarla de la comisaría. Me dijeron que me equivocaba, que no sabían de quién hablaba, que Moby Dick era un nombre de ballena y no de persona.

Durante unos meses, mamá y yo vivimos con cierta intranquilidad, sobre todo yo, que no me fiaba de que Degrelle no nos persiguiera por culpa del dinero que le había robado Moby Dick y también porque seguramente ya había averiguado que la pintura de Otto Dix había desaparecido del almacén de la Feria de Muestras. Claro que, teniendo en cuenta que era traficante de arte, quizás tampoco le interesara hacer ruido. Pese a todo, vivimos un largo tiempo mirando de vez en cuando hacia atrás cuando íbamos por la calle y cerrando con dos vueltas la puerta de casa.

No volví a saber nada de Moby Dick hasta 1969, en la librería francesa, donde me paré delante de un libro de bolsillo escrito por Violette Leduc, la misma autora de *Ravages*. La novela me llamó la atención, y no por el título: *Thérèse et Isabelle*, sino por la fotografía de la contraportada. Aunque no la hubiera podido reconocer por la cara, la nariz, el cabello o los ojos resplandecientes, la habría identificado por el colgante del lazo con el brillante que yo le había comprado en el Regulador. Entonces entendí el auténtico significado de la novela que me había regalado en 1956 y entendí también que la protagonista de *Ravages* era ella misma.

Ella, la autora, había transformado su vida en una historia novelesca y a ella misma en una protagonista de ficción. Durante unos instantes, ahora que sabía su identidad, me planteé buscarla. Siendo como era una escritora conocida no tenía que ser difícil de encontrar. Pero enseguida decidí que no. Habían pasado tantos años que Moby Dick ya no sería la Moby Dick que yo había querido. Ni yo tampoco la Carmina que ella había conocido. Era mejor no remover nada y que los recuerdos quedaran como los conservaba.

En el texto de la contraportada leí que, desde julio de 1956 a mayo de 1957, diagnosticada de una crisis de paranoia, había pasado un tiempo en un hospital psiquiátrico y, luego, en una clínica de reposo. Así pues, no habían sido manías mías, no había sido un efecto de una persecución real, Moby Dick estaba paranoica ya los últimos días que estuvimos juntas.

Mientras pagaba el libro, pensé que, ciertamente, alguien sí que la perseguía y la había delatado. Nunca llegué a saber quién, pero siempre estuve convencida de que era uno de los hombres de Degrelle.

Y en cuanto a la pintura *Mutilados de guerra* de Otto Dix…

A partir de esta frase, no hay nada más grabado.

37

—¡¿Qué?! —exclaman—. ¿Una historia con una mujer? Y claro, los demás amores de los que habla también eran mujeres.

¡Se miran con los ojos brillantes! Unos ojos que dicen: lo teníamos delante de las narices y no nos dimos cuenta. Toda la historia de la escritora conocida, y la del nazi, y la de la investigación de la pintura…, todo le encaja tan bien a la tía Carmina, tan poco convencional. Ella, que iba a lo suyo y ya podía decir el mundo lo que quisiera, que ella dejaba de lado los usos y costumbres…

—¡Y el vestido verde y lila con tul por debajo de las rodillas!

Ahora entienden por qué lo conservaba.

Y la abuela Jerónima, tan creyente y peripuesta, que lo sabía y lo aceptaba…

—Bueno, al menos no se oponía, aunque alguna vez le diera la lata.

¡Qué tremendas, las dos! Avanzadas a su tiempo.

Y ellas están contentas de que Carmina se lo haya contado antes de irse.

—Arriba, que tenemos trabajo. Vamos a vaciar la habitación de coser.

Todavía la llaman así a pesar de que ya hace mucho que nadie hacía en ella ninguna labor.

Primero, abren el armario de la ropa de la casa y el olor de lavanda les asalta la nariz. Lo agradecen porque, cuando abren cualquiera de los demás muebles de la casa, lo que les invade el olfato es el olor de tabaco.

—Es raro que haya tan poca ropa, ¿no? Ella y Jerónima tenían una fijación con la ropa de la casa —dicen mientras se encogen de hombros.

Del estante superior sacan el paquete envuelto en papel de seda blanca. Lo desenvuelven.

Manteles de bordes calados, sábanas con embozos cargados de puntillas, toallas de hilo…

—¡El ajuar! —concluyen las dos, maldiciendo el paso del tiempo que, pese al papel de seda protector, ha marcado las dobleces de polvo negro. No saben si los podrán limpiar.

Y mientras escudriñan y vacían los demás estantes, comentan que, a pesar de no haber estrenado el ajuar, Carmina tuvo una vida sentimental y sexual feliz. A su manera, independiente y libre de cadenas…

Y continúan sacando ropa de los estantes, cuando en un rincón descubren el almacén de cigarrillos.

—¡Un cartón de tabaco…! —protestan desenterrándolo—. Podía quedarse sin comer, pero no sin cigarrillos.

Y, de debajo de las toallas de baño, sacan una carpeta marrón, cerrada con gomas elásticas. Dentro están los famosos sobres con dinero: comida, droguería, farmacia, tabaco, varios… Todavía hay alguno que contiene billetes.

—Esa sí era una obsesión de persona mayor —dicen mientras mueven la cabeza con gravedad—: que alguien le robaba dinero…

Separan la ropa que quieren quedarse de la que van a dar y la meten en bolsas de basura diferenciadas. Luego le propondrán a Candela que las revise por si hay algo que le pueda ser útil.

—Ahora el *secrétaire*.

Abren la puerta frontal y la dejan reposar plana sobre las guías que han sacado hacia el exterior.

—Está casi todo el trabajo hecho. Nos ha ahorrado mucho tiempo. Muy en su línea, hacerlo todo ella.

Ya comprobaron el día de la muerte de Carmina que en ese mueble no quedaba casi nada. Han desaparecido todas las carpetas de facturas y las de papeles importantes.

—Solo guardó lo que consideraba fundamental y lo metió en la caja de la cinta verde. Y también la hoja de instrucciones.

Era evidente que solo podía haberlo dejado en ese mueble. Desde jovencitas, sabían que guardaba ahí los documentos importantes; se lo recordaba sobre todo cuando se iba de viaje: «Niñas, si me ocurriera algo, abrid el *secrétaire*».

—Sabía que sería el primer lugar donde miraríamos y no se equivocó.

Agradecen que se deshiciera de cualquier documento innecesario.

—Siempre tan decidida —comentan, y de nuevo se secan las lágrimas.

Y en uno de los dos cajones interiores descubren unos cuántos lápices y bolígrafos y un bloc de notas. En el otro, aparece un libro: *Las pequeñas virtudes*, de Natalia Ginzburg.

Se sorprenden porque no era propio de Carmina tener los libros fuera de lugar. Y, entonces, se dan cuenta de que, dentro, hay un sobre con dos recortes de periódico.

Uno es un artículo aparecido en *El País* el 9 de abril de 1994 y firmado por Lluís Bassets, cuyo título es «El último nazi, el primer traidor» y empieza: *León Degrelle, el último de los caudillos fascistas vivos, murió el jueves a los 87 años en su exilio malagueño, en días cargados de presagios sobre la ascensión de los totalitarismos en Europa*, y acaba: *Su muerte ha dado lugar, en pocas horas, a un alud de epitafios. Uno de los más significativos lo publica ayer De Standaard de la pluma de Manu Ruys, un veterano periodista de sensibilidad muy próxima al nacionalismo flamenco: «Fue el prototipo del farsante ambicioso. No era un germánico, sino un puro gallo valón bullanguero».*

El otro es una noticia de abril de 2019, que confirma que dos hijos de Degrelle, Jorge Luis de la Rosa Degrelle de Felipe y José Antonio de la Rosa Degrelle, se presentaron con la candidatura de Vox a las elecciones de un municipio madrileño.

El primer recorte tiene quince años y el segundo, unos cuantos meses. Está claro que el nazi nunca dejó de interesarla...

—O de inquietarla en cierto modo.

En ese momento alguien llama al timbre, pero, antes de que puedan ir a abrir, ya oyen la puerta que se cierra.

—Soy yo, Sebastián.

—Adelante.

Mientras se acerca, se consultan si es una idea acertada darle el *secrétaire*, demasiado grande para acogerlo en sus domicilios. Consideran que sí.

—Buenas tardes.

Sebastián todavía lleva el traje oscuro que se ha puesto para la ceremonia, ahora, sin embargo, muy arrugado. Parece que se haya tumbado en el sofá, sin quitarse la americana, y haya pasado unas cuantas horas macerando su tristeza. Da la impresión de estar desorientado y perdido.

—Todavía no me le creo —dice.

—Nosotras tampoco.

Él se da la vuelta, quizás para que no vean que las lágrimas amenazan con desbordarle los ojos.

Incómodas, se hacen un gesto y se lanzan a ofrecerle el *secrétaire* al leal amigo.

—¡Oh! ¡Qué ilusión! Es un mueble que me gusta muchísimo. Y, además, siempre que lo vea me recordará a Carmina.

—Y cuando lo abras...

Él las mira sin entender la última frase.

—Vamos, que tendrás que limpiarlo a fondo si no quieres tener el tufo a Chesterfield apestándote la casa cada vez que lo abras.

Él ríe, aliviado de poder tener una reacción espontánea

incompatible con el llanto. Y hace un gesto con la mano como si dijera: era su olor característico y me parece bien.

—Buscaré a alguien que me eche una mano para llevarme el acuario y el *secrétaire*. ¿Lo habéis vaciado?

—Sí —dicen—. Casi no había nada.

¡Ah! En el último momento, las dos se acuerdan del cajón secreto. Por algo el mueble se llama *secrétaire*.

Palpan la parte inferior del primer estante y, al fondo, está el cajoncito, cuya existencia conocen desde hace tiempo. Hasta ahora, sin embargo, nunca lo han abierto.

De dentro sacan una novela.

Se convierten en dos estatuas: ¡*Ravages*, de Violette Leduc!

Lo que les resulta más desconcertante es que también Sebastián se ha quedado perplejo cuando la ha visto. Pero enseguida recupera la expresión de persona buena e imperturbable.

—¿Mañana estaréis aquí? —pregunta. Y hace el gesto de devolverles la llave.

Ellas se lo impiden: que ya se las dará cuando venga a recogerlo todo.

Cuando el hombre desaparece, ellas abren el libro y leen la dedicatoria: *A mi amor más breve, pero también el más intenso. Moby Dick. 12 de mayo de 1956.*

Miran la página de créditos: diciembre de 1955.

—Sesenta y cuatro años guardando testimonio de la historia de amor de Carmina con Violette Leduc.

En el interior también encuentran dos billetes de tren: uno de Barcelona a Sevilla con fecha del 18 de mayo de 1956 y otro de Sevilla a Barcelona del 21 de mayo del 1956, y una factura del Regulador que corresponde a un colgante en forma de lazo, de oro blanco y con un brillante engarzado en el nudo.

Se miran, resplandecientes: qué pedazo de mujer era Carmina; a pesar de las ideas fascistas y ultracatólicas del dictador, no se amedrentó y vivió a fondo aquel amor prohibido.

Tienen la impresión de haberse sumergido en otro tiempo. Ahora pueden ver a Carmina, joven, con los labios muy rojos, la melena salvajemente rizada, tacones de aguja y falda lápiz, con un cigarrillo entre los dedos y anhelando encontrarse con su amor.

—¿Y qué pasó con *Mutilados de guerra*? —se preguntan.

¿Llegó a encontrarlo Carmina? ¿Era eso lo que intentaba contar en la última frase, cuando la muerte la sorprendió?

Deciden que echarán a suertes quién se queda como recuerdo la novela y quién el vestido con volante de tul.

Antes de irse, miran la urna sobre el chifonier. Todavía no saben qué harán con las cenizas de Carmina. Tenerlas en casa adornando la chimenea no lo consideran una opción. Creen que lanzarlas al mar o al bosque no está permitido. Tirarlas a la basura es una impertinencia; y solo imaginarlo les hace pedazos el corazón. Dejarlas en el cementerio, si eso es posible, les parece excesivamente convencional. ¿Entonces, qué?

Cuando cierran la puerta del piso, se encuentran al médico del rellano que sale del ascensor y les lanza una mirada rellena de reproches.

Ellas se sacuden la mirada de encima y, con una indiferencia impostada, pasan por delante de él y entran en el ascensor.

—Qué tipo tan desagradable —dicen cuando han empezado el descenso.

Y recuerdan la presión que sintieron durante los últimos tiempos de vida de la tía. Ese médico, que quería denunciarlas por incuria de una anciana; la trabajadora social que opinaba que debían incapacitar a Carmina; el médico de la Junta de Obras del Puerto que las mandó a freír espárragos creyendo que lo que querían era quedarse con el dinero de su tía…

Qué complicado hacerse vieja, perder la autonomía y no querer admitirlo porque siempre has sido una mujer muy independiente.

38

Al día siguiente, cargadas con cajas de cartón dobladas, se paran ante la garita de la portera y le dicen que, cuando le vaya bien, suba a ver si quiere algún recuerdo de Carmina. Candela responde que lo hará, que le tenía mucho afecto a la tía, pese a las rarezas que, de vez en cuando y de forma repentina como un castillo de fuegos artificiales, se hacían evidentes. Que era una mujer diferente de las demás vecinas, tanto para lo bueno, que era mucho, como para lo no tan bueno, que, de eso, también había. Las sobrinas están de acuerdo.

Luego, abren el buzón y encuentran dos cartas y un folleto de propaganda. Abren los sobres cuando están en el ascensor. Uno es una factura del agua. El otro contiene la factura del teléfono fijo.

Descubren dos cuestiones inexplicables en la factura del teléfono. La primera, el importe: exageradamente elevado para una mujer que prácticamente no hablaba con nadie. La segunda, llamadas a un mismo número que se repite muy a menudo. Es un número de pago; de esos que cuestan un ojo de la cara si hablas mucho rato. Y, desde luego, cada vez se pasaba una hora o más.

Al abrir la puerta se comentan lo extraño que les resulta que no haya salido a recibirlas con los brazos abiertos, a punto para un abrazo, como hacía siempre. Entran en la sala y la visión de la urna les hace saltar las lágrimas.

Dejan las cajas de cartón en la sala para montarlas más tarde. Luego, se van a observar al pez. Es el único con una impasibilidad que ahora les resulta envidiable. Le echan un poco de comida, y Moby se lanza sobre ella con voracidad. Quizás han tardado demasiado en ponérsela. Anda que si llegan a dejarlo morir de hambre delante de las cenizas de Carmina…

—Sería capaz de volver del más allá para estrangularnos —ríen.

Examinan de nuevo la factura del teléfono con un enorme sentimiento de curiosidad. ¿Qué habrá detrás de ese número por el que te cobran cantidades estratosféricas? Un teléfono erótico, seguro que no. ¿Un servicio telefónico para personas que viven solas? ¡Ay! La culpa vuelve a morderles el estómago. Quizás tenían que haberle hecho más compañía… ¿Un servicio psicológico para personas con cáncer?

Determinadas, se van al recibidor a marcar el número. Y, después de dos timbrazos, responde una voz de mujer, que —según dice— se llama Luna de Jade. La mujer quiere saber cuál es el problema y dice también que necesita conocer la fecha de nacimiento exacta para poder hacer la carta astral y encontrar la solución de cualquier dificultad.

Anonadadas por la posibilidad de que la tía usara un servicio de horóscopo, cuelgan el teléfono y van a sentarse a la sala. Entonces ¿quién era, pues, Carmina?

—¿De verdad Carmina llamaba a esa tal Luna de Jade?

Les resulta inconcebible.

Que tuviera una historia de amor con una mujer, sí. Que se implicara en la búsqueda de una pintura robada por un nazi, también. ¡¿Pero que consultara el horóscopo?! ¡Ni loca!

—Aquí hay algo que no encaja —dicen.

Estudian la factura y, de pronto, se dan cuenta de que hay llamadas, ¡de más de una hora cada una!, hechas el fin de semana que Carmina pasó fuera de casa, con ellas. Imposible que ese sábado o ese domingo hiciera una llamada desde su piso, porque no estaba.

Tratan de encontrar más fechas en las que les conste que la tía había salido.

Hay una de una mañana en la que saben que estuvo en la calle con Irina. Y también una de la noche en la que se cayó y tuvo que ir al CAP de la calle Manso a curarse.

¿Y si todas las llamadas correspondiesen a los ratos en los que el piso estaba vacío?

No pueden comprobarlo, pero hallan por lo menos cuatro evidencias.

Quedan hundidas en el sofá. No pueden impedir que la mirada se les vaya constantemente a la factura delatora. Se sienten miserables. Miserables por no haberla creído. Alguien se aprovechaba de la debilidad de una mujer mayor, mientras ellas, las sobrinas, se la quitaban de encima con frases condescendientes. Les caen lágrimas de culpa y de rabia, y las mejillas se les llenan de rímel negro.

Pero ¿quién? ¿Quién es la mala bestia que abusaba de ese modo de Carmina? Solo puede ser alguien que tenga llave del piso: Sebastián o Candela.

—¡Uno de los dos! —se dicen dispuestas a descubrir al culpable.

Y en ese momento, oyen que la puerta se abre.

—Soy yo, Sebastián.

Se frotan para limpiarse, más mal que bien, las mejillas.

—Adelante. Estamos en la sala.

Entra Sebastián con una jarra de cristal en la mano. Detrás aparecen dos hombres jóvenes con mantas y cuerdas.

—La jarra es para el pez —explica, mientras mira con insistencia el rastro que aún se marca bajo sus ojos. Dice—: La vida sin Carmina es durísima.

Y se acerca al acuario para pescar al pez besucón, que tendrá que quedarse unas horas en la jarra.

En ese minúsculo acuario, Moby da vueltas y vueltas en un ir y venir frenético, como si le irritara el hecho de toparse con las paredes en cuanto se da la vuelta. Mientras, los hombres fornidos sacan del acuario el filtro con la bomba de circulación, la luz led, el termocalentador y las plantas.

—Nos lo llevamos para vaciarlo y limpiarlo —dicen.

Sebastián y las sobrinas, sentados en el tresillo isabelino, observan al pez sobre la mesita baja, junto a la novela *Ravages*. Durante un buen rato no dicen nada. Parecen hipnotizados por Moby.

Los hombres vuelven a entrar: ya tienen listo el acuario para trasladarlo. Y avisan:

—Ahora vamos a preparar el mueble del cuarto de al lado.

—El *secrétaire* —dicen ellas—. Perfecto.

Vuelven a estar solos. Sebastián mira alternativamente el pez y la novela. Las sobrinas se miran entre ellas y luego lo miran a él y, por fin, se dan un codazo disimulado y preguntan:

—¿Qué signo del horóscopo eres, Sebastián?

El hombre levanta la cabeza con la misma expresión que si le hubieran preguntado si le gustaba la sopa de lagartos.

—¡¿Yo?! ¡Ni idea! Nunca he creído en esas tonterías.

Y se lanza a explicarles que, cuando Carmina y él eran jóvenes, la portera que había entonces en la finca decía ser vidente y que algunas personas iban a que les predijera el futuro.

—Estoy completamente seguro de que el futuro no se puede adivinar. Si acaso, lo podemos modificar con nuestra forma de actuar. Una vez, por ejemplo, ayudé a vuestra tía y le ahorré una historia muy desagradable.

—¿Ah, sí? ¡Ay, cuéntanoslo, anda! —dicen genuinamente interesadas por oír una historia nueva de la tía.

Otra vez, los dos hombres jóvenes entran en la sala e interrumpen el relato antes de que empiece.

—Ya lo tenemos —avisan.

—Pues podéis llevarlo hacia casa —dice Sebastián. Y les da la llave de su piso. Luego, entrega otra a las sobrinas—: Aquí tenéis la de vuestra tía; desgraciadamente ya no me hace falta.

Los hombres se van y ellas se vuelven hacia Sebastián, dispuestas a no perder ni un segundo de la historia.

—Pues resulta que hace años, cuando yo tenía unos veintiuno y vuestra tía debía de tener veinticuatro (lo deduzco porque nos llevábamos algo más de tres años), vuestra abuela tuvo invitada, en este mismo piso y durante unas semanas, a una mujer horrorosa. Parecía más un hombretón que una mujer. Llevaba faldas anchas, zapatos planos de cordones, no se pintaba... Hablaba con una voz oscura y profunda. Siempre se sentaba con las piernas abiertas y, aunque llevara una falda ancha, el gesto era tan poco propio de una mujer...

Las sobrinas no respiran. No tragan saliva. No se mueven. Se han quedado congeladas.

La puerta de entrada se acaba de cerrar con un fuerte batacazo y les da un buen susto: las ha descongelado.

—¡Hola! Soy Candela.

—Pase, Candela, estamos en la sala —consiguen articular no sin dificultades.

—¿Cómo va todo? ¿Es duro, no, vaciar el piso de la señorita Carmina? Yo sé lo que es porque tuve que hacerlo con la casa de mis padres, en el pueblo.

Mueven la cabeza con pesadumbre. Tiene razón: una tarea dolorosa.

—¿Le interesa ropa de la casa o algún vestido, chaqueta o jersey de la tía? Tiene de todo en estas bolsas de aquí —le señalan—. Y si quiere algún mueble...

Candela cruza los brazos por debajo de la papada, acomodándolos sobre el estante que le forman los pechos.

—Ay, pues sí, esa mesita baja, que es muy bonita y me hará un gran servicio, si ustedes no la quieren, claro.

Ellas hacen un gesto con la mano para indicarle que la puede coger, mientras se muerden los labios por no soltar la pregunta que tienen en la punta de la lengua: Usted, Candela, ¿qué signo del horóscopo es? Pero no lo hacen porque Sebastián creería que están locas.

La portera deja *Ravages* encima del sofá, entre las dos mujeres, y pone la jarra con el pez junto a los pies de Sebastián. Pero se lo piensa dos veces.

—No fuera a tropezarse y el pez terminara por el suelo —dice, mientras lo deja sobre el chifonier, junto a Carmina.

Rebusca en la bolsa de la ropa. Saca un abrigo negro.

—¡Qué elegante! —dice—. Tenía muy buen gusto la señorita Carmina. Si me quedara bien…

Mientras se lo prueba, se ahorran decirle que no, que no le cabrá.

—Lástima —dice ella, descartando la pieza—. La señorita Carmina era poquita cosa, sobre todo últimamente.

Por fin, la mujer desaparece con la mesa y un mantel.

—¿Y pues? —dicen ellas comiéndose a Sebastián con los ojos.

—Pues que vi que era una mujer que quería tener una relación… Cómo lo diría… Una relación inapropiada con Carmina. Carmina era jovencita, con la desventaja añadida de no haber crecido con un hombre en casa. La muerte de su padre cuando todavía no había nacido había comprometido su educación dentro de las normas de lo que tenía que ser una señorita. Esa mujer se llamaba Violette Leduc —lo supe porque le miré el pasaporte— y era la autora de esta novela.

Las sobrinas tienen ganas de sacudirlo, por impertinente, pero no dicen nada. Necesitan llegar hasta el final de la crónica.

Sebastián tiene cara de haberse ido al pasado, a sus veinte años, a Moby Dick y Carmina.

—¿Y qué pasó? —lo espolean.

39

—¿Sabéis? —dice Sebastián, aunque a pesar del «¿sabéis?» parece que hable para sí mismo—, me di cuenta de que Carmina existía recién cumplidos los veintiuno, un día que me la crucé en la portería. Seguro que no era la primera vez, claro, pero fue la primera en la que fui consciente de la existencia de una vecina como ella. Carmina salía y yo entraba. Y me deslumbró aquella mujer de ojos de color miel y de cabello muy rizado medio cubierto por una boina. Quizás fue la boina lo que hizo que me fijara en ella, quizás aquellos tacones vertiginosos que yo solo había visto en los pies de las actrices de Hollywood, quizás que llevaba pintados los labios de un rojo tan vivo que era imposible que te dejara indiferente, el caso es que me paré en el umbral de la puerta un poco intimidado. Y ella dijo: «¡Oh! ¡El *Fotogramas*!». Yo, precisamente, venía del quiosco de comprarle el *Hola* a mamá y la revista de cine para mí. «¿Me lo prestas un rato? Te lo devuelvo esta misma tarde». En aquel momento, yo ya había decidido que le podía dejar la revista y cualquier otra cosa que me pidiera. Añadió: «Soy una apasionada del cine. Si puedo, los fines de semana no me pierdo nunca una sesión doble». Me tragué la timidez y le dije que yo hacía lo mismo. «Si quieres, este domingo por la tarde te invito a ver *Cuando ruge la marabunta*». Ser capaz de invitarla me hizo sentir el hombre más osado del mundo. Ella me miró con los ojos muy abiertos: «¿Ya la han estrenado? Pues claro que te acompaño. Cuando te devuelva la revista, quedamos; ¿te parece?». Y se fue. Yo me quedé todavía un rato en la portería saboreando el rastro de su perfume y la conversación. Aquel domingo por la tarde fuimos al cine y, luego, a tomar un café con leche y una ensaimada. No diría que aquello quedara de manera inmediata instaurado como un hábito, pero unos meses más tarde ya se había consolidado. Carmina era una mujer muy particular: independiente, vehemente, pero poco amiga de mostrar sus emociones, sobre todo, las que sugerían debilidad. Yo sabía que no sería una conquista fácil, de modo que me propuse estar siempre a su lado y dejar que el tiempo hiciera camino. Cuando apareció aquella mujer, Violette Leduc…

Las sobrinas se envaran. A ver si por fin pueden saber qué pasó.

—… Me puse un poco nervioso. Creía que aquella mujerona la llevaría por el mal camino. Carmina era una persona sensible y receptiva y aquella escritora podía ser una mala influencia. Después, cuando ya no estaba, apoyé mucho a vuestra tía, que pasó un año largo muy desestabilizada. Tenía miedo, miedo de que alguien la siguiera, miedo de que entraran en casa. Y a menudo se la veía triste. No parecía ella. Cuando pareció que se recuperaba anímicamente, imaginé que entrábamos en una época que podía serme favorable. Yo creía que a partir de nuestra amistad podía hacer que surgiera algo más. No me casé por esa razón. Siempre estuve esperándola. Aunque mi padre había medio apalabrado mi boda con la hija del panadero, yo le dije que no contara con ello. Tuvimos una discusión feroz. Tanto que creí que me echaría del taller. El taller de reprografía era suyo y yo no era más que un empleado. No me echó, pero estuvimos mucho tiempo casi sin hablarnos. Después, se puso enfermo y me traspasó el negocio. Pero eso ya fue unos años más tarde, cuando Carmina estaba estudiando económicas. Pensé que era una suerte ser yo mismo mi jefe en un momento en el que ella iba a la universidad y prosperaba. Y más que prosperó cuando la nombraron jefa de negociado. Estaba orgullosa de lo que había conseguido. Y yo también lo estaba, porque se lo había ganado a pulso. Pero ni su promoción ni la mía sirvieron para ayudarnos a tener una relación de pareja. Creo que fue el día que cumplí cincuenta años cuando lo di por perdido: Carmina nunca me querría más que como amigo. Y me conformé con eso: con ser el mejor amigo de Carmina y envejecer juntos, cada uno en su casa. Ella envejeció muy bien. Era guapa, al menos hasta hace un año. Pero el carácter no le mejoró, porque tenía muchas virtudes, pero también tenía algún defecto, ¿eh? Que no se dejara nunca ayudar y se sintiera tan autosuficiente, a veces era molesto. Y ya no os digo cuando estaba de mal humor… Entonces más valía no estar cerca. Podía ser muy arrogante. ¡Mucho! Por otro lado, era más tozuda que una mula. Pero, dejando eso de lado, era una mujer como pocas. O, al menos, eso me parecía a mí. Nunca he dejado de quererla —acaba con la voz tomada.

Sebastián se suena la nariz.

Las sobrinas se dan un codazo disimulado.

—Y volviendo a Violette Leduc —dicen—, ¿crees de verdad que era una mala influencia para nuestra tía?

—¡Absolutamente! Por eso no tuve más remedio que denunciarla. —Mira el reloj y dice—: ¡Qué tarde que se ha hecho! Tengo que dejaros. Muchas gracias por escucharme.

Sebastián, aliviado por haber podido hablar de Carmina, se va con el pez inquieto y ellas apenas se despiden. No pueden.

¡¿Así que el mejor amigo de Carmina fue el culpable de la detención de Moby Dick?!

—¡Qué capullo! —chillan.

Tienen ganas de hacerlo picadillo. Incluso, durante unos minutos, se cuentan todas las torturas a las que lo someterían si pudieran.

—¡El amigo leal! —se lamentan—. Y pensar que le hemos dado el pez y el *secrétaire*…

¿De verdad pretendía salvar a Carmina de una relación inmoral? ¿Un chico de veintiún años podía estar tan imbuido de las ideas carcas de la época? Podía ser, sí, pero también era porque estaba enamorado y pensaba que eso le dejaría el camino libre hacia su amor.

—Hay gente que no tiene conciencia de sus propios límites, ¿verdad?

Nunca habría podido enamorar a Carmina. Eso estaba clarísimo para las dos. Era un poco bobo, por no haberse dado cuenta nunca.

¡Y qué idiota, lleno de prejuicios! Según su manera convencional de pensar, si eras una mujer tenías que llevar faldas ajustadas, tacones de aguja, las uñas pintadas y sentarte con las piernas muy juntas.

—Entonces, ¿qué pensará de nosotras? —se dicen mirándose el pelo muy corto, los pantalones y botines planos y cómodos… ¡y las corbatas!

Lo mandan a freír espárragos mentalmente.

Y se consuelan al pensar que Carmina no sospechó nunca, ni remotamente, la traición de su amigo y vecino.

Se ponen en marcha: queda mucho trabajo todavía. Empiezan a llenar cajas de libros.

Durante una hora no hablan; solo van metiendo volúmenes y más volúmenes en las cajas. Por fin, comentan que les parece extraño que la tía tuviera los libros tan desordenados.

—Poesía junto a ensayo o narrativa. ¡Menudo lío! ¿Cómo se aclaraba?

Después de los libros, vienen las fundas beis del tresillo. Cuando las arrancan, descubren unos muebles preciosos y una tapicería elegante.

—Qué lástima vivir siempre con miedo de echar a perder el sofá y, después de morirte, tenerlo nuevo porque no lo has usado.

Arrancan también las cortinas. Lo meten todo en bolsas de

basura y lo bajan a la calle. No llegan a tirarlo al contenedor porque se les acerca un hombre con un carrito de supermercado y se lo pide. Le dicen que, si se queda por allí cerca, durante el día irán bajando otras cosas: enseres de cocina, ropa de la casa, ropa de mujer…

Vuelven al edificio. Cuando pasan por delante de la portería, Candela las llama. Entran.

—Tengan —les dice—. La llave de casa de su tía.

Y entonces ven a Pepe muy concentrado en lo que lee.

¡Es un periódico, abierto por la página del horóscopo!

—Buenos días, Pepe.

—Buenos días —dice él, levantando la vista, un poco ausente.

—Parece que le interesa mucho el horóscopo. ¿Usted entiende de eso del zodíaco?

Le dicen que ellas son capricornio.

—¿Las dos?

—¡Las dos, sí! Pero no sabemos nada más.

—Pues, lo siento pero no puedo ayudarlas porque yo no soy un experto, aunque es algo que me interesa muchísimo. No me muevo sin conocer mi horóscopo del día. Y si tengo algún problema, consulto la carta astral.

La portera interviene.

—Ay —suspira—. Mi marido es así de simple. Pierde el tiempo con unas burradas…

No tienen ánimos para responder. Pero, cuando están en el ascensor, vomitan:

—¡Otro capullo! Este, en modo saqueador.

Suben hasta el piso dándose detalles de cómo les gustaría estrangularlo.

¡Pobre Carmina! Pensar que no la creían, que cada vez que les decía que alguien le entraba en casa, le fisgaba los cajones y le robaba dinero, se burlaban de ella diciéndole que todo eran pamplinas, que se hacía un lío con los euros. Ojalá le hubieran hecho más caso…

Ahora ya es tarde; no pueden hacer nada porque es imposible demostrar que Pepe es un aprovechado y un ratero.

—Además, a la tía ya no le serviría de nada. Y nosotras no somos justicieras.

Apartan el galletero, la vitrina, el chifonier y tres o cuatro cosas más que quieren quedarse y, luego, se dedican a meter las figuras y los jarrones y los platos y los ceniceros —los hay por toda la casa— dentro de una caja, que también bajarán a la calle.

—¿Y el cuadro de la Arcadia? —se preguntan.

Les parece bastante feo y saben por Carmina que no tiene ningún valor.

—Aunque el marco es muy bonito —dicen.

Y deciden que van a quedarse el marco; seguro que le encuentran alguna utilidad. Sacarán la pintura y se la darán al hombre de la calle.

Van a la galería a buscar la escalera. Cuando atraviesan el comedor, dicen que por la tarde se dedicarán a vaciarlo. Y también la cocina.

Abren la escalera delante de la pared que preside la Arcadia. Mientras una lo descuelga por arriba, la otra lo sostiene por debajo.

Por fin lo colocan plano, en el suelo, en medio de la sala, donde antes estaba la mesita baja que se ha llevado Candela.

Vuelven a decir que no les gusta. Y le dan la vuelta para extraerlo del marco.

Y, entonces, se topan frente a frente con una pintura escondida en la parte trasera.

Es un óleo, penetrante como un puñetazo en el estómago. Se nota que pretende exactamente ese efecto: denunciar la crueldad de la guerra y que nadie pueda quedar indiferente. Los trazos que dibujan los personajes son negros, gruesos y nerviosos. Muestra cuatro soldados —¿de la Primera Guerra Mundial?— que caminan en fila sobre un suelo de baldosas rojas. Uniformes color caqui, gorras de plato, condecoraciones en el pecho… El primero no tiene piernas y anda sobre los muñones con la ayuda de una muleta de madera; al segundo le falta una pierna y tiene la cara desfigurada; el tercero se ha quedado sin piernas ni brazos y va instalado en una especie de carretilla arrastrada por el cuarto soldado, el más entero, a pesar de que tiene un brazo imposibilitado y los ojos bizcos.

—¡*Mutilados de guerra*, de Otto Dix! —exclaman a la vez.

ACLARACIONES

Mutilados de guerra (1920), del alemán Otto Dix, es una obra que los nazis quemaron, como todas las que pertenecían a su serie sobre la Primera Guerra Mundial.

Léon Degrelle fue un político y militar belga, que combatió en la Segunda Guerra Mundial junto a Hitler, en una unidad belga adscrita a las Waffen SS. Cuando el nazismo fue derrotado, voló a España, donde se instaló gracias a la ayuda del gobierno fascista de Franco. Bélgica reclamó varias veces su extradición, pero España siempre se negó. Se le acusó de traficar con arte, aunque no llegó a demostrarse. Es invención de la autora que la pintura *Mutilados de guerra* no hubiera sido destruida y que Degrelle se la apropiara.

Violette Leduc fue una escritora francesa del siglo XX, torturada durante años por su baja autoestima. La obra de Leduc, cargada de imágenes sexuales, pone de relieve su bisexualidad. Entre todas sus novelas, la más conocida es *La bastarda*. La historia de amor entre Carmina, personaje de ficción, y Violette Leduc es fruto de la imaginación de la autora, así como también la relación de ambas mujeres con Léon Degrelle. Sin embargo, no es ficción que Leduc pasó algunos meses de 1956 en un sanatorio mental por sus tendencias paranoicas.

La fábrica Lehmann era una fábrica de muñecas que, en 1936, durante la guerra, fue colectivizada; a partir de ese momento, dejaron

283

de fabricar muñecas y pasaron a fabricar cuchillos. Cuando los fascistas entraron en Barcelona, devolvieron las fábricas a sus propietarios, excepto las que habían pertenecido a judíos. Lehmann no fue entregada sino que fue comprada por sus trabajadores, los cuales crearon una cooperativa donde confeccionaban disfraces. En el espacio ocupado por Lehmann en el pasado, se instalaron distintos talleres. Por lo tanto, en 1956 la fábrica de muñecas, como tal, ya no existía.

Blas Piñar fue un político español de extrema derecha vinculado a organizaciones ultracatólicas, que fue notario antes de dedicarse a la política. En la novela, Blas Piñar y Degrelle coinciden en 1956 en una boda en el Ritz. Pero, en realidad, la amistad entre los dos hombres empezó unos años más tarde.

AGRADECIMIENTOS

A Luis Rabell, que me habló de Léon Degrelle.

A Josep Tabernero, por toda su ayuda en cuanto al cáncer que sufre Carmina y por ponerme en contacto con Judith Serna.

A Judith Serna, por todo lo que me contó sobre las curas paliativas y por su lectura desde un punto de vista médico.

A Josep Maria Montaner, por resolver mis dudas sobre las promociones de casas baratas de los años 50.

A Dory Sontheimer, por sus aclaraciones sobre la fábrica Lehmann.

A Ana Ramírez por facilitarme documentación sobre Léon Degrelle y La Carlina.

A la biblioteca del Museo Marítimo de Barcelona, donde encontré la documentación sobre la Junta de Obras del Puerto de Barcelona.

A Carlota Torrents, Ricardo Fernández y Laura Gomara, por su lectura atenta que mejoró notablemente esta novela.

9 788491 397298